KIELER BAGALUTEN

Cornelia Leymann, geboren 1951 in Hannover, hat dort erst Pädagogik und dann Verkehrsingenieurwesen studiert und ist nach einigen Umwegen in Kiel hängen geblieben, wo sie als EDV-Spezi in Kieler Großbetrieben arbeitete. Heute widmet sie sich neben ihrer großen Liebe Bridge nur noch dem Schreiben und Malen.

1952 geboren, studierte Henning Schöttke zunächst Mathematik und Musik auf Lehramt. Seit 1978 ist er freiberuflicher Comiczeichner, hat zahlreiche Comicserien veröffentlicht und über hundert Schulbücher illustriert. Seit 2001 schreibt er Romane und Kurzgeschichten. Er unterrichtet Kreatives Schreiben und ist Kulturvermittler des Landes Schleswig-Holstein.

CORNELIA LEYMANN /
HENNING SCHÖTTKE

KIELER BAGALUTEN

Küsten Krimi

emons:

Lust auf mehr? Laden Sie sich die »LChoice«-App
runter, scannen Sie den QR-Code und bestellen Sie
weitere Bücher direkt in Ihrer Buchhandlung.

Bibliografische Information der Deutschen Nationalbibliothek
Die Deutsche Nationalbibliothek verzeichnet diese Publikation
in der Deutschen Nationalbibliografie; detaillierte bibliografische
Daten sind im Internet über http://dnb.d-nb.de abrufbar.

© Emons Verlag GmbH
Alle Rechte vorbehalten
Umschlagmotiv: Angelo Mazzoleni/Pixabay.com
Umschlaggestaltung: Nina Schäfer, nach einem Konzept
von Leonardo Magrelli und Nina Schäfer
Umsetzung: Tobias Doetsch
Gestaltung Innenteil: César Satz & Grafik GmbH, Köln
Lektorat: Marit Obsen
Druck und Bindung: CPI – Clausen & Bosse, Leck
Printed in Germany 2020
ISBN 978-3-7408-0963-8
Küsten Krimi
Originalausgabe

Unser Newsletter informiert Sie
regelmäßig über Neues von emons:
Kostenlos bestellen unter
www.emons-verlag.de

Der Mann gräbt

1

Mit traumhaft schönem Wetter können wir Schleswig-Holsteiner in aller Regel nicht punkten. Bestimmt kennst du den
Spruch: Der Sommer fällt bei uns meist auf einen Dienstag.
Das ist natürlich maßlos übertrieben, denn oft ist der nachfol-
gende Mittwoch auch noch recht schön, und viele behaupten
sogar, dass sie am Montag davor schon die Strickjacke über
dem Norwegerpullover weggelassen hätten. Wenn sich dann
allerdings der Sommer noch bis zum Wochenende hinzieht,
murmeln manche schon was von Klimakatastrophe. Wie im
letzten Sommer, ein großartiger Sommer, und was machen
wir? Schauen bedenklich gen Himmel und sagen unheilvoll:
Oh, oh!

Jetzt ist Frühling, der Sommer also noch in weiter Ferne. Der
Mann trägt seine Arbeitskluft, wie er das nennt. Ein schmutzig
dunkles Grau von den derben Gummistiefeln bis hoch zur eng
anliegenden Kapuze. So erkennt ihn niemand, sollte er gesehen
werden. Und das ist gut so.

Er trägt Hacke und Schippe und ist beinahe unsichtbar,
wie er da bei Nacht in seinem schwankenden Seemannsgang
durch den dunklen Wald auf den Nordostseekanal zustapft,
wo er zu graben beginnt. Gott, ja nun, was heißt Wald? Wir
sprechen zwar schon von Wald, wenn mal fünf, sechs Bäume
etwas dichter beieinanderstehen. In diesem Fall sollte ich aber
vielleicht eher Gehölz sagen. Das gibt's bei uns reichlich, sogenannte Knicks.

Die brauchen wir ganz unbedingt – wegen des Windes, den
es bei uns auch reichlich gibt. Damit die Felder nicht auf Wan-
derschaft gehen. Du erinnerst dich möglicherweise noch an
die Schlagzeilen, als sich einmal ein Feld auf der angrenzenden
Autobahn häuslich niedergelassen hat. Der Bauer hatte den

Knick weggehauen, um größere Schläge für seine Bewirtschaftungen zu bekommen.

Für die Jahreszeit ist der Mann perfekt gekleidet. So ein bisschen wie eine Zwiebel, mehrere Schichten übereinander (alle grau), von denen er jederzeit welche abwerfen kann, wenn er schwitzt. Und er schwitzt mächtig, was aber nichts mit dem Wetter zu tun hat. Im April in dunkler Nacht schwitzt in Schleswig-Holstein niemand wegen zu hoher Außentemperaturen. So wie er mit Hacke und Schippe zugange ist, müsste er hingegen gut zwei, drei Schichten ablegen. Doch er tut es nicht. Erstens weil er keine Zeit hat und zweitens aus Angst, er könnte sie nicht wiederfinden und womöglich ein verräterisches Teil liegen lassen.

Der Mann buddelt am Kanal, während das Wasser leise gegen die Basaltsteine der Uferbefestigung schwappt. Der Knick ist hier breit, wie geschaffen für etwas, das man verschwinden lassen will und das nicht gleich übermorgen wieder ausgebuddelt werden soll, sondern möglichst nie. Oder vielleicht erst nach siebzig Jahren, wie die Blindgänger, die überall versteckt sind. Kannst du drauf wetten: Bei jedem größeren Bauprojekt hängt eine Bombe aus dem Zweiten Weltkrieg an der Baggerschaufel. Meist in Gaarden, wo flächendeckend bombardiert wurde, um die Werften plattzumachen.

Da, wo der Mann schaufelt, hat es keine Werften gegeben, und wenn sich doch eine Bombe dorthin verirrt haben sollte, ist es höchst unwahrscheinlich, dass sie im Rahmen einer Großbaustelle wieder zutage kommen könnte. Denn was sollte am Kanalufer schon gebaut werden?

Der Mann hält inne und sieht nach oben. Dunkel und drohend wölbt sich die Brücke dem Nachthimmel entgegen. Um diese Zeit fahren hier keine Autos mehr über den Kanal, die mit ihren Scheinwerferkegeln Licht ins Dunkel bringen könnten. Selbst auf dem Wasser bricht sich nur ab und an ein kleiner Lichtfleck auf der glatten Oberfläche. Es herrscht absolute Dunkelheit – und Stille. Totenstille.

Seine Hände tun weh von den Henkeln der schweren Plastiktüten, die ihm tief in die Finger geschnitten haben, als er seine Last portionsweise hierherschleppte. Zehn Stück insgesamt. Der Mann gräbt weiter. Schweiß läuft ihm in Strömen den Rücken runter. Er ächzt unter dem Gewicht, als er die Plastiktüten eine nach der anderen in die Grube wuchtet.

Leider hat er in der Eile auf die alten Aldi-Plastiktüten zurückgegriffen. Gute deutsche Wertarbeit mit einem Verfallsdatum von hundert Jahren. Mindestens. Schade eigentlich. Die neuen sind zwar teurer, wären aber nach bummelig fünf Jahren samt Inhalt verrottet. Wäre besser gewesen, denn der Mann muss sicher sein können. Das, was er vergräbt, darf nicht gefunden werden.

Niemals.

2

Nach der Grabungsaktion sehen seine Stiefel aus wie Sau. So geht es natürlich nicht. Mit dem Dreck an den Stiefeln kommen sie ihm gleich drauf. Weiß man ja aus Fernsehkrimis: Als Erstes werden die Schuhe konfisziert und der Wagen nach Spuren durchsucht. Der Kommissar hält dir die Pinzette mit einem Häufchen Schlamm unter die Nase, und schon sitzt du für den Rest des Lebens hinter Gittern.

»Rest des Lebens« ist natürlich übertrieben. Fünfzehn Jahre sind nicht die Welt. Aber doch irgendwie ärgerlich. Deshalb zieht der Mann die Stiefel aus und hüllt sie in Plastik, bevor er ins Auto steigt. Er zieht sie erst wieder an, als er wenig später einen reinigenden Strandspaziergang an der Kieler Förde macht. Zehn Minuten schlurft er mit den Stiefeln durch die träge schwappende Ostsee, bis er alle Spuren des lehmigen Bodens von den Stiefeln gewaschen hat.

Und was ist mit Hacke und Schippe?, fragst du jetzt vielleicht. Respekt! Falls *du* jemals eine Leiche zu vergraben hast, wirst du das sicher mit Bravour meistern. Der Mann scheint ebenfalls Profi zu sein. Hat an alles gedacht und auch die Gerätschaften mit Plastik umwickelt. Jetzt spült er den ganzen Kram mit hochwertigem Ostseewasser sauber.

Ich sage bewusst »hochwertig«. Selbst am Arschloch von Kiel, wie der Auslass der Kläranlage bei Bülk so treffend genannt wird, ist das Wasser ganz großartig. Das liegt zum einen natürlich an der Kläranlage, die ganze Arbeit leistet. Zum anderen aber auch daran, dass das Arschloch nicht mehr benutzt wird, weil das Wasser inzwischen unter Wasser in einem Rohr einen Kilometer weit hinaus in die Ostsee befördert wird.

Aber das ist dem Mann alles egal. Er lässt den Oberkörper wie ein Seemann von rechts nach links pendeln, während er durchs Wasser schlurft. Ein prüfender Blick auf Gummistiefel, Hacke und Schaufel: alles picobello. Dann ein Blick in die Runde: keine Zeugen.

Er atmet erleichtert auf und geht durch den Sand zurück zu seinem Wagen.

3

Er braucht länger als sonst. Erst eine halbe Stunde später parkt er vor dem Haus im Stinkviertel, will hoch zu seiner Wohnung und damit all die Schrecklichkeiten hinter sich lassen. Da wird er bleich. Was ist das denn? Auf der Rückbank liegt ja noch jede Menge Krempel. Das hatte er doch alles mit verbuddeln wollen.

Eine Scheiße, so was!

Er klopft mit den Fingern aufs Lenkrad, starrt auf die nächtliche Straße und überlegt. Vielleicht gar nicht so schlecht. Ist sicher eine gute Idee, das woanders zu vergraben. Das macht die Identifizierung schwieriger, falls doch ... Muss er dazu die ganze Prozedur wiederholen? Wieder den Eiertanz mit den Gummistiefeln und den Grabungswerkzeugen? Ist ja nicht viel, was noch unter die Erde muss, das schafft er locker mit links.

Also genauer gesagt mit Handgrabungen und auf Socken, die er danach wegwerfen wird. Und das Händewaschen nicht vergessen.

Ja, so wird er es machen. Er dreht den Schlüssel um und startet.

Frau Heerten moppt

1

Frau Heerten, Vorname Sabine, wedelt mit dem Staubmopp über die Anrichte. Staub wischen hat ja nun wirklich gänzlich seinen Reiz verloren. Wenn sie daran denkt, wie sie früher das Staubtuch mit dem Zeigefinger durch die Ritzen und Ornamente der Möbel gezogen hat, es dann liebevoll über die Wölbungen der Schubladen gleiten ließ und mit vollem Einsatz die Arme der Leuchter gewienert hat, das war noch was. Heute fährt sie mit einer baumwollbepuschelten Plastikgabel über die glatten Flächen und hat für etwas unwegsameres Gelände wie zum Beispiel hinter dem Fernseher oder auf den Büchern im Regal diesen knallbunten Staubwedel am Stiel.

Genau. Stiel! Das Ganze hat einfach keinen Stil mehr. Ist im Grunde, das muss man ehrlich sagen, nur noch Arbeit. Und eigentlich nicht mal mehr das. Dazu ist es zu wenig mühsam.

Trotzdem wischt sie Staub – jeden Morgen als Erstes.

Nein, nicht als Erstes. Als Allererstes schwingt sie sich aus dem Bett, obwohl ich eigentlich »wuchtet« sagen sollte. Nicht dass sie sonderlich dick wäre, wirklich nicht, aber es ist eben alles schon etwas … wie nennt man das? Etwas schwergängig geworden. So als ob man der Mechanik ein Tröpfchen Öl gönnen sollte. Deshalb nimmt sie zu ihrem Kaffee immer diese blässliche kleine Kugel, die die Pumpe in Schuss hält, wenn sie der Packungsbeilage und ihrem Arzt und dem Apotheker glauben darf. Und zwei von den gelben Kapseln, die die Leitungen frei halten. Außerdem die weiße für den gesamten Kabelbaum, eine kleine rosafarbene, die die Schaltzentrale auf Trab hält, und dann eben diese große grüne, quasi als Ölkännchen.

Eigentlich sollte sie das Ganze mit zwei Tassen Ingwertee runterspülen, während sie ein Müsli aus echtem Schrot und Korn gut durchspeichelt, aber irgendwann muss auch mal gut sein.

Jetzt macht sie mit Plastikpuschel und Staubwedel bewaffnet ihren Rundgang durch die Zimmer und verleiht der staubwischenden Nicht-Arbeit etwas Pep, indem sie für die unteren Bereiche in die Knie geht und freihändig wieder hochkommt (manchmal zumindest), beim Wedeln hinter dem Fernseher galant ein Bein abspreizt und für die Bücher in der obersten Regalreihe einen Hüpfer wagt. Und den Sekretär entstaubt sie auf einem Bein.

Erst zum Schluss nimmt sie ein Staubtuch – richtig eins von früher, nicht diese Mikrofaserdinger – und nähert sich damit der Ahnengalerie, die dekorativ auf dem alten dunklen Büfett aufgebaut ist. Hier wird nicht gepuschelt und gewedelt, hier wird ganz ordentlich Staub gewischt. Zuerst natürlich die Großeltern, die im Sonntagsstaat bei einem echten Fotografen im Fotostudio in den Fotoapparat lächeln. Entschuldigung, hier sollte ich vielleicht besser »Photograph«, »Photostudio« und »Photoapparat« schreiben.

Dann wienert sie den Silberrahmen, in dem der Tag verewigt ist, an dem Mutti und Vati geheiratet haben, und nimmt sich anschließend die hintere Reihe der buckligen Verwandtschaft vor. Onkel Rudi, nun auch schon eine ganze Weile tot, muss den Rest seiner Tage in diesem geschmacklosen Herzchen-Rahmen zubringen – ein Geschenk von Tante Margret. Zum Dank dafür hat Frau Heerten deren Porträt ebenfalls in einen hässlichen Rahmen geklemmt. Zwischen zwei Plexiglasscheiben, in die der Eiffelturm eingraviert ist, umflogen von zwei Täubchen. Das hat Margret nun davon.

In der vorderen Reihe steht neben Frau Heertens offiziellem Hochzeitsfoto die einzelne Fotografie von Armin. Ach ja, Armin. Sechs Jahre, zwei Monate und dreiundzwanzig Tage ist sein Herzversagen nun schon her und hat sie mit einem Schlag von einer fröhlichen Ehefrau in eine grämliche Witwe verwandelt.

Schnell weiter zu Thomas, dem Sohnemann, dem Goldstück. Schneidig sieht er aus in seinem schicken Baumwollsweater. Leider im Hintergrund die Skyline von Manhattan. Mal eben von Suchsdorf aus zum Nachmittagstee nach New York ist nicht drin. Und die zwei Wochen, die sie einmal im Jahr bei ihm verbringt, werden immer beschwerlicher. Für sie. Aber auch für ihn. Im Grunde gibt es nur zwei schöne Tage, wenn Mutter zu Besuch ist: der eine, wenn sie kommt, und der andere, wenn sie wieder geht beziehungsweise zum anstrengenden Rückflug im Flieger verstaut ist.

Dann kommt Karin an die Reihe. Ja, hätte man vor vier Jahren kaum für möglich gehalten, aber Karin steht wieder auf dem Büfett. Geschwungener eleganter Silberrahmen und nur in der linken Ecke am oberen Rand ist das Glas leicht gesplittert. Ansonsten hat Karin den schwungvollen Rauswurf aus der Ahnengalerie unbeschadet überstanden.

Nachdenklich nimmt Frau Heerten den Bilderrahmen hoch und wischt mit dem Staubtuch über die Tochter. Ganz sorgfältig, auch in den Ecken, wobei das Staubtuch über den Sprüngen im Glas ein wenig hakt. Dann wendet sie sich den beiden kleinen Silberrahmen zu, in denen alle normalen Großmütter ihre Enkelkinder stecken haben. Sie atmet tief ein. Zärtlich streicht sie mit dem Staubtuch über die Bilder, ganz so, wie Großmütter es tun. Denn das ist sie: eine ganz normale Großmutter.

Nur die Bilder der Enkelkinder sind nicht so normal. In dem etwas größeren Rahmen lacht ihr ein Bild von einem Mainzelmännchen entgegen – sie hat das mit der hellblauen Mütze gewählt – und in dem kleinen eins von Wum. Sie hätte natürlich auch Wendelin in den Rahmen stecken können, aber sie findet Wum niedlicher. Der passt sicher viel besser zu der süßen kleinen Leonie, die sie noch nie gesehen hat. Von der sie noch nicht einmal ein Bild hat. Eine Gemeinheit, so was. Alle Welt knipst mit dem Handy alles, was nicht bei drei auf den Bäumen ist, und ihr gönnt man nicht mal das kleinste Bild von ihren Enkelkindern. Selbst wenn es nur zwei Händchen wären, die unscharf aus einem Kinderwagen lugen. Und das alles wegen dieser dummen Sache.

So. Nachdem nun alles – einschließlich der Enkelkinder – entstaubt ist, hat sie das Schlimmste des Tages überstanden.

Könnte man denken. Und ist auch normalerweise so. Auch

heute müsste es so sein, denn bisher war alles wie immer. Der Wecker hat geklingelt wie jeden Morgen. Um sieben Uhr, ganz wie zu Armins seligen Zeiten, obwohl sie jetzt, wo sie allein ist, gemütlich bis mittags im Bett liegen bleiben könnte. Sie hat sich aus dem Bett geschraubt, den Tablettencocktail eingeworfen und ihren Tag gestartet. Hocke vor der Anrichte, Strecksprung vorm Bücherregal, Balanceakt am Sekretär.

Alles wie immer.

Und dann aber doch nicht.

2

Heute nimmt unsere Frau Sabine Heerten den Staubwedel und fegt in einem einzigen großen Schwung die gesamte silbern gerahmte Mischpoke vom Wohnzimmerbüfett.

So was ist natürlich erst mal ein Schock. Hätte sie sich gar nicht zugetraut, und wenn ich ehrlich sein soll: ich ihr auch nicht. Was ist nur in sie gefahren? Das ganze Chaos am Boden. Angedetschte Bilderrahmen, Glassplitter überall, die Bilder liegen wild durcheinander, manche mit der Rückseite nach oben – also wirklich, man mag nicht hinschauen.

Frau Heerten mag auch nicht hinschauen. Zuerst tut sie es zwar trotzdem, starrt wie benommen auf das Wirrwarr, doch dann geht sie schnurstracks in die Küche, setzt sich auf den Küchenstuhl am Fenster und genehmigt sich einen.

Wie sich das anhört: genehmigt sich einen. Da sieht man förmlich die Schnapsflasche vor sich. Aber sie hat gar keinen Schnaps im Haus, nicht mal Cognac. Sie hat nur Eierlikör. »Was meinen die Damen«, flötet sie jeden Montag, wenn ihre Freundinnen zum Kaffeeklatsch kommen, »ein Likörchen zum Kuchen?« Und natürlich, die Damen meinen. Gut, dass sie die hübschen Gläschen in der Vitrine stehen hat. Die machen sich immer ganz wunderbar auf der Kaffeetafel.

Ja, und gerade das ist jetzt die Krux. Dass die Gläschen immer noch samt Eierlikör neben der Spüle stehen. Die Gläschen sind von ihrer Großmutter und wandern selbstverständlich nicht in die Spülmaschine, sondern werden von Hand gespült. Aber eben nicht gleich. Deshalb stehen sie heute noch da, und deshalb genehmigt Frau Heerten sich jetzt einen – schon am Vormittag.

Ist aber ja nur Eierlikör, also ein Likörchen, da hört man schon am »chen«, wie harmlos der ist. Genau genommen gar kein Alkohol. Mehr so was wie Klosterfrau Melissengeist. Auch kein Alkohol, sondern ganz was Gutes. Wie der Name schon sagt: Klosterfrau. Eine Ordensschwester ist was Heiliges. Und Melisse ist was Heilendes. Der Eierlikör hat auch ein »ei« von heilig, also Labsal für die Seele – Prost, denkt sie und gießt das Eierlikörchen in sich hinein – und ebenso von heilend, Labsal für den Körper.

Prost.

Nur das »Geist« in Klosterfrau Melissengeist könnte einen stutzig machen, weil verdammt dicht an dem Wort »Weingeist« dran und damit eindeutig Alkohol. Aber wer denkt bei Klosterfrauen schon an Weingeist? Da liegt der Heilige Geist wirklich näher.

Prost.

Alles in allem ist Eierlikör – genau wie Klosterfrau Melissengeist – ein ganz harmloses Trösterchen für die Frau. Nur eben nicht mehr nach dem sechsten oder siebten. Dann wird so ein Likörchen zu einem ausgewachsenen Likör mit all seinen alkoholischen Nebenwirkungen. Zumal bei Frau Heerten, die in Sachen Alkohol verhältnismäßig ungeübt ist. Aber sie braucht das jetzt. Nach ihrem Kraftakt am Büfett ist sie völlig fertig. Das siehst du schon daran, dass sie sich einfach irgendein Glas von der Spüle nimmt und die Chancen, dass es ihr Glas von gestern ist, allenfalls eins zu vier stehen.

Ich will nicht behaupten, dass sie schwankt, als sie aufsteht. So nun nicht. Aber sie greift zu Mantel und Autoschlüsseln, und das ist doch ein wenig bedenklich. Bei Alkohol am Steuer hat sie normalerweise ihre Prinzipien. Wer keine Prinzipien hat, kennt auch keine Grundsätze, hat Armin immer gesagt, Gott hab ihn selig.

Doch in ihrem jetzigen Zustand – und vor allem wegen des Zustands im Wohnzimmer – wirft sie ihre Prinzipien samt Grundsätzen einfach über Bord. Rein ins Auto und los. Sie muss weg hier. Einfach nur weg.

3

Frau Heerten ist noch nicht weit gekommen, da macht es »Rums!« und dann hoppel, hoppel. Was war das denn? So betrunken, dass sie an eine Unebenheit in der Fahrbahndecke glaubt, ist sie nun doch nicht, vor allem hier zwischen den beschaulichen Einfamilienhäuschen in den Straßen des beschaulichen Suchsdorf.

Als sie aussteigt, sieht sie die Katastrophe.

Ja, tatsächlich, totale Katastrophe. Die kleine Maunzi von nebenan! Schrecklich. Völlig verquer liegt sie unter dem Auto und gibt keinen Maunz mehr von sich.

Was ist das nur für ein schrecklicher Tag. Da hätte sie doch eigentlich vorher ahnen müssen, wie schrecklich er werden wird. Hat man ja oft, dass man was ahnt und weiß: Heute bleibe ich am besten den ganzen Tag im Bett. Aber sie? Nix. Morgens ganz normal Kaffee getrunken, Tabletten genommen, Staub gewischt, nicht die leiseste Ahnung, von nichts. Und dann läuft der Tag so völlig aus dem Ruder. Erst der Wisch über das Wohnzimmerbüfett, dann der Suff und jetzt die Katze. Wer weiß, was noch wird. Schließlich ist erst Vormittag.

Wie in Trance greift sie die Katze, geht ums Auto herum, klappt den Kofferraum auf und legt Maunzi in den Pappkarton, den sie immer für ihr Altglas spazieren fährt. Klappe wieder zu und weiter. Gut, dass es inzwischen elf Uhr ist, da sind keine Schulkinder auf der Straße. Hätte sonst gut sein können, dass sie in ihrem desolaten Zustand auch noch zwei, drei Schüler samt Schulranzen übermangelt. Das Gedränge im Kofferraum mag man sich gar nicht vorstellen. Ganz benommen kurvt sie mit ihrem Auto weiter durch Suchsdorf. Erst allmählich wird ihr klar, dass sie hinten im Wagen eine tote Katze hat. Noch dazu eine, die sie kennt, Maunzi, die schon so oft bei ihr auf der Terrasse ein Schälchen verdünnte Milch geschlabbert hat. Da will sie gar nicht wissen, was Herr Wagner sagt, wenn er hört, dass sie seine Katze überfahren hat. Sie atmet heftig aus. Herr Wagner wird es vielleicht nehmen wie ein Mann, aber seine beiden Kinder? Wie oft sind Felix und Mia mit Maunzi auf dem Arm von der Gartenpforte her zu ihr gekommen, haben sich neben sie ins Gras gehockt und erzählt. Ganz so, wie Enkelkinder es tun beziehungsweise wie sie sich vorstellt, dass ihre Enkelkinder es täten, wenn sie welche hätte. Aber sie hat ja keine. Wenn man mal von dem Mainzelmännchen und Wum absieht.

Wie sagt man zwei Kindern, dass ihre geliebte Katze tot ist, weil man eine halbe Flasche Eierlikör mit zwei Schlückchen Klosterfrau Melissengeist verwechselt hat? Weil man nicht mehr im vollen Besitz seiner geistigen Kräfte war? Und es nicht mehr geschafft hat, der schwarzen Katze auszuweichen. Beziehungsweise sie überhaupt nicht gesehen hat, als sie über die Straße lief. Von links nach rechts – bringt schlecht's. So geht das Sprichwort, obwohl sie überlegt, dass von rechts nach links – Glück bringt's nicht wesentlich besser gewesen wäre. Zumindest nicht für Maunzi.

Frau Heerten fährt an den Straßenrand, stellt den Motor ab und versucht nachzudenken. Am besten, die Katze ist einfach weg. Sie wird sie bis zum Abend im Kofferraum liegen lassen und dann in der Dunkelheit in irgendeine entfernte Mülltonne werfen. Ja, so wird sie es machen. Gerade will sie den Motor wieder anlassen, da wird ihr klar: So geht es nicht. Ein bisschen ein anständiges Begräbnis, das muss schon sein. Im Garten. Vielleicht bei dem kleinen Johannisbeerstrauch. Ein kleines Kreuz drauf, das wäre anständig.

Klar, total anständig. Und alles andere als geschickt. Besonders wenn gerade in diesem Augenblick Felix und Mia rüberkämen und ihr erzählten, dass Maunzi weg ist. Selbst wenn die beiden Kleinen nicht kämen und sie vielleicht – Pietät hin, Pietät her – das Kreuz wegließe, würde der Fleck im Rasen sie immer wieder an diesen Tag erinnern. Quasi vorprogrammierte psychische Folter. Nein, das geht nicht.

Es dauert noch eine ganze Weile, bis sie endlich auf das einzig Richtige kommt: Sie wird die Katze in der Abenddämmerung irgendwo an der Uferböschung vom Nordostseekanal heimlich vergraben, und niemand wird je davon erfahren. Oder hat vielleicht irgendwer gesehen, wie sie die Katze überfuhr? Kennt man ja, die Hausfrauen, die den Vormittag mit Kissen auf dem Fensterbrett verbringen. Nein. Nicht in Suchsdorf. Ich will jetzt nicht behaupten, dass Suchsdorf die beste Gegend Kiels ist – das ist unangefochten Düsternbrook – oder auch nur die zweitbeste. Das ist Kronshagen, das sich sogar weigert, zu Kiel zu gehören. Aber es ist doch immerhin eine der besseren Gegenden. Auch hier sind die Eigenheime nicht umsonst. Deshalb geht die Suchsdorfer Hausfrau brav sich selbst verwirklichen und schafft mit an.

Frau Heerten gedenkt, erst mal nach Hause zu fahren, die Dunkelheit abzuwarten, den Spaten aus dem Keller zu holen, ihn in den Kofferraum zu packen und … da fällt ihr ein, eine Katze hat ja sieben Leben. Beim Öffnen der Kofferraumhaube wird ihr Maunzi bestimmt ins Gesicht springen. Natürlich nur, wenn sie ihre sechs anderen Leben nicht schon verballert hat.

Frau Heerten wird richtig schwindelig, als sich die sieben Katzenleben wie ein Rad in ihrem Kopf drehen. Das wäre ja geradezu großartig, wenn die Katze noch lebte und nachher munter aus dem Auto hüpfte. Wunderbar. Und ihre beiden Adoptiv-Enkelkinder lieben sie weiterhin so innig wie eh und je. Fast wäre sie auf der Stelle ausgestiegen, um die Katze zu befreien. Doch bei Maunzi handelt es sich nicht um eine Wildkatze, sondern um ein vielleicht etwas degeneriertes Stadtkätzchen. Fraglich, ob sie den Weg nach Hause findet.

Endlich hat Frau Heerten die Kraft, den Wagen zu wenden

und langsam wieder zurückzufahren. Sie parkt ihr Auto rückwärts an der Ligusterhecke und öffnet die Kofferraumhaube von der Seite her, damit die Katze an ihr vorbeispringen kann, ohne ihr das Gesicht zu zerkratzen. Aber nichts rührt sich. Maunzi liegt noch genau so in der Kiste, wie sie sie hineingelegt hat. Am liebsten wäre Frau Heerten jetzt ins Haus gelaufen und hätte sich versteckt. Wie damals als Kind. Einfach die Hände vors Gesicht schlagen und rufen: Ich bin nicht da. Und wenn sie die Hände runternimmt, ist alles wieder gut. Die Bilder stehen heil und wohlgeordnet auf dem Büfett, und die Katze lebt.

Ja, es wundert mich nicht, wenn die Leute behaupten, Menschen würden im Alter oft wieder kindisch. So alt scheint Frau Heerten allerdings noch nicht zu sein, sie erinnert sich jedenfalls gerade noch rechtzeitig daran, dass das mit den Händen vorm Gesicht schon als Kind nicht geklappt hat.

Als es zu dämmern beginnt, hält Frau Heerten am Parkplatz auf dem nördlichen Kanalufer schräg gegenüber der Kanalwache und steigt mit Spaten und Pappkarton samt inwendiger Katze aus dem Auto. Die Stelle, an der sie Maunzi begraben will, kennt sie von ihren vielen Spaziergängen mit Armin – damals, als das Leben noch schön war.

Im Augenblick ist das Leben allerdings gar nicht schön. Es ist inzwischen ziemlich dunkel geworden, sie sieht kaum was, als sie sich vorsichtig die Böschung hochtastet. Natürlich hat sie eine Taschenlampe. Sie hat sogar drei – alle zu Hause. Von der Brücke, die von hier unten übermächtig, ja geradezu bedrohlich wirkt, fällt kaum ein Lichtstrahl herab. Um diese Zeit fahren hier nur wenige Autos. Und deren Scheinwerferlicht wird von dem schweren Gerät, das für die anstehenden Umbaumaßnahmen herbeigeschafft wurde, größtenteils verdeckt.

Sie bleibt kurz stehen und sieht zu den dunklen Silhouetten der Baumaschinen hoch. Das hätte ihrem Thomas sicher gefallen – oder noch besser Karin. So viele Puppen hat sie ihr geschenkt, doch das undankbare Kind hat immer nur mit Thomas' Autos gespielt.

Die Zweige, an denen sie sich nach oben zieht, piksen sie in die Hand und krallen sich in ihrem Mantel fest. Sie hat nur den rechten Arm frei, um sich festzuhalten. Unter dem linken klemmen der Spaten und der Karton mit Maunzi. Zweimal schon wäre sie ihr beinah rausgefallen und die Böschung hinuntergekullert. Frau Heerten ist fix und fertig, als sie endlich an ihrem Ziel angekommen ist und für Maunzi ein geeignetes Plätzchen findet. Hier ist die Erde locker und weich, ideal, um die Katze zu ihrer letzten Ruhe zu betten.

Und schon wieder ahnt sie nichts. Wobei ich wirklich sagen muss: Diesmal ist das total erstaunlich. Wenn man heimlich und verstohlen so dicht an einem Geheimnis ist, dann sind doch alle inneren Antennen auf Empfang und sirren sich die Seele aus dem Leib. Aber Frau Heerten hat nur Augen für diese geeignete Stelle. Sie wird erst stutzig, als ihr Spaten mit einem metallischen Klang auf etwas Hartes trifft.

4

So ist das ja öfter im Leben: Kaum ist man ein Problem los, hat man ein anderes an den Hacken. Sie ist aber auch wirklich zu blöd. Statt die Katze neben dem kleinen Metallkästchen zu beerdigen, das Erdreich wieder sauber über beidem zu verteilen und die Stelle mit einem schlichten Kreuz aus zwei übereinandergelegten Zweigen der Vergessenheit anheimzugeben, hat sie ein Ärgernis gegen das andere getauscht: die Katze begraben und das Kästchen mit ins Auto genommen. Hat sogar noch – ganz Hausfrau – die Erde abgewischt, bevor sie es im Kofferraum versenkte.

Das kommt daher, dass der Mensch als solcher neugierig ist. Du natürlich nicht, du hättest dir gesagt, was geht mich der vergammelte Kasten an, den irgendwer im weichen Erdreich neben dem Kanal verbuddelt hat. Da ist sicher was total Ekliges drin. Was, will ich gar nicht wissen. Aber unsere Frau Heerten wird in ihrer Jugend wohl zu viele Märchen und Sagen gelesen haben. In denen wimmelt es ja bekanntlich nur so von vergrabenen Schätzen. Anders kann ich mir wirklich nicht erklären, warum sie das rotte Teil mitgenommen hat. Jetzt sitzt sie in der Küche, starrt den kleinen Kasten an und kaut auf der Unterlippe. Das kann daran liegen, dass sie dieses leichte Kribbeln verspürt, das man immer bekommt, wenn die Vorahnung am Werk ist. Wurde ja auch langsam Zeit: Nix gespürt, als der Tag so grauenvoll begann, da kann das Kribbeln jetzt eigentlich nur was Gutes bedeuten.

Sie überlegt, was ist, wenn sie die Kiste öffnet und ihr die erwarteten Silbermünzen, Goldketten und Brillantringe entgegenpurzeln. Darf man so was eigentlich behalten? Paragraf 984 BGB könnte ihr weiterhelfen. Der besagt, dass sie mit dem Eigentümer des Uferstreifens, also dem Land Schleswig-Holstein, halbe-halbe machen muss. Es sei denn, es ist zum Beispiel ein Zettel dabei: »Gehört alles mir. Gezeichnet Ritter Hadubrand«. Dann muss sie sich auf die Suche nach dessen Nachfahren machen und kann nur auf Finderlohn hoffen.

»Lass gut sein«, möchte man Frau Heerten zurufen. Aber da kann man rufen und rufen. Sie nimmt ein Küchenmesser und prokelt am Schloss rum, nimmt zur Stärkung noch ein Schlückchen Eierlikör, und endlich geht das Kästchen auf.

Was hab ich dir gesagt: eine einzige Enttäuschung! Nicht der kleinste Brillantring, nur ein paar Silbermünzen. Und genau genommen nicht mal das. Selbst bei der guten alten Deutschen Mark bestand nur das Fünf-Mark-Stück aus einer Silberlegierung. Immerhin bis 1974, dann drohte der Materialpreis den Wert der Münze zu übersteigen. Die paar Euromünzen, die sie jetzt in dem alten, speckigen Portemonnaie findet, sind nicht mal mehr an einem Stück Silber vorbeigetragen worden. Da sind nur noch Nickel und Messing verbaut worden.

Einerseits natürlich schön, dass sie den Haufen Geschmeide nun nicht mit dem Land Schleswig-Holstein teilen muss. Auf der anderen Seite: Für das bisschen Geld kann sich Frau Heerten allenfalls drei, vier Plastikringe aus einem Kaugummiautomaten ziehen. Wenn es die Dinger überhaupt noch gibt. Sie hat schon lange keinen mehr gesehen. Schade, es war immer so spannend, ob nur zwei große bunte, eklig schmeckende Kaugummikugeln kamen oder ob der Automat einen wunderschön glitzernden Ring ausspuckte.

Mit spitzen Fingern dreht sie die stinkige Geldbörse auf links und findet einen Personalausweis, einen Pass, Führerschein, Einkaufsquittungen und eine Kinokarte fürs Metro.

Ja, ich weiß, du würdest jetzt natürlich als Erstes die amtlichen Dokumente einer näheren Prüfung unterziehen, aber Frau Heerten dreht die Kinokarte in den Fingern. Was für ein langweiliger einfarbiger Zettel. Wenn sie da noch an früher denkt, dieses dunkle Weinrot und die Mausezähnchen am Rand. Wunderbar. Es gab Parkett und Sperrsitz. Sperrsitz, was war das noch? Absperrbare Sitze sagten früher: »Ich gehöre dir, dafür hast du bezahlt, hier setzt sich kein anderer hin.« So was gibt's heute gar nicht mehr. Zumindest nicht im Kino. Nur noch am Strand. Wir Ostseeanrainer schützen so unsere Strandkörbe vor unbefugtem beziehungsweise unbezahltem Drinsitzen.

Jetzt greift Frau Heerten nach dem Ausweis. Wie heißt der junge Mann, dessen Passbild sie anstarrt? Martin Szupri cy ki …

Sie steht auf und sucht im Sekretär nach ihrer Lupe. Martin Szupryczynski, geboren am 17. Februar 1981. Und auf der Rückseite des Personalausweises ist ein Adressaufkleber: Kiel, Amrumring ui. Ui? Ausgerechnet da ist ein Teil des Aufklebers abgekratzt. Die Hausnummer lässt sich nicht entziffern.

Siehst du, da hat sie den Salat. Jetzt kann sie den ganzen Amrumring ablaufen, auf den Klingelschildern nach einem Martin Szupridingsda suchen und ihm das dreckige Portemonnaie in den Briefkasten werfen. Und der muss losziehen und es woanders wieder einbuddeln.

Warum hat er das Zeug überhaupt vergraben? Tut man doch nicht. So was braucht man doch. Oder nicht? Sie überlegt, wann sie zum letzten Mal ihren Pass, Personalausweis oder Führerschein gebraucht hat. Den Führerschein braucht man eigentlich nie, außer, wenn er einem abgenommen werden soll.

Den Pass brauchte sie für ihre Kreuzfahrt vorletzten Herbst. Aber vielleicht macht Martin Tschitschikowski oder wie er heißt keine Kreuzfahrten. Wahrscheinlich machen die wenigsten Leute, die im Amrumring wohnen, viele Kreuzfahrten. Dann schon eher mal mit dem Perso nach Dänemark. Aber auch das kann sich dieser Martin jetzt abschminken. Der Perso steckt ja auch in dem abgegriffenen Portemonnaie. Als sie das denkt, wird sie in ihrem Lieblingsstuhl am Fenster in der Küche auf einmal ganz steif.

Vielleicht kann sich Martin ja überhaupt alles abschminken, weil er nämlich gar nicht mehr lebt, der gute Martin, und sein Mörder hat den Kram vergraben, um irgendwann später, wenn genügend Gras über ihn gewachsen ist, als leicht veränderter Martin mit dessen Pass, Perso und Führerschein aus der Versenkung aufzutauchen.

Ja, schau, schau, die gute Frau Heerten! Nicht nur Märchen und Sagen, ein gerüttelt Maß an Krimis muss sie über die Jahre auch verschlungen haben.

Sie nimmt noch mal die Lupe zur Hand: Szupryczynski. Polnisch. Also spricht man es Schupritschinski aus. Jahrgang 1981, fast so alt wie Karin. Ob sich die beiden gekannt haben? »Der Schuppi«, hört sie Karins süße Jungmädchenstimme auf einmal in Gedanken sagen – ach Karin –, »der Schuppi hat wieder …« Ja, was hatte der Schuppi eigentlich damals wieder?

Frauen – und Männer Gott sei Dank auch – werden ab einem bestimmten Alter schon mal etwas vergesslich. Selbst mit ihren jugendlichen achtundfünfzig würde es mich nicht wundern, wenn Frau Heerten übermorgen vergessen hätte, dass sie vorgestern Nachbars Katze totgefahren hat. Aber was letzten Dienstag vor dreißig Jahren los war, daran können sich die Alten prima erinnern. Und deshalb weiß Frau Heerten auch noch ganz genau, dass dieser Schuppi damals ein ziemlicher Taugenichts gewesen ist.

Na bravo, sie hat die vergammelten Sachen von einem Taugenichts ausgebuddelt – sofern dieser Tschitschinski oder wie er heißt und Schuppi ein und derselbe sind.

Tja, ist er es, oder ist er es nicht? Mit dieser Frage und dem Rest Eierlikör verzieht sich Frau Heerten für heute ins Bett.

5

Nach einem höchst erquicklichen Schlaf – sie sollte immer eine Flasche Eierlikör mit ins Bett nehmen – wacht Frau Heerten in großartiger Stimmung auf. Das Leben ist herrlich. Da ist wirklich nichts dran auszusetzen. Sie richtet sich auf. Die gute Stimmung bleibt sogar noch da, als sie dieses Ziehen im Nacken spürt, das ihr in letzter Zeit so zu schaffen macht. Sie kann manchmal nicht mal mehr den Kopf richtig drehen. Radfahrer haben schlechte Karten, wenn sie mit dem Auto rechts abbiegt.

Da kommt die Erinnerung wieder und haut ihr in die Magengrube. Sie hat Nachbars Katze ermordet, das Wohnzimmer sieht aus, als hätte eine Bombe eingeschlagen, und auf dem Küchentisch an ihrem Lieblingsplatz liegt die vergammelte Identität eines Taugenichts.

Schlimmer geht's nimmer.

Da hilft nur Klosterfrau Melissengeist oder alternativ ein Gläschen Eierlikör. Sie entscheidet sich für die Alternative, zieht sich an, umschifft Wohnzimmer und Küche, verzichtet auf ihren morgendlichen Tablettencocktail und lässt sogar das geliebte Staubwischen sausen. Sie verlässt das Haus und macht sich auf zu Edeka, um für likörlichen Nachschub zu sorgen. Ohne einen gewissen Alkoholpegel wird sie dem Gang in ihr verwüstetes Wohnzimmer nicht gewachsen sein.

Wie leicht ihr Edeka von den Lippen oder besser gesagt von den Gehirnlappen geht. Dabei war es doch so lange Eno und ist jetzt eigentlich Fiedler. Sie hätte sich natürlich auch zu Sky auf den Weg machen können. Sky war früher coop, für uns Schleswig-Holsteiner der Garant für Eierlikör und alles, was man im Leben so braucht. Aber Edeka ist fünf Schritte näher dran als Sky, der sich jetzt Rewe nennt – was allerdings nicht wirklich der Grund sein kann, denn sie fährt mit dem Auto. Ja, solche Menschen gibt es. Denen sind Ozonloch und Umweltkatastrophe schnurz, die verpesten selbst für kürzeste Strecken mit ihrem Galoppi die Luft. Von daher wäre es also egal, ob sie zu Edeka, Verzeihung, *Fiedler* fährt oder zu Sky, Verzeihung, *Rewe*. Im Auto machen die paar Meter mehr den Kohl nicht fett. Aber der Parkplatz von Edeka ist ein Rechteck, und Sky hat sich für eine L-Form entschieden, mit dem Ergebnis, dass auf diesem Parkplatz Autos aus allen erdenklichen Richtungen hervorpreschen und Fahrer verunsichern, die beim Drehen des Kopfes ein Ziehen im Nacken haben und den Rückwärtsgang nur im äußersten Notfall benutzen. Außerdem sind die Parkplätze nicht gegenüberliegend, sondern versetzt angeordnet. Wenn das Gegenüber seine Parkstelle geräumt hat, kann man also nicht vorwärts wegfahren, sondern muss rückwärts ausparken. Wer will es Frau Heerten da verdenken, dass sie Edeka, äh, Fiedler, vorzieht?

Gerade will sie in eine freie Parkbucht fahren, da stößt von der Gegenseite ein Riesengeschoss in die Lücke. Solche sich gegenüberliegenden Parkplätze haben also nicht nur Vorteile. Frau Heerten wedelt ungeduldig mit der Hand und bedeutet dem Schatten auf dem Fahrersitz des SUV, er möge bitte schleunigst den Rückwärtsgang einlegen, weil sie hier zu parken gedenkt.

Der Klassiker, sagst du jetzt sicher, zwei Autofahrer streiten sich um einen Parkplatz. Vielleicht, wenn dies der letzte freie Platz wäre und der nächste ungefähr hundert Kilometer entfernt. Ist hier aber nicht der Fall. Edeka verfügt über reichlich Parkraum.

Trotzdem: Frau Heerten und der SUV, beide schon halb auf dem Platz ihrer Begierde, bleiben stehen und wedeln sich gegenseitig zu, der andere solle verschwinden – und zwar ein bisschen plötzlich. Nachdem sich ein, zwei Minuten nichts gerührt hat, öffnet der SUV seine Fahrertür, und ihm entsteigt ein hochhackiges Bein, gefolgt von einer eleganten Dame mit Daunenweste und Pelzkrägelchen.

»Nun sehen Sie mal zu«, sagt das Pelzkrägelchen zu Frau Heerten, nachdem diese die Scheibe runtergelassen hat, »dass Sie Ihre Blechschleuder zurücksetzen, damit ich parken kann.«
»Ich war aber zuerst hier«, sagt Frau Heerten.
»Passen Sie mal auf, Schätzchen.« Das Pelzkrägelchen wippt leicht auf seinen hohen Hacken auf und nieder. »Ich werde jetzt einsteigen und langsam vorfahren. Was meinen Sie? Welches Auto wird platt sein, sobald ich Gas gebe?«
Hatte ich schon gesagt, dass reichlich freie Parkplätze vorhanden sind? Es muss also um was anderes gehen als um diesen Parkplatz. Richtig, es geht um Macht und Stärke, und im Augenblick scheint beides klar aufseiten des SUV mit Pelzkragen zu sein.
Frau Heerten treten Tränen in die Augen, während sie den Rückwärtsgang einlegt. Was für eine Scheiße. Sie hat ihren Mann verloren, die Tochter verweigert ihr die Enkelkinder, in ihrem Wohnzimmer herrscht totales Chaos, sie hat Nachbars Katze totgefahren, und auf ihrem Küchentisch liegt die verkorkste Identität von Karins Mitschüler. Sie hat auf ganzer Linie die Arschkarte gezogen und muss nun auch noch vor dieser blöden Schnepfe klein beigeben, weil die schöner, stärker und reicher ist.
Der werd ich es zeigen, denkt sie und haut aufs Lenkrad, während sie mit rotem Kopf den nächsten Parkplatz ansteuert.
»Mord aufgeklärt« wird das Pelzkrägelchen in den »Kieler Nachrichten« lesen und mit peinlichem Entsetzen feststellen, dass sie diese zweite Miss Marple mal mit ihrem Riesenschlitten vom Parkplatz gefegt hat.
Ja, am Ende wird sie siegen. Die werden sich noch alle umgucken!

6

Ganz lässig ist Frau Heerten. Sie würdigt das Pelzkrägelchen, das in der Schlange an der Wursttheke steht, keines Blickes, schnappt sich eine Flasche Ei, ei, ei Verpoorten und stellt sich an die Kasse.

»Nein. Die Frau Heerten«, sagt eine Stimme hinter ihr. Mit ganz langem Ei: Neieiein. So ein Nein mit drei Eis ist ganz klar ein Ja. »Ja, die Frau Heerten«, sagt so ein Nein. Und schon wird Frau Heerten aus der Schlange gezogen, und die Neieiein-Frau drängt ihr ein Gespräch auf. Wie es ihr denn ginge und wie lange das denn nun schon wieder her sei, dass man sich gesehen habe, und nein, wie nett, dass man sich jetzt bei Fiedler ...»Und wie geht es denn der kleinen Karin?«

»Die kleine Karin hat zwei Kinder und wohnt in Hamburg«, sagt Frau Heerten und überlegt fieberhaft, woher sie diese Vielschwätzerin eigentlich kennt. »Erinnern Sie sich noch an den Schuppi?«, fragt sie schließlich auf gut Glück.

»Klar«, sagt Frau Vielschwätzer, »das war doch der, der die Lehrer immer zur Weißglut gebracht hat. Hat sich im Klassenschrank versteckt und Faxen gemacht. Als er dann größer war, hat er es manchen Lehrern richtig schwergemacht, wenn sie sich auf Diskussionen mit ihm einließen. Nee, blöd war der nicht, aber schwierig. Immer die Unterschrift der Eltern gefälscht. Einmal hat er mit vier Kreuzen unterschrieben. ›Wieso vier?‹, hat der Lehrer gefragt. Das erste stehe für ›Doktor‹, hat er gesagt. Nein, was war der ulkig. Hat ja gleich bei uns nebenan gewohnt.«

»Wissen Sie noch, wie der in Wirklichkeit hieß?«, fragt Frau Heerten.

Oha, gefährlich, einen Vielschwätzer etwas zu fragen. Sollte man nie tun. Das tritt eine Lawine los, du glaubst es nicht. Aber wenn man die vergammelte Identität eines Rabauken bei sich zu Hause auf dem Küchentisch liegen hat, ist das irgendwie verständlich.

Als Frau Vielschwätzer endlich leer geschwätzt ist, weiß Frau Heerten, dass Schuppi in echt Schupritschinski heißt, mal ganz groß als Fußballer rauskommen wollte, aber natürlich alles verkackt hat und dann als Arbeitsloser die schöne Wohnung am Amrumring hat aufgeben müssen, wo die Eltern doch alles für ihn getan hätten und ihm sogar die schöne Wohnung überlassen haben, als sie nach Düsseldorf gezogen sind.»War ja damals ganz narrisch nach der Karin, der Junge. Aber die wollte ihn natürlich nicht. Und dann wieder doch. Ein ewiges Hin und Her. Ist ja klar, ein Mädel wie Ihre Karin, die konnte was Besseres kriegen. Wie geht es denn der kleinen Karin?«

»Die kleine Karin hat zwei Kinder und wohnt in Hamburg«, sagt Frau Heerten und fügt hinzu:»Leider! Ich muss auch mal wieder ...« Doch dann fällt ihr noch was ein.»Wo hat er denn damals Fußball gespielt, der Schuppi?«, fragt sie und tritt die nächste Lawine los.

Nach einer weiteren Viertelstunde weiß sie zum zweiten Mal, dass Schuppi als Arbeitsloser seine schöne Wohnung am Amrumring hat aufgeben müssen, wo doch seine Eltern nur das Beste für ihn gewollt hatten, aber sie erfährt immerhin auch, dass er meist am Nordmarksportfeld gebolzt hat, um ihre Karin zu vergessen.»Wie geht es ihr eigentlich, der kleinen Karin?«

»Die kleine Karin lebt mit Schuppi in Hamburg«, sagt Frau Heerten und geht.

7

Am Donnerstag, da hat er immer gebolzt, der Schuppi, hat Frau Vielschwätzer gesagt. Nach dem Dienst, hat sie gesagt. Auf dem Norder, hat sie gesagt. Und da ist Frau Heerten einfach mal hingefahren, so von hintenrum, über die Olshausenstraße, das ist nicht so weit weg von Suchsdorf, Parkplätze sind auch kein Problem und dazu ein wunderbarer Blick über die ganze riesige Rasenfläche.

Sollten die Bolzer allerdings am anderen Ende vom Platz bolzen, wären sie nur zwei Zentimeter groß, weil sie über dreihundert Meter entfernt sind. Da hat Frau Heerten aber ausnahmsweise mal Glück. Weil sie eine ganz normale Größe haben, sind sie quasi direkt vor Frau Heertens Nase, als sie hinter der Hundeschule durchs Unterholz bricht.

Sie geht bis zu der hölzernen Barriere, die den gesamten Norder umrundet, und stützt sich mit den Unterarmen darauf. Vierzehn verschwitzte Männer hetzen hinter dem Ball her und versuchen, ihn zwischen die Sporttaschen zu kicken, die die Tore markieren.

Frau Heerten liebt Fußball. Nicht als Spielerin natürlich, aber als Zuschauerin.

Seit das Fernsehen an jedem, aber auch wirklich jedem Abend mehrere Kommissare ins Rennen schickt, die einen Mörder fangen müssen, braucht sie nur auf die Uhr zu sehen, um zu wissen: Noch eine Viertelstunde, bis die neunzig Minuten voll sind, das kann nicht der Mörder sein. Und bei den Dreiviertelstunden-Krimis ist bis fünf Minuten vor Schluss jeder Verdächtige total unschuldig.

Das ist bei großen Sportwettkämpfen und Fußballevents anders. Da ist von der ersten bis zur letzten Minute alles drin. Deshalb sieht sie lieber die.

Nun muss ich gestehen, was sie hier auf dem Norder sieht, ist mit einem Spiel – sagen wir mal Bayern gegen Dortmund – nicht zu vergleichen. Latte und Pfosten, die im Fernsehen immer so eine wichtige Rolle spielen, sind hier bautechnisch abwesend, Einwürfe werden mehr so hingefummelt, und von Videobeweisen will ich gar nicht reden.

Aber ein Schiri ist dabei. Zumindest nimmt sie an, dass der mit der Pfeife diesen Part übernommen hat. Dem Sohn das Trillerpfeifchen geklaut und schon hatte er den Posten. Manchmal kickt er sogar mit, weswegen der Name »Unparteiischer« hier nicht ganz passend ist. Aber das soll bei großen Spielen ja auch hin und wieder nicht stimmen.

Frau Heerten braucht nicht lange, um herauszuklabüstern, wer eigentlich gegen wen spielt. Die eine Mannschaft hat den Fanshop im CITTI-PARK geplündert und trägt das Emblem von Holstein Kiel auf der Brust. Die anderen haben wohl nur kurz in den Kleiderschrank gegriffen, wie Frau Heerten aus den bunt zusammengewürfelten T-Shirts schließt.

Eine ältere Frau, die am Rand eines Fußballfelds steht – obendrein als einziger Zuschauer –, fällt den Spielern natürlich auf.

Da gibt ein Fußballer schon mal alles und mehr. Könnte schließlich die Mutter eines Gegenspielers sein. Der will man gern zeigen, was für eine sportliche Pfeife sie da in die Welt gesetzt hat. Schade nur, dass der großartig angedachte Fallrückzieher die Grenzen der eigenen Sportlichkeit übersteigt und den Spieler humpelnd auf die Bank zwingt.

Ich weiß natürlich nicht, wie oft du schon auf dem Norder warst. Aber wenn du auch nur ein einziges Mal da warst, dann weißt du, dort gibt es gar keine Bänke. Deshalb setzt sich der Fußballer nach seinem denkwürdigen Schuss, der beinah das entscheidende Tor gebracht hätte, nicht auf eine Bank, sondern lehnt sich mit dem Rücken neben Frau Heerten an die Barriere.

»Schade«, sagt Frau Heerten.

»Hä?«, sagt der Fußballer und wedelt sich mit seinem Hemd Luft zu.

»Wenn der gesessen hätte …«, sagt Frau Heerten.

»Hmm«, macht der Hemd-Wedler.

»Schuppi hätte ihn sicher reingemacht«, sagt Frau Heerten.

»Glaubichnich«, sagt der Wedler.

»Wo ist der eigentlich?«, fragt Frau Heerten.

»Wer?«, fragt er.

»Schuppi.«

Also ich finde es ganz toll, wie Frau Heerten das macht. Musst du dir mal merken: Ältere Frauen wirken oft ein bisschen harmlos, manchmal sogar etwas zickig, im Grunde schlicht … alt. Aber man soll sich nicht täuschen, besonders bei Frauen wie Frau Heerten, die so trutschig daherkommen und es doch faustdick hinter den Ohren haben. Da kommt mancher Fußballer nicht mit. Sie hat das Thema jedenfalls gleich da, wo sie es haben will.

»Schuppi? Ach der. Lange nicht mehr dabei«, sagt der Wedler.

»Wieso nicht?«

»Keine Ahnung«, sagt er und humpelt wieder zu den anderen aufs Spielfeld.

Da wird sie sich wohl noch eine Weile gedulden müssen, bis das Spiel zu Ende ist und sie die anderen fragen kann, ob sie was über Schuppi wissen. Und das, wo Geduld nicht gerade zu Frau Heertens Stärken zählt.

8

Wie sagte schon unser Alt-Alt-Bundestrainer, der gute Sepp Herberger? Der Ball ist rund, und ein Spiel dauert neunzig Minuten. Ohne Nachspielzeit und ohne Verlängerung. Und natürlich ohne Elfmeterschießen. Gott sei Dank sind die Herren, die hier hinter dem Ball herhetzen, keine Profifußballer. Daher dauert das Spiel nur so lange, bis dem Ersten der Magen knurrt und alle nach Hause zu Mutti wollen – nicht zur eigenen, sondern zur Mutti ihrer Kinder.

Vierzehn verschwitzte Herren gehen zum Spielfeldrand beziehungsweise zu dem, was sie zuvor mit ihren Sporttaschen als Rand markiert haben, und kramen jeder in seiner Tasche nach einem Handtuch. Sie verlagern den Schweiß von Stirn und Nacken ins Frottee und klettern dann mehr oder weniger elegant über die Barriere.

»Hallo, Frau Heerten, wollten Sie mitspielen oder nur mal zugucken?«, fragt einer und rubbelt sich mit dem Handtuch die Haare trocken.

»Nein«, sagt Frau Heerten, eine etwas ungewöhnliche Antwort auf eine Alternativfrage, aber sie ist im Augenblick zu verblüfft. Wer ist das denn?

Kennst du bestimmt auch. Wenn Menschen nicht in ihrem natürlichen Umfeld auftreten, hat man kaum eine Chance, sie zu erkennen. Der Alptraum ist die Sauna. Du siehst ihn immer nur nackend, und plötzlich sollst du darauf kommen, dass dieser fesch gekleidete tolle Mann, der dich beim Kaufmann anspricht, das verschwitzte Dickerchen mit Wabbelbrüsten und Hängehintern ist. Oder umgekehrt, dieser Mann mit dem schlampigen T-Shirt und den bolligen Jeans soll der Adonis aus der Sauna sein? Kommt auch vor. Jedoch seltener.

Frau Heerten lächelt und versucht, sich nichts anmerken zu lassen.

»Ich bin Ihr Nachbar«, sagt der Mann und rubbelt grinsend weiter.

»Ach, Herr …«

»Wagner«, sagt er.

Ach ja, das ist dieser Kai-Pflaume-Verschnitt, nur in weniger harmlos, der ihr schon öfter beim Müllrausbringen über den Weg gelaufen ist.

Er reibt sich die Hände trocken. »Herr Wagner oder Jürgen. Jürgen wäre mir lieber.«

»Ich wusste gar nicht, dass Sie – äh, dass du hier sportest«, sagt Frau Heerten.

»Mach ich schon ein paar Jahre.« Jürgen zieht sich sein Holstein-Kiel-Trikot über den Kopf. Ganz vorschriftsmäßig macht er das, wie es sich für einen Mann gehört. Solltest du mal nicht wissen, welches Geschlecht dein Gegenüber hat, lass ihn sich ausziehen. Also nicht ganz, das geht zwar auch, aber jetzt meine ich nur das Shirt. Männer greifen in den Nacken, Frauen kreuzen die Arme vor der Brust, wenn sie T-Shirt oder Pullover abstreifen.

Jürgen legt Frau Heerten freundschaftlich die Hand auf die Schulter. »Und was machst du hier?«

»Ich suche einen gewissen Schuppi.«

»Soso«, sagt Jürgen und nimmt die Hand wieder runter.

Schade, denkt Frau Heerten, seine Hand hatte sich irgendwie gut angefühlt.

Ich dagegen denke, sie sollte froh sein. Nachbarschaftliche Geselligkeit kann tödlich enden. Erst die dicksten Freunde, jeden zweiten Tag gemeinsames Grillen und hoch die Tassen, und dann geht man sich gegenseitig an die Gurgel, weil ein Zweiglein aus Nachbars Garten über den Zaun hängt, was bei Jürgen und ihr allerdings nicht passieren kann. Es liegen ja noch zwei Häuser dazwischen, so lange Zweige gibt es gar nicht.

Jürgens Arme haben sich inzwischen in die Ärmel eines Sweatshirts geschoben, und mit einer geschmeidigen Bewegung zieht er es sich über den Kopf. »Was willst du denn von dem?«, fragt er, nachdem sein Gesicht das Halsloch gefunden hat und er wieder frei atmen kann. »Hier laufen jede Menge Männer rum, und du suchst den einzigen, der nicht da ist.« Er lächelt und legt den Arm um ihre Schulter.

Wenn Karin sie so sähe, denkt Frau Heerten, wie sie von einem Mann umarmt wird, der ihr Sohn sein könnte. Nun gut, umarmt ist jetzt ein bisschen übertrieben. Ein bisschen sehr sogar. Im Grunde genauso übertrieben wie das Bild, das Karin nach Frau Heertens Meinung von ihrer Mutter hat: Als würde sie einsam und allein, träge und alt in einem viel zu großen Haus dem Tod entgegensterben.

»Wie geht's deinen Kindern?«, fragt Frau Heerten, um wieder einen klaren Kopf zu bekommen – und bereut es quasi im selben Augenblick. Wie soll es Felix und Mia schon gehen? An jedem Baum, an jedem Laternenpfahl, an allen Hauswänden und an allen Gartenzäunen derselbe Zettel – »MAUNZI, WO BIST DU?« – mit Bild von dem süßen Kätzchen und dem Text: »Wer unsere Maunzi gesehen hat, bitte melden.« Darunter Adresse und Telefonnummer.

Jürgens Telefonnummer, denkt sie.

Sie spürt, wie ihr Gesicht heiß wird, und hofft, nicht rot zu werden. »Sagt mal, Jungs«, fragt sie, »weiß einer von euch was über Schuppi?«

Aber die sind schwer beschäftigt, wischen sich den Schweiß von allen möglichen und unmöglichen Körperstellen und graben in ihren Sporttaschen. Schuppi sei seit etwa drei Jahren nicht mehr auf dem Norder aufgetaucht, habe sich von einem Tag auf den anderen nicht mehr blicken lassen, kann sie dem allgemeinen Gebrummel entnehmen. Wie vom Erdboden verschluckt, der Schuppi – da sind sich alle einig. Einer will sich dunkel erinnern, dass Schuppi nach Köln gemacht haben soll.

Ein äußerst Verschwitzter mit roten Haaren schnäuzt sich in sein Handtuch und sagt: »Sie sind doch die Mutter von der Karin. Mit der hatte er auch mal was.«

»Ach ...«, sagt Frau Heerten, während sie leicht angewidert

die Reise des Schnodders verfolgt. Der Mann wischt sich erneut die Hände im Handtuch trocken und verstaut es dann umständlich in seiner Tasche. Sie ist so gefangen von dem Schauspiel, dass sie beinah nicht gemerkt hätte, dass Jürgen ihre Schulter wieder losgelassen hat.

Auch wenn die Herren Bolzer sich die Würmer einzeln aus der Nase haben ziehen lassen, geht Frau Heerten nach zwei verkürzten Halbzeiten mit einigen Informationen im Gepäck nach Hause.

Großartig, dieser Tag. In Hochstimmung betritt sie ihr Haus, macht mit Handfeger und Kehrblech im Wohnzimmer klar Schiff und stellt die Ahnengalerie wieder senkrecht. Nun gut, Omi und Opi stehen praktisch nackt da – ohne Glas vor dem Sonntagsstaat –, aber das wird sich finden.

Frau Heerten hat Wichtigeres zu tun.

Die Polizei kommt

1

Ich weiß jetzt natürlich nicht, wie du so drauf bist. Vielleicht gehörst du zu denen, die die überfahrene Katze vom Nachbarn im Genick packen, bei ihm klingeln und sagen würden: »Guten Tag, Herr Nachbar, ich habe Ihre Katze totgefahren, weil ich zu tief ins Eierlikörgläschen geschaut habe.« Sicher würdest du dann zumindest noch ein »Tut mir wirklich leid« hinterherschieben und betreten gucken. Aber ich will dir eins sagen: Von der Sorte gibt es nicht viele, da wärest du ein bisschen die Ausnahme.

So ist es nicht wirklich verwunderlich, dass Frau Heerten nicht zu diesen Ausnahmen gehört – aber Gott sei Dank auch nicht zur Mehrheit, die die Katze in so einem Fall kurzerhand in die nächste Mülltonne schmeißt (oder nicht mal das) und weiterfährt.

Frau Heerten hat der Katze löblicherweise ein quasi-christliches Begräbnis zukommen lassen, obwohl ich denke: Etwas übergriffig war das schon. Wer weiß, vielleicht war es eine Perserkatze oder eine gänzlich atheistische Katze, vielleicht sogar ein bisschen mit dem Teufel im Bunde, wie man es manchen Katzen nachsagt, auch wenn die dazugehörigen Hexen heute recht selten geworden sind. Na, was soll's? Beim Begraben geht es vor allem um die Lebenden. Den Toten ist ihr Begräbnis, soweit man weiß, ziemlich egal.

Insofern alles in Ordnung mit Frau Heerten. Als sie jedoch die Katze eingebuddelt und das Kästchen ausgebuddelt hat, es sogar mit nach Hause genommen und obendrein die Ausweise darin gefunden hat, fing ich doch an, mich über sie zu wundern. Sie lebt nicht unter einer Brücke, wo man vielleicht sagen würde: So einen Pass kann ich gegen was Brauchbares eintauschen oder zukünftig selbst als Szupryczynski weiterleben. Obwohl mancher Obdachloser sich das bei einem solchen Namen sicher zweimal überlegen würde.

Frau Heerten wohnt in Suchsdorf, und da ist es eigentlich üblich, dass man bei einem so merkwürdigen Fund zur Polizei geht. Zumal sie bei sich zu Hause ein Büfett mit silbern gerahmter Ahnengalerie im Wohnzimmer stehen hat und Armleuchter an den Wänden und Kandelaber auf dem Esstisch. Solche Leute haben den Spruch »die Polizei, dein Freund und Helfer« mit der Muttermilch eingesogen. Für die ist es mehr als selbstverständlich, zur nächsten Polizeiwache zu gehen, die jetzt allerdings etwas weiter weg ist. Die Suchsdorfer Polizeistation hat wegen Personal- und Arbeitsmangels (außer Einbrüchen nix zu tun) nur noch dienstags und donnerstags zwei Stunden geöffnet. Aber wann ist für einen Rentner schon mal Dienstag oder Donnerstag? Frau Heerten müsste sich mit ihrem Fund in die Innenstadt bemühen und sagen: »Seien Sie doch so freundlich und helfen Sie mir.«

Aber siehst du, gerade die mit den Armleuchtern werden oft durch Eierlikör behindert, haben sie doch schon so viel über Marihuana gehört, das sich jahrelang in den Haaren verfängt, und befürchten, es könnte mit Eierlikör ähnlich sein.

Frau Heerten ist eine Alt-68erin. Nicht dass sie damals mit Knarre im Hosenbund rumgelaufen wäre, das nicht, aber so ein bisschen hat sie schon mitgekriegt, dass Polizisten früher Bullen hießen und weibliche Polizisten ganz gendermäßig Bulletten und dass die auch mal ganz unfreundlich sein können, von Helfer keine Spur.

Deshalb ist sie auch nicht begeistert, als tags darauf zwei Beamte in Uniform bei ihr klingeln und auch gleich mit einem Fuß in der Tür stehen.

»Tach«, sagt sie.

»Ist Ihnen doch sicher recht, wenn wir reinkommen«, sagt der Freund.

»Wegen der Nachbarn. Muss ja nicht jeder sehn, dass Sie was mit der Polizei zu tun haben«, ergänzt der Helfer.

Ist Frau Heerten aber gar nicht recht. Dabei denkt sie nicht mal an die vielen verkleideten Polizisten, die durch die Gegend laufen, sich bei einsamen alten Damen einschleimen und ihnen die Picassos von den Wänden klauen, während die Nichtsahnenden in der Küche Kaffee kochen. Sie denkt eher an die Fernsehkrimis, in denen Polizisten immer eine vermeintlich schwache Blase haben, nur mal schnell aufs Klo müssen und mit Haarbüscheln aus der Haarbürste wiederkommen. Dann wäre die Sache mit dem Eierlikör die längste Zeit ein Geheimnis gewesen.

»Um was geht's denn?«, fragt sie, obwohl sie natürlich weiß, dass es um die Katze geht und sie die beiden deshalb besser reinlassen sollte, damit der Herr Nachbar – ach nein, inzwischen der Jürgen – nichts mitkriegt. Aber was soll sie dann machen, wenn einer der Bullen tatsächlich mal aufs Klo muss?

»Waren Sie letzten Dienstag mit Ihrem Auto unterwegs?«

»Nein«, sagt Frau Heerten, was – wie wir wissen – total gelogen ist. Dienstag war sozusagen ihr Hauptkampftag: Ahnenbeschädigung und Katzenmord unter Eierlikör-Einfluss mit anschließendem Kätzchen-Kästchen-Tausch.

Bei solch einem prompten »Nein« weiß jetzt selbst der freundlichste Freund und hilfreichste Helfer, dass das gelogen sein muss oder, vorsichtiger formuliert, nicht ganz der Wahrheit entsprechen kann. Denn mal ehrlich, die meisten Menschen wissen ja nicht mal, welcher Wochentag gerade ist. Vor allem Rentner, für die eine Woche zwar auch aus sieben Tagen besteht wie für alle anderen, aber eben aus sechs Samstagen und einem Sonntag. Dass bei all den Samstagen auch mal ein Dienstag dazwischen sein soll, können die wenigsten glauben. Deshalb kann so ein Nein erst nach reiflicher Überlegung erfolgen, in der ein Rentner lange nachdenken muss. Handelt es sich vielleicht um den Samstag, der auf den Dienstag fiel, an dem er bei der Fußpflege war, oder um den, an dem er den leckeren Braten für die nächsten drei Samstage gekauft hat, oder um den Samstag, an dem er abends immer den Krimi im Zweiten schaut? Was an Gedankenstützen in fortgeschrittenem Alter eben so anfällt.

Da macht sich Frau Heerten mit ihrem wie aus der Pistole geschossenen Nein selbstredend höchst verdächtig. Doch sie ist natürlich im Recht. Man muss sich an nichts erinnern, nur weil zwei Verkleidete an der Tür klingeln. Auch wenn sie einem zehnmal einen Ausweis unter die Nase halten, den man sowieso nicht lesen kann, weil die Lesebrille in der Küche neben der Zeitung liegt.

»Ein Anwohner hat einen dunklen Wagen gesehen, der über die alte Levensauer Hochbrücke gefahren ist. Am letzten Dienstag um einundzwanzig Uhr dreiundzwanzig. War das Ihrer?«, fragt der Helfer.

Siehst du, das meine ich. Es gibt benachbarte Schulterzucker und anwohnende Erinnerer. Suchsdorf ist voller Erinnerer. Vielleicht nicht so sehr in den Suchsdorfer Mietskasernen, wie man die Mehrfamilienhäuser oft abfällig nennt, aber in den Häuslebauer-Häusern gibt es massenhaft Erinnerer. Bei denen weicht Datenschutz gerne mal staatstragender Gesinnung und einem Wir-haben-nichts-zu-verbergen-Feeling, wenn die Ordnungshüter-Fraktion anklopft. Den Repräsentanten des Staates hilft ein Erinnerer, wo er kann, und erinnert sich. Selbst wenn es um einundzwanzig Uhr dreiundzwanzig zum Erinnern eigentlich schon zu dunkel war.

»Wer hat behauptet, dass ich um einundzwanzig Uhr dreiundzwanzig mit meinem Auto auf der Levensauer Hochbrücke war?«, fragt Frau Heerten, während sie weiterhin mit ihrem Körper den Eingang verbarrikadiert.

»Leider«, sagt der freundliche Polizist und hebt bedauernd die Schultern, »darf ich Ihnen das nicht sagen. Zeugenschutz, Sie verstehen?«

Sie versteht, aber fragt sich, was so eine Polizei eigentlich von einem will, wenn sie einem nichts sagen darf.

Die Polizei darf natürlich schon was sagen, jedoch nur in den seltensten Fällen das, was man wissen will. Jetzt sagt sie: »Letzten Dienstag ist auf der Alten Levensauer ein Unfall passiert. Dabei ist der Geschädigte mit seinem Auto über die Leitplanke geschleudert worden und zu Tode gekommen. Der Unfallverursacher ist flüchtig.«

So spricht eine Polizei, wenn sie was sagt. »Geschädigt« und

»zu Tode gekommen« und »Unfallverursacher«, also ganz klar Amtsdeutsch, wie es nur Beamte beherrschen. Aber nicht, dass du denkst, die geschraubte Redeweise sei der einzige Grund, warum Polizisten Beamte sein müssen. Schon auch ein bisschen wegen Staatsgewalt und Gewaltmonopol und Schusswaffe immer im Holster und nicht im Halfter, damit keine Verwechslung mit den Sheriffs aus dem Wilden Westen aufkommen kann. Bei der Ortsbezeichnung aber wieder ganz leger – auf der »Alten Levensauer« – und trotzdem korrekt. Denn bei den Levensauer Hochbrücken ist das Wort »Hochbrücke« nicht so wichtig wie die Frage, ob es sich um die *alte* oder die *neue* handelt. Auch wenn viele sagen würden, eine Brücke von 1984 ist nun wirklich nicht mehr das Neueste vom Neuen. Im Vergleich zu 1894, dem Entstehungsjahr der alten Brücke, ist sie natürlich doch irgendwie neuer als die alte.

Dass es sich um eine Hochbrücke handelt, kann man dagegen getrost unterschlagen. Um was sonst sollte es gehen? Das Dorf Levensau gibt es schon lange nicht mehr, und auch das Flüsschen Levensau ist seit 1784 im Eiderkanal verschwunden. Von der ganzen Levensauer Gegend ist nur der Name übrig geblieben, nämlich für zwei Brücken, und da ist es schon wichtig, ob man die eine meint oder die andere.

»Dürfen wir uns Ihren Wagen mal ansehen?«, fragt der Freund.

Frau Heerten atmet auf. »Aber natürlich, selbstverständlich«, sagt sie total freundlich und überaus hilfreich, denn sie ist total und überaus erleichtert, dass die beiden Herren Beamten nur wegen eines geschädigten Toten bei ihr geklingelt haben und nicht wegen der Katze, die sie überfahren hat. Und noch erleichterter, dass sie sie nicht reingelassen hat und die Sache mit dem Eierlikör in den Haaren nicht aufgeflogen ist, sonst hätte ihr die Staatsgewalt zu dem Katzenmord womöglich noch die Schädigung dieses Unfalltoten angehängt.

Auf dem Weg zum Wagen fällt ihr allerdings ein, dass die Katze beim Sich-überfahren-Lassen ja eine Delle ins Auto gesemmelt haben könnte, und sie denkt: Ach du Scheiße.

Die beiden Polizisten gehen vor ihrem Wagen in die Knie, leuchten ihm mit ihren Taschenlampen unter den Rock und kommen wieder hoch. Einfach so. Ohne sich abzustützen. Großartig. Diese Übung sollte sie unbedingt in ihr morgendliches Sportprogramm aufnehmen.

»Da ist nichts«, sagt der Freund.

»Bis auf die Reifen«, sagt der Helfer. »Denken Sie dran: Winterreifen nur von O bis O.«

»Wie bitte?«, fragt Frau Heerten.

»Von Oktober bis Ostern«, erklärt der Freund. »Schönen Tag noch.«

»Sollte Ihnen noch was einfallen«, lässt der Helfer wie im Fernsehkrimi vom Stapel und gibt ihr einen kopierten DIN-A5-Zettel, »lassen Sie es uns wissen.«

»Ganz herzlichen Dank auch«, sagt Frau Heerten und kann gerade noch den Impuls unterdrücken, ihnen nachzuwinken, ehe sie wieder ins Haus zurückgeht, um sich den Zettel anzusehen.

»Zeugen gesucht«, steht da neben dem Bild von einem Mann mit ziemlich großen Ohren. Und klein untendrunter sein Name: Kurt Bley. Und dann weiter: »Wer hat am Dienstag, dem 2. April den Unfall …«, bla, bla, bla, »… oder kann sachdienliche Hinweise geben?«

Da siehst du, dass in manchen Teilen der schleswig-holsteinischen Beamtenschaft das gendermäßig Korrekte noch nicht ganz angekommen ist, denn es müsste natürlich »Zeug*innen« heißen, obwohl ich zugeben muss, das hätte schon ein bisschen blöd ausgesehen.

Aber gut, dass der Unfall jetzt passiert ist, sozusagen auf den letzten Metern, denn zwei Wochen oder einen Monat später hätte es dazu gar nicht mehr kommen können, weil die Hochbrücke abgerissen werden soll und zuvor wegen Sicherungsarbeiten gesperrt werden muss. Nur dank der Fledermäuse, die seit dem Bau der Brücke ihr Winterquartier in den Widerlagern aufschlagen, musste mit den Umbaumaßnahmen gewartet werden, und der Unfall konnte durchgezogen werden.

Aha, sagst du jetzt vielleicht, schuld sind mal wieder die Umweltschützer. Dass Menschen zu Tode kommen, ist ihnen schnurz. Aber über die doppelt gepurzelte Schlappohreule und über jede dahergeflogene Fledermaus halten sie schützend ihre Hände.

Stimmt. Aber nicht ganz. Umweltverbände gaben nur den Anstoß. Die Generaldirektion Wasserstraßen und Schifffahrt GDWS höchstselbst hat verfügt, dass nur das nördliche Widerlager der Kanalverbreiterung weichen darf. Die Fledermäuse müssen sich halt zukünftig über Winter im südlichen Brückenkopf zusammenquetschen. Tun sie auch. Nur der Große Abendsegler widersetzt sich bisher standhaft und beharrt auf seiner nördlichen Behausung. Was tun? Eine kleine Fledermaus gegen hundert Millionen Tonnen Ladung, die jährlich durch den Kanal geschoben werden. Anders als in der Bibel gewinnt diesmal Goliath, denn Berlin hat in einem Planfeststellungsverfahren der besonderen Art bestimmt, dass der Große Abendsegler entweder umziehen oder aussterben muss. Das ist bitter. Aber keine Sorge. Der Große Abendsegler ist zwar stur, aber nicht doof, wie man so hört. Er wird seine Siebensachen schon noch packen. Engagierte Suchsdorfer haben Fledermaus-Winterquartiere in ihren Gärten aufgehängt. Da kann er überwintern, bis in der neuen Brücke wieder eine Fledermausbehausung gebaut ist – extra für ihn.

Nach solcherlei Vorarbeiten steht der Abriss der Alten Levensauer für 2022 in den Startlöchern, und die Schleswig-Holsteiner drücken die Daumen, dass diesmal alles reibungslos über die Bühne geht. Nicht wie beim Abriss der Prinz-Heinrich-Brücke 1992, wo die Schlaumeier des Abrisskommandos die Last der Fachwerkkonstruktion halbe-halbe auf die Kräne verteilen wollten. Wer schon mal zu zweit ein Sofa in den obersten Stock getragen hat, weiß, dass das Quatsch ist. Der linke Kran ist denn auch eingeknickt und das Sofa – Entschuldigung, die Brücke – in den Kanal gekippt.

Wieder in der Küche, knüllt Frau Heerten den Zettel zusammen und wirft das gendermäßig inkorrekte Teil gekonnt in ihren Behälter für Altpapier.

Ja, mit ihrem Altpapier ist sie heikel. Alles, was auch nur entfernt an Papier erinnert, wandert in diesen Korb oder gleich in die blaue Tonne. Die »Kieler Nachrichten«, ganz klar: Papiertonne. Manchmal sogar fast ungelesen. Auch wenn Frau Heerten noch nicht in dem Alter ist, in dem Artikel über Weltwirtschaftskrisen und neue Bauvorhaben in der Wyk sie deutlich weniger interessieren als die Seite mit den Todesanzeigen. Allerdings bringt allein die tägliche Zeitungsration die Tonne manchmal an ihre Grenzen. Die alten Quittungen über Cola, Batterien und all so 'n Zeug, die sie in dem gammeligen Portemonnaie von diesem Schuppidingsbums findet, passen aber todsicher noch rein. Die kann sie getrost entsorgen. Die braucht nicht mal mehr Schuppi, sollte er jemals wieder auftauchen.

Doch dann wird sie stutzig.

»Pampers x 10: 34,90 €«, steht auf einem Kassenbon. Und auf einem anderen: »Baby-Gemüsegläschen à 2,39 € x 10: 23,90 €«. Gut, dass die Lupe noch auf dem Küchentisch liegt. In siebenfacher Vergrößerung gibt es keinen Zweifel: Schuppi hat für fast sechzig Euro Baby-Equipment eingekauft. Bei so was handelt es sich wohl kaum um ein Gastgeschenk, das man einer Angebeteten mitbringt.

Ein Lupenblick auf das Verkaufsdatum, und Frau Heerten weiß: Schuppi oder Schuppine junior müsste jetzt vier bis fünf Jahre alt sein.

2

In Karins Altonaer Wohnung klingelt das Telefon. Sie geht ran.

»Was sagt dir eigentlich der Name Schuppi?«, hört sie.

Ohne »Hier ist Mami«, ohne Begrüßung, ohne alles.

Na, so geht das natürlich nicht. Mehrere Jahre Funkstille zwischen Mutter und Tochter. Kein einziges Wort. Nichts. Um nicht zu sagen, gar nichts. Da könnte man von einer liebenden Mutter doch erwarten, dass sie, wenn sie nach so langer Zeit mal anruft, nicht gleich mit der Tür ins Haus fällt, sondern mit einem »Hallo, Karin, wie geht es dir?« oder mit einem »Karin, wir sollten uns wieder vertragen« den Boden bereitet. Doch nichts dergleichen, sondern gleich hopplahopp mittenmang: »Was sagt dir eigentlich der Name Schuppi?«

»Mami?«, fragt Karin erstaunt.

»Ja, Gott, Kind. Natürlich.«

Die Worte der mütterlichen Stimme rotieren in Karins Kopf. Gott, natürlich, Kind – Kind, Gott, natürlich – natürlich, Gott, Kind. Ich muss sagen: So richtig verdenken kann ich es Karin nicht. Du wärst auch leicht verwirrt, wenn dein eigen Fleisch und Blut Gott und Kind mit dem Wort »natürlich« vermanscht – und das nach Jahren der Funkstille.

»Mami?«, fragt Karin noch mal.

»Ja, hier ist deine Mutter«, bequemt sich Frau Heerten endlich zu sagen.

»Mein Gott, Mami!«, ruft Karin.

Na ja, viel besser ist das nicht. Für meine Begriffe ist auch da mindestens der Gott zu viel. Aber Frau Heerten gehört nicht zu den Menschen, die sich um Götter Gedanken machen, zumal andere Themen in ihrem Kopf kreisen.

»Ich hab Wum im Bilderrahmen«, sagt sie anklagend.

»Wie bitte?«, fragt Karin.

Es bringt wohl nicht viel, wenn wir dem Telefonat an dieser Stelle noch weiter folgen. So ein erstes Gespräch nach Jahren der Stille ist nie schön. Wenn dann noch Tränen der Versöhnung fließen – wer will bei so was dabei sein? Deshalb klinken wir uns erst wieder ein, als Karin fragt, was das mit Schuppi vorhin eigentlich gesollt haben soll.

»Ja, eben«, sagt Frau Heerten, »was sagt dir der Name Schuppi?«

»Schuppi …«, sinniert Karin. »Das war doch der, der –«

»Genau der«, unterbricht ihre Mutter sie.

Karin, aus der eben noch beinah Tränen der Rührung über den Versöhnungsanruf herausfließen wollten, ist dicht davor aufzulegen. Kein bisschen verändert, die Mutter. Immer noch der ungeduldige Besen von einst, nur Jahre älter. Doch sie nimmt sich zusammen und fängt an zu erzählen.

Süß war er, der Martin, der für alle anderen nur Schuppi war. Ein bisschen hallodrimäßig vielleicht, aber alle fanden ihn toll. Ja, sie hatte auch mal was mit ihm gehabt, mit dem süßen Martin, sogar dann noch, als manche behaupteten, er hätte auch mit anderen was, der Arsch.

»Kind«, sagt Frau Heerten, »das will ich doch alles gar nicht wissen. Sag mir lieber, was aus ihm geworden ist.«

Typisch. Da will Karin endlich mal ihre Vergangenheit aufarbeiten, die immer noch nicht verheilte Wunde mit mütterlichem Balsam beträufeln lassen, aber Mami zieht nicht mit. Hat nie mitgezogen. Ja, wirklich, Karin kann sich nicht erinnern, dass Mami auch nur ein einziges Mal ...

»Was hast du gesagt?«, fragt Karin. Vielleicht hat sie sich ja verhört und Mami hat gesagt: Das will ich später wissen, sag mir erst mal, was aus dir geworden ist. Aber nein.

»Was macht der Schuppi jetzt?«

»Keine Ahnung.« Karin überlegt ernsthaft, ob sie nicht auflegen sollte.

»Du wirst doch wohl wissen, was aus deinem Ex-Lover geworden ist«, sagt Frau Heerten. Ihre Stimme hat jetzt wieder diesen unangenehm piksenden Ton, der Karin so nervt. »Immerhin hattest du doch mal irgendwie so was wie ein Verhältnis mit diesem Polen.«

»Dieser Pole? Was soll das denn jetzt heißen?«

Wenn du mich fragst, wäre es spätestens jetzt an der Zeit, das Gespräch zu beenden und die nächsten Jahre Funkstille einzuläuten. Solche Vorwürfe betteln geradezu darum.

»Martin ist Deutscher«, sagt Karin stattdessen spitz. »Er hat einen deutschen Pass.«

»Ja, Gott, Kind, das weiß ich. Ich will wissen, wo er ist. Was er jetzt macht.«

»Woher?«

»Was meinst du? *Woher?*«

»Woher weißt du, dass Martin einen deutschen Pass hat?«

Frau Heerten schweigt. Was soll sie darauf sagen? Dass sie Nachbars Katze überfahren und dann heimlich vergraben hat, weil sie die einzigen Enkelkinder, die sie nach ihrem Streit mit Karin noch hat, nicht auch noch verlieren wollte? Dass sie sich schuldig fühlt, weil sie zu tief ins Glas geschaut hat? Dass sie Schuppis Pass in dem Loch für die Katze gefunden hat? Bis sie der Tochter das alles aufgedröselt hat, ist Weihnachten.

»Liebes«, sagt sie, »ich hab im Keller ein Buch gefunden. Musst du dir mal von ihm geliehen haben, steht sein Name drin. Das will ich ihm zurückgeben.«

»Mutter, da mach dir mal keine Sorgen, das kannst du sicher behalten.«

»Kind, nun sei doch nicht so stur.« Langsam wird Frau Heerten böse. »Gib mir endlich seine Adresse.«

Mutter, wie sie leibt und lebt, denkt Karin. Das ist mal wieder typisch für sie. Ungeduldig bis zum Geht-nicht-mehr, immer nur auf sich bedacht, die Tochter ist ihr völlig schnuppe. War schon damals so. Wenn sie noch daran denkt, was sie … nein, da denkt sie lieber nicht dran. Das war zu schrecklich. Damals hätte sie eine mitfühlende Mutter gebraucht und kein »Was ist denn nun schon wieder? Stell dich nicht so an und lass die Heulerei«.

Eine völlig gefühlskalte Zimtzicke ist Mutter. Karins Hand krallt sich um den Telefonhörer. Keine fünf Minuten wird sie ihre beiden kleinen Engelchen der Obhut dieser Frau überlassen, Oma hin oder her. Da kann sie warten, bis sie schwarz wird.

Und Papa?, denkt sie. Wie konnte so ein wunderbarer Mann sich nur in einen solchen Drachen verlieben? Und auch noch zwei Kinder mit ihr in die Welt setzen? Was hatte Mutter gesagt, als er so plötzlich starb? »Wie kann er nur?«, hatte sie gesagt. »Lässt mich allein zurück«, hatte sie gesagt. »Gerade jetzt, wo ich ihn so sehr brauche.« Keine Tränen, nur *ich* bin allein, *ich* brauch ihn doch, was mach *ich* jetzt ohne ihn und sein Gehalt.

Gleich nach Papas Beerdigung hatte Karin alle Brücken zu

ihrer Mutter abgebrochen und sich ganz auf ihre Ehe mit Christian konzentriert. Er war vielleicht nicht die beste Wahl gewesen, aber immerhin besser als noch einen Tag länger mit Mutter …

Mutter.

Ihre Mutter.

Karin treten Tränen in die Augen. Zusammen mit dem Vater hat sie vor sechs Jahren auch die Mutter verloren. Nur noch Christian hat sie. Und die Kinder. Aber keine Eltern mehr.

Doch … die Mutter lebt. Sie lebt noch! Lebt einsam und allein in ihrem Haus.

»Was hast du gesagt?«, fragt Karin und bricht damit endlich das Schweigen.

»Ich hab dich nach Martins Adresse gefragt«, sagt Frau Heerten.

»Keine Ahnung. Er muss wohl ziemlich runtergekommen sein, nachdem er mit mir Schluss gemacht hat. Das Letzte, was ich weiß, ist, dass er irgendwo in irgendeiner Laube in irgendeinem Schrebergarten gehaust hat.«

»Ach …«, sagt Frau Heerten. »Schrebergarten? So was gibt es noch?«

»Wieso denn nicht?«, fragt Karin.

»Schrebergärten«, erklärt ihr die Mutter, »waren nach dem Zweiten Weltkrieg dazu da, die Ernährungslage der Bevölkerung zu verbessern. Das hat sich ja heute dank Aldi und Co. weitgehend erledigt.«

Recht hat sie, die gute Frau Heerten. Deshalb heißen Schrebergärten auch nicht mehr Schrebergärten, sondern Heimgarten, Familiengarten, Gartenkolonie oder Laubenkolonie, und bewirtschaftet werden sie von sogenannten Laubenpiepern. Und natürlich zunehmend von töpfernden, selbst gestrickten Ökofrauen, die den Anbau ihrer Biomöhrchen selbst in die Hand nehmen wollen. In allererster Linie aber gibt es dort Leute, die ihr Bier gern in freier Natur trinken und denen der heimatliche Balkon zum Grillen mit Freunden und Nachbarn zu klein ist.

Aber zum Wohnen?

»Der Schuppi hat also in einem Schrebergartenhäuschen gewohnt?«, fragt Frau Heerten. »Gibt es da denn überhaupt eine
Dusche?«

»Mutter, du nervst«, sagt Karin. »Der Martin war ziemlich
fertig und hat sich mangels Geld dorthin verkrochen. Eine
Dusche wird bestimmt seine letzte Sorge gewesen sein. Keine
Ahnung, wie es ihm jetzt geht.«

»Wenn er so runtergekommen war, wie du sagst, warum hast
du ihm denn dann nicht geholfen?«

Karin erlaubt sich jetzt auch ein Piksen in der Stimme. »Der
Arsch hat mich von einem Tag auf den anderen sitzen lassen.
Wegen seiner Scheiß-Nussallergie. Ich hätte ihn beinah umgebracht, hat er gesagt. Weil ich Nüsse gegessen hatte und er fast
erstickt wäre, als er mich geküsst hat.

Frau Heerten lässt nicht locker. »Hat dein Martin eigentlich
Kinder?«

»Ja. Fünf Stück. Die sitzen mit ihm im Schrebergarten, duschen, bis der Arzt kommt, und haben allesamt seine Nuss-
allergie geerbt. Mutter! Ich weiß nichts mehr über den Kerl.
Und nun lass mich endlich damit in Ruhe!«

Beide schweigen eine Weile.

»Ach, übrigens«, sagt Frau Heerten schließlich, »das war
nicht richtig von dir, dass du damals, als Papa –«

»Lass es«, unterbricht Karin sie. »Mutter, LASS ES. Lass es
gut sein!«

Klick. Karin hat aufgelegt. Wer kann es ihr verdenken? Aber
so sind sie, die Mütter. Man könnte wirklich schier verzweifeln.
Leider, leider – Mainzelmännchen und Wum werden wohl weiterhin in ihren Bilderrahmen ausharren müssen.

3

Sehr unerquicklich, dieses Gespräch mit der Tochter. Frau
Heerten geht in die Küche, schwankt eine Weile, ob sie sich zum

46

Trost noch einen Eierlikör genehmigen oder lieber einen Kaffee kochen soll, entscheidet sich dann für beides und schmeißt die Kaffeemaschine an.

Sie ist mal wieder selbst schuld, sinniert sie. Statt sich zu freuen, dass Karin nach so langer Sendepause am Telefon eine liebevollere Gangart anschlägt, bringt sie sie mit einem ihr offensichtlich unangenehmen Thema gleich wieder aus der Spur.

Nachdem die Kaffeetasse dampfend vor ihr steht und die Eierlikörflasche entkorkt beziehungsweise entdeckelt ist, nimmt sie sich erneut die Kassenbons von Schuppi vor. Für einen einsamen, armen Mann in einem Schrebergärtchen ohne Dusche hat er ganz schön hohe Beträge bei den verschiedensten Supermärkten gelassen. Sie stutzt, als sie zwischen Papiertaschentüchern und einer Packung Klopapier eine Tafel Schoko mit ganzen Nüssen findet. Als Nussallergiker?

Als sie einen prüfenden Blick durch die Lupe wirft, ob sich das Wort »Nüssen« in siebenfacher Vergrößerung nicht vielleicht als »Küssen« entpuppt, klingelt es an der Haustür. Sicherlich wieder die Polizei. Vielleicht will diesmal ein Nachbar gesehen haben, wie sie nachts um eins eine Leiche in ihrem Garten vergraben hat, und die Polizei wird sie darauf aufmerksam machen, dass das Entsorgen von Leichen im heimischen Garten der Abfallordnung widerspricht.

»Was ist denn nun schon wieder los?«, sagt sie, als sie die Tür aufreißt.

»Tante Heerten, hast du Maunzi gesehen?«, fragt ein völlig verheulter Junge mit völlig verheulter Schwester an der Hand. Felix und Mia, die Kleinen von Jürgen.

Jürgen? Hat sie wirklich *Jürgen* gedacht? Nicht *die Kleinen der Wagners*? Oder *die Nachbarskinder*? Nein, sie hat tatsächlich *Jürgen* gedacht. Ich sollte mir vielleicht Sorgen machen.

Frau Heerten schluckt. Die Kinder sind in Tränen aufgelöst, und sie ist schuld. Doch dann fasst sie sich wieder. »Immer rein in die gute Stube«, sagt sie und hält die Tür auf.

Die beiden trapsen an ihr vorbei ins Wohnzimmer, schubsen

die mühsam mit Hasenohren versehenen Kissen achtlos zur Seite und klettern aufs Sofa.

»Hast du Maunzi gesehen, Tante Heerten?«, fragt Mia. Tränen kullern ihr über die kleinen schwerstgeröteten Bäckchen. Natürlich hat Frau Heerten Maunzi gesehen. Völlig vermanscht war sie, und sie hat sie in ihrem Auto spazieren gefahren. »Ich mach euch erst mal jedem ein Glas Saft«, sagt Frau Heerten und flüchtet in die Küche.

Ganz schön mutig von ihr. Kinder, Saft und Sofa passen nicht zusammen. Kinder und Saft geht – aber nur auf abwischbaren Küchenböden. Kinder und Sofa gehen auch, allerdings sollte man sich dann schon mal prophylaktisch von der Unversehrtheit der Polster verabschieden. Saft und Sofa geht natürlich ebenfalls, wenn man allein ist und in Hab-Acht-Stellung ein Umkippen der Gläser verhindert. Aber Kinder – obendrein verheulte – mit Saft auf dem geliebten Wohnzimmersofa … da ist die Katastrophe vorprogrammiert. Siehst du, so ist das mit dem schlechten Gewissen: Es lässt einen alle Vorsichtsmaßnahmen über Bord werfen.

»Wir haben schon überall gesucht«, sagt Felix, als Frau Heerten mit drei Gläsern Orangensaft ins Wohnzimmer kommt.

»Was sagt denn eure Mutter dazu, dass Maunzi verschwunden ist?«, will Frau Heerten fragen, da fällt ihr ein, dass Frau Wagner die Familie schon vor einiger Zeit verlassen hat. Vorsichtig reicht sie den Kindern die Gläser.

»Papa hat uns Zettel gedruckt, die wir überall angeklebt haben«, sagt Mia und verschüttet ein bisschen Saft auf dem Couchtisch.

Felix nickt. Seine Hose hat einen großen dunklen Fleck, und Frau Heerten betet, dass er vom Orangensaft kommt.

»Wollen wir Uno spielen?«, schlägt Frau Heerten vor, um die Kinder auf andere Gedanken zu bringen.

Spielen lässt einen alles vergessen. Mia vergisst Maunzi, Felix vergisst, dass Mia seine geliebte kleine Schwester ist, und Frau Heerten vergisst Jürgen. Doch die wegge Gattin von Jürgen vergisst sie nicht.

Nachdem die Kinder, beide mit einem Lutscher bewaffnet, wieder abgetrabt sind, schüttelt Frau Heerten die Kissen auf, verteilt sie nach einem System, das nur die Hausfrau kennt, auf dem Sofa und haut zu. Zack, hat jedes wieder zwei Hasenohren. So gut kann nur sie das, das macht ihr keiner nach. Wohlgefällig betrachtet sie ihr Werk.

Schön.

Schrecklich schön.

Grauenhaft.

Sie gibt den Kissen einen Faustschlag in die Magengrube, und schon ziehen sie die Ohren wieder ein.

Na bitte, sollte Jürgen jemals zu Besuch kommen, werden die Kissen sie nicht verraten: Hasenohren machen alt, und welche Frau will das schon sein?

4

Hummeln im Hintern heißt das, glaub ich.

Ich bin natürlich weit davon entfernt, von einer Dame wie Frau Heerten zu behaupten, sie habe Hummeln im Hintern. Aber irgendwie ist sie ein bisschen ... sagen wir mal, aufgedreht. Auf dem Küchentisch die Überreste eines Verblichenen der Tochter, in der Nachbarschaft ein Jürgen mit entfernter Gattin und im Wohnzimmer eine trotz Kinderbesuch weitgehend unversehrte Chaiselongue, so was kann eine Frau schon mal in Erregung versetzen.

Und was machen erregte Frauen? Richtig. Entweder fallen sie über den herren- beziehungsweise gattinnenlosen Nachbarn her, oder sie versuchen, sich abzulenken.

Frau Heerten gehört zur Sorte der Ablenker und macht erst mal das, was alle Frauen machen, um sich abzulenken: Sie putzt. Zieht das Schlafzimmer auf links, schrubbt den ohnehin blütenreinen Küchenfußboden und räumt endlich mal den Keller auf. Aber so ist das bei alleinstehenden Frauen in kleinen Reihenhäuslein, denen die dreckmachenden Angehörigen nach und nach abhandengekommen sind – frau ist schnell durch. Da fällt ihr der Sperrsitz aus Schuppis Portemonnaie wieder ein. Genau! Kino. Das wäre eine gute Ablenkung. Sie geht in die Küche, wo die »Kieler Nachrichten« ungelesen ihrer Entsorgung ins Altpapier harren. Der Blick in die Rubrik »Was machen wir heute?« überzeugt sie allerdings davon, dass kinotechnisch für sie kaum was dabei ist. »Fack ju Göhte« scheidet von vornherein aus. Sie kann zu wenig Englisch. »Ziemlich beste Freunde« auch. Ein Mann im Rollstuhl lässt ungute Zukunftsvisionen in ihr aufsteigen. Weshalb turnt sie schließlich jeden Tag mit Staubwedel durch die Wohnung? Damit sie eben nicht an Rollstühle denken muss, in denen sie ohne das Geturne vielleicht eines Tages sitzen würde. »Drachenzähmen leicht gemacht« heißt ein anderer Film. Späteste Vorstellung siebzehn Uhr, also ein Kinderfilm. Hätte man sich bei dem Titel eigentlich denken können.

Frau Heerten sieht zur Uhr. Das wird heute nichts mehr werden. Außerdem ist sie für Kinderfilme nun doch schon ein bisschen zu alt. Für solch einen Besuch müsste sie ihre Enkelkinder an die Hand nehmen, sonst lässt man sie vielleicht gar nicht rein. Ein bisschen wie im Fahrstuhl, Kinder nur in Begleitung Erwachsener, nur eben andersrum: Altertümer nur in Begleitung von Hosenscheißern. Na, was soll's? Um in ihrer Begleitung in einen Kinderfilm zu dürfen, dazu sind Mainzelmännchen und Wum nun doch noch zu klein. Außerdem sind sie in Hamburg, und Karin würde ihr ohnehin was husten.

Mia und Felix wären groß genug.

Dieser Gedanke huscht durch Frau Heertens Gehirn. Nur ganz flüchtig, gar kein richtiger Gedanke, mehr so ein Gedänkchen, ist auch gleich wieder um die Ecke, ditscht nur von innen ganz leicht an die Stirn, wird von dort zurückgeworfen und nimmt Fahrt auf. Mia und Felix wären groß genug. Sie könnten an der Hand ihrer Adoptiv-Großmutter zum Drachenzähmen gehen. Natürlich müssten die Eltern zustimmen. In diesem Fall Singular, also nur ein Elter. Ein Mann namens Jürgen.

Ich lasse es lieber, dir den Tanz zu schildern, den die Hummeln in Frau Heertens Allerwertestem aufführen. Aber da ist was los, sage ich dir.

Abrupt reißt sie sich von der Zeitung los, geht zum Kühlschrank und dreht die Temperatur auf null. Ablenker tun so was. Die tauen lieber den Kühlschrank ab und misten das Gefrierfach aus, als sich dummen Gedanken auszusetzen. Aber es geschieht, was immer geschieht: Erst denkt man, es dauert Stunden, wenn nicht Tage, bis der Kühlschrank auch inwendig glänzt wie ein frisch eingecremter Kinderpopo. Doch irgendwann ist auch diese arbeitsame Arbeit getan. Was nun? Frau Heerten legt die Hände in den Schoß. Und nimmt sie wieder heraus. Rückt das Väschen auf dem Küchentisch zurecht. Was es wohl im Fernsehen gibt? Sie greift zur Lesebrille und zum Zettel: »MAUNZI, WO ...« Nein, das ist nicht die Fernsehzeitung. Sie geht ins Wohnzimmer und schaltet die Glotze an. Was gibt es wohl nach den Nachrichten? Zurück in der Küche, wirft sie erneut einen Blick auf den Maunzi-Zettel, was die Hummeln wieder starten lässt. Vielleicht sollte sie ...

Nein, tu es nicht!

Doch. Sie tut's.

Nimmt den »MAUNZI, WO BIST DU?«-Zettel der Kinder, geht ins Wohnzimmer, wählt die Telefonnummer von Jürgen und horcht auf das Tut-tut-tut.

Jürgen lässt die Hosen runter

1

»Hallo, Frau Heerten.«

Alles hätte Frau Heerten erwartet, aber nicht solch eine Begrüßung, wenn sie bei Jürgen anruft. »Ja, hier Wagner«, hatte sie sich vorgestellt. Und sie dann: »Ja, hier Heerten, guten Tag, Herr, äh, Jürgen, ich hatte mir gedacht, dass ich mit Ihren, äh, deinen Kindern vielleicht ...« und so weiter, eben ganz locker und natürlich, so von Adoptiv-Großmutter zu Kindsvater und betont harmlos. Aber nein, er hat ihr das ganze Intro vermasselt.

»Woher weißt du, dass ich dran bin?«, fragt sie.

Nein, wie ungeschickt. Zeigt ganz deutlich, dass sie alt ist und noch nicht im Hier und Jetzt angekommen. Das weiß doch jeder, dass Telefone heute im Display die anrufende Nummer anzeigen und obendrein speichern, falls man vielleicht nicht da war, als es klingelte, und zurückrufen möchte. Oder eben gerade nicht zurückrufen möchte und am liebsten nie mehr zu Hause sein will, falls diese Nummer noch einmal anrufen sollte.

Wieso Jürgen allerdings weiß, dass die Nummer im Display die von Frau Heerten ist, gibt dann doch Anlass zum Grübeln.

»Ich weiß immer noch nicht, wie du mit Vornamen heißt«, sagt Jürgen statt einer Antwort.

»Sabine«, sagt Frau Heerten.

»Sabinchen war ein Frauenzimmer, dabei so tugendhaft«, trällert er ein Lied aus uralten Zeiten in den Telefonhörer.

»Stimmt. Ich bin sehr tugendhaft«, sagt Frau Heerten lahm.

»Na, dann kann ja nichts passieren, wenn du rüberkommst und wir ein Weinchen trinken. Ich hol dich gleich ab.«

Während Frau Heerten ins Schlafzimmer rast, um die Strümpfe zu wechseln und sich durchs Haar zu fahren, kommen ihr die merkwürdigsten Gedanken. Und der allermerkwürdigste ist: Was ist das denn für einer? Wieso geht der so ran? Bei einer Frau, die seine Mutter sein könnte? An ihrem Sex-Appeal kann es ja wohl kaum liegen.

Dieser Meinung ist sie immer noch, als sie eine halbe Stunde später auf seinem Sofa sitzt. Der Wein, den er zu bieten hat, ist vorzüglich. Muss man schon sagen.

»Dein Wein ist vorzüglich. Wo hast du den her?«

»Ich zeig dir erst mal das Haus«, sagt er. Fragen zu beantworten, scheint nicht zu seinen Lieblingsbeschäftigungen zu gehören. Er hält ihr die Hand hin, damit sie besser aus dem tiefen Sessel hochkommt, doch sie ignoriert das. So nicht, mein Lieber. Das übt sie täglich auf ihrer Isomatte: Wie komme ich aus unmöglichsten Situationen wieder in den Stand? Und schon steht sie senkrecht, ohne die geringste Berührung mit ihm. Aber irgendwie auch schade.

Er zeigt ihr die Küche, das Bad, hier schlafen die Kinder (er legt den Finger an den Mund und macht »Pssst«), da ist sein Arbeitszimmer und zu guter Letzt das Schlafzimmer. Sie will – wie eben am Kinderzimmer – vorbeischleichen, doch er hält sie am Arm zurück. Nun gut, sie wirft also einen Blick ins Schlafzimmer, auf das Doppelbett und den Schrank mit den Spiegeltüren, auf die beiden Nachttischchen samt Nachttischlämpchen und die Läufer vor jedem Einstieg in das gemachte Bett. Spießiger ist eigentlich kaum vorstellbar.

»Hübsch«, sagt Frau Heerten und wendet sich ab.

»Das zweite Bett ist nachts leider leer«, sagt Jürgen.

»Ach ...«, sagt Frau Heerten. Im Grunde genau wie bei ihr. Überhaupt alles wie bei ihr. Kein Wunder. Ein Architekturbüro denkt sich nicht für jedes lausige Häuschen einen eigenen Grundriss aus. Es ist schließlich nicht die Wohlfahrt. Und man muss auch an die Poliere denken. Am besten, alle Häuser sind gleich, dann kommen die Bauarbeiter nicht durcheinander.

»Alles genau wie bei mir«, sagt Frau Heerten. »Nur andere Möbel.«

»Bei dir ist das zweite Bett auch nachts leer?«, fragt Jürgen und rückt näher.

»Nein. Nach Armins Tod hab ich das zweite Bett entsorgt. Brauchte den Platz für meine Isomatte.«

»Der Wein wird langsam schal«, sagt Jürgen und bugsiert sie wieder die Treppe runter ins Wohnzimmer. Nachdem sich Frau Heerten diesmal auf das Sofa gesetzt hat, fragt er:»Warum hast du eigentlich angerufen?«

»Wieso hast du eigentlich gewusst, dass ich es bin?« Eine kribbelige Unruhe steigt in ihr auf, als er sich neben sie setzt. Kai Pflaume, denkt sie, er sieht genauso aus wie Kai Pflaume – nur weniger harmlos.

»Deine Nummer kenn ich in- und auswendig.«

»Ach ...« Frau Heerten kann nicht umhin, sich geschmeichelt zu fühlen.

Er gießt ihr Glas voll.»Es gab Zeiten, da hat mich deine Tochter täglich angerufen – mehrfach.«

»Ach ...« Frau Heerten fühlt sich nicht mehr ganz so geschmeichelt.»Warum denn das?«

»Wir waren ein Paar«, sagt Jürgen.

Jetzt ist Frau Heerten bass erstaunt.»Wieso hab ich denn davon gar nichts mitgekriegt?«

Jürgen grinst.»Weil du eine Rabenmutter bist?«

So, nun fühlt sich Frau Heerten überhaupt nicht mehr geschmeichelt. *Rabenmutter.* So ein Wort haut ins Mutterherz, dass die Fetzen fliegen.

Interessant, wie ein einziges Wort die Gedanken zum Tanzen bringen kann. Nicht bei jedem natürlich. Menschen mit nur ein, zwei Gehirnwindungen haben es einfacher, da tanzt nichts. Irgendwie auch beneidenswert.

Sie nimmt einen großen Schluck.

Nein, sie war keine Rabenmutter. Im Gegenteil. Wie sie sich immer um ihren Sohn, den armen Thomas, hat kümmern müssen. Der hat so doll geweint, wenn es in den Kindergarten gehen sollte. Und dann die Schulzeit. Macht sich so ein Jürgen gar keine Vorstellung von, wie das die Frau stressen kann. Na, er hat ja keine mehr. Vielleicht deshalb.

Am schlimmsten war natürlich die Pubertät. Ist bei einem

Jungen ja immer besonders anstrengend. Mädchen total easy, aber Jungs ... Was hat sie da reden müssen, wenn er mal wieder mit so einer blöden Tussi ankam. Also in Sachen Frauengeschmack, da muss sie bei ihm wirklich was falsch gemacht haben. Ist aber grad noch mal gut gegangen. Jetzt, in Manhattan, kann sie natürlich nicht mehr ihre Hand schützend über ihn halten. Da muss er sehen, wie er klarkommt. Wenn sie ihn besucht, schaut sie immer mal heimlich im Badezimmer nach, ob sich bei ihm was tut, ob ihn vielleicht eine geangelt hat. Aber nix, Gott sei Dank. Wobei – so langsam sollte er vielleicht doch mal ... Ist immerhin auch schon über dreißig. Er wird doch wohl nicht schwul geworden sein, der arme Junge?

Ja, mit dem Jungen hatte sie ihre Last. Die Karin dagegen, die lief mehr so nebenher mit.

»Ich bin keine Rabenmutter«, sagt Frau Heerten.

»Vielleicht ist deine Tochter ja eine Rabentochter. Keine Ahnung. Über eure Familie hat sie nie was erzählt. War ja dann auch nicht mehr nötig, nachdem sie mich wegen dieses Fatzkes hat sausen lassen.« Er trinkt sein Glas in einem Zug leer.

»Welcher Fatzke?«

»Ach«, Jürgen sieht unwillig zur Seite, »irgend so 'n ... Arsch.« Der »Arsch« bricht förmlich aus ihm raus. »Aber nachher wieder bei mir angekrochen kommen ...«

»Sag mal ...« Frau Heerten beugt sich vor, fasst ihn leicht an die Schulter und sieht ihn eindringlich an. So viele Ärsche kennt sie nämlich nicht, in Zusammenhang mit Karin sogar nur einen. »Reden wir hier von diesem Schuppi?«

Abrupt steht Jürgen auf. »Hmm«, brummt er und beginnt einen unruhigen Gang durchs Wohnzimmer. »Der Sack ist samenstreuend durch Suchsdorf gezogen«, knurrt er, während er das Rollo runterzieht, »und hat sie dann sitzen lassen.«

Das sind nun doch ein paar Informationen zu viel auf einmal. Auch Frau Heerten schüttet ihr Glas in sich rein. Das muss sie erst mal alles verdauen.

Karin hatte was mit ihrem Nachbarn zwei Häuser weiter – ja, sie denkt »ihrem Nachbarn«, also ihrem und Karins, und nicht »*ihrem* Jürgen« –, und sie selbst ist eine Rabenmutter, die nichts gemerkt hat. Dann hatte Karin was mit diesem Schuppi, und die Rabenmutter hat wieder nichts gemerkt. Und als ihre Tochter dann aus Kummer wegen des Schuppi-Arschs heulend zu *ihrem* Jürgen zurückgelaufen ist, hat sie immer noch nichts gemerkt. Das muss man erst mal verkraften, selbst als Rabenmutter.

Als all diese Tatsachen in ihr weit genug nach unten gesackt sind, kann sie oben wieder klar denken. Jetzt ist Karin mit den beiden Kindern und ihrem Christian (also ihrem, nicht *ihrem*) in Hamburg, und es geht ihr anscheinend gut. So what? Alles hinter dem Pflug. Nur dieser Schuppi scheint weiterhin seinen Samen zu verstreuen, wie sich dem Kassenzettel mit den Pampers entnehmen lässt.

»Aha«, sagt sie schließlich, »und nun?«

»Nun«, sagt Jürgen, setzt sich und schenkt beide Gläser wieder voll, »nun ist meine Frau weg. Nun brauchen die Kinder wieder jemanden zum Liebhaben. Und weil Felix und Mia, wenn das mit Karin anders gelaufen wäre, beinah deine Enkelkinder geworden wären, hab ich an dich gedacht.«

Was heißt das denn nun genau? Wieder so ein Satz, der eigentlich erst mal verdaut werden müsste. Aber dazu hat sie jetzt nicht mehr die Energie.

»Und wo ist dieser Samenstreuer jetzt hin?«, fragt sie. So ganz ohne Papiere und speckiges Portemonnaie, könnte sie hinzufügen, tut es aber nicht.

»Ich glaube, der wohnt irgendwo bei seinem Bruder in Süddeutschland. Ist mir im Grunde aber wirklich total scheißegal. Hast du keine anderen Themen?«

Na klar hat sie auch andere Themen. Kannst du dir ja wohl vorstellen, dass eine Frau, die nächtens zu zweit mit einem Mann allein auf einem Sofa sitzt, bei der zweiten Flasche Wein auch andere Themen hätte.

»Warst du auch mit meinem Thomas befreundet?«, fragt Frau Heerten, und ich muss sagen, an solch ein anderes Thema hatte ich jetzt nicht gedacht, zumindest nicht als Erstes.

»Nein, der gute Thomas war ja mit seiner Mutter verheiratet«, sagt Jürgen und kippt das nächste Glas in sich rein.

Da muss Frau Heerten eine ganze Weile drüber nachdenken, bis sie endlich spitzkriegt, dass er sie meint. »Na, na«, wehrt sie ab. »Ich war mit Armin verheiratet.«

»Bist du sicher?«

Also wirklich frech, diese Jugend heutzutage. »Was willst du denn damit sagen?«

»Hast du mit ihm geschlafen?«

»Natürlich.«

Er grinst. »Mit Thomas, meine ich.«

»Natürlich nicht.« Also wirklich *total* frech, diese Jugend heutzutage.

Ja, das ist zwar eher irgendwie das Thema, das ich gemeint habe, aber *so* denn nun doch nicht. Da kannst du mal sehen, dass der Jürgen anbaggertechnisch etwas … sagen wir mal, ungeübt ist. Damals, bei der Karin, hatte er es noch drauf. Doch als sie ihm dann entflattert ist – so was können Sensibelchen wie Jürgen nur schwer verkraften. Da war erst mal tote Hose. Auch als seine Eltern weggezogen sind und er beim Hausbewachen sturmfreie Bude gehabt hätte – weiter tote Hose. Bis seine spätere Frau, die Andrea, mehr oder weniger über ihn gestolpert ist und ihn für sich klargemacht hat. Da ging's dann Schlag auf Schlag. Felix, Mia, aber schließlich – wieder alles tot in der Hose.

So eine tote Hose kann eine Frau zum Meckern bringen, kannst du dir vielleicht vorstellen. Und einen Mann zum Fußball. Und in die Kneipen. Da gibt es lauter interessante Männergespräche: wie man die Maschine von Mike tieferlegen könnte, wie lange Löw sich noch oben halten kann, ob Trump der richtige Präsident für die USA ist. Alles wichtiger als Felix' drohender Fünfer im Rechnen. Und alles total ohne Gemecker.

Beide trinken und hängen ihren Gedanken nach.

Nun musst du wissen: Karin hat gentechnisch gesehen von ihrem Vater, dem Armin, Gott hab ihn selig, nicht viel geerbt. Dafür von ihrer Mutter umso mehr. Ich will jetzt nicht sagen, wie aus dem Gesicht geschnitten, aber doch eine große Ähnlichkeit. Und wenn die Tochter wie die Mutter aussieht, dann natürlich auch die Mutter irgendwie wie die Tochter, nur eben älter. Ist ja klar. Vielleicht ist es das, was Jürgen seine frühere Kraft zurückgibt – anbaggertechnisch gesehen.

»Wir sollten endlich ins Bett«, sagt er, steht auf und hievt Frau Heerten aus dem Sofa hoch.

Sie zählt die Flaschen, die auf dem Tisch stehen. Von den dreien hat er sicherlich zwei intus. Aber kein bisschen Getaumel, steht wie eine Eins, der Mann, ganz großartig. Erst oben im Bett, zwischen Spiegelschrank und Nachttischlämpchen, fällt alles ein bisschen in sich zusammen. Macht aber nichts. Frau Heerten schiebt das aufs Alter. Leider nicht auf seins, sondern auf ihrs. Daher macht es vielleicht doch was.

Nun gehört Jürgen nicht zu den Menschen, die schnell aufgeben, wenn mal was nicht auf Anhieb klappt.

Er macht und tut.

Seine Kinder werfen ihn dann noch mal kurz aus der Bahn. Kinder sind Zauberfeen. Wie Circe, die Männer in Schweine verwandelte, verändern sie mit imaginärem Zauberstab und Sternenstaub die Menschen. Frau Heerten erlebt jetzt eine solche Metamorphose an Jürgen hautnah mit. Eben noch ein nicht ganz standfester Liebhaber, mutiert er zum Papa, als die beiden Kleinen bedröppelt in der Tür stehen und behaupten, sie könnten nicht schlafen.

»Aber meine Süßen …«, sagt er.

Mehr bekommt Frau Heerten nicht mit, denn blitzschnell zieht sie sich die Bettdecke über die Ohren und stellt sich tot. Nach einer gefühlten Ewigkeit, in der Schritte auf der Treppe zu hören sind, das Klappen einer Schranktür und das Klirren von Gläsern, spürt sie wieder Jürgens Hand unter der Bettdecke.

»Mein Gott«, sagt er und greift ihr Handgelenk. »Wo warst du denn? Ich hab dich überall gesucht.«

Na, wo wird sie wohl gewesen sein? Unter der Decke vergraben natürlich.

Bei dem Wort »vergraben« fällt ihr die ganze Scheiße mit der

Katze wieder ein. »Sag mal«, sagt sie, »stand die Polizei auch bei dir auf der Matte?«

»Ja.« Jürgen nickt.

Zumindest vermutet Frau Heerten, dass er nickt, sehen kann sie es nicht. Die Nachttischlämpchen sind beide aus, Gott sei Dank. Das Licht tut ihrer Haut nicht gut.

»Als es klingelte«, sagt Jürgen, »hatte ich zuerst gehofft, es wäre jemand, der die Katze gefunden hat. Die Kinder sind ja völlig verstört.« Er knipst sein Lämpchen an.

»Und?«, fragt Frau Heerten, beugt sich über ihn und knipst das Lämpchen wieder aus. »Haben sie auch behauptet, irgendjemand hätte dich um einundzwanzig Uhr dreiundzwanzig mit deinem dunklen Wagen auf der Alten Levensauer gesehen?«

»Nein«, sagt Jürgen, lässt das Lämpchen aus und taucht zu Frau Heerten unter die Decke.

2

Soll man nicht machen. Musst du dir unbedingt merken: in fremder Leute Betten *nie* einschlafen. Ist einfach zu gefährlich. Vielleicht nicht so sehr das Schlafen, aber das Erwachen. Vor allem das morgendliche. Du siehst aus, wie Gott dich schuf, als er einen ganz schlechten Tag hatte, du hast einen grauenvollen, höchst kussfeindlichen Geschmack im Mund und am schlimmsten: Bei deinem Beischläfer ist es nicht anders. So was kann man nur mit Trauschein ertragen, frei nach dem Motto: Wie isses? Muss ja.

Spätestens beim allmorgendlich einsetzenden Prozedere merkst du dann, dass du störst. Und wenn du dich zusätzlich noch vor zwei durchs Bad tollenden Kindern verstecken musst – grauenvoll, sage ich dir. So was wird Frau Heerten nicht noch mal passieren, das kann sie dir schwören. Heute jedenfalls. Eine Überzeugung, die sie in den nächsten Tagen noch mal überdenken wird.

Wie sie es geschafft hat, unbemerkt von vier neugierigen Kinderaugen und einer wachsamen Nachbarschaft von Jürgens Haus ins eigene zu gelangen, weiß sie selbst nicht mehr. Ohauehaueha, wie wir Schleswig-Holsteiner sagen, wasse da'n Glück hat hat.

Der Kinobesuch ist für den Nachmittag geplant. Das CinemaXX, das einzige Kino, in dem das Drachenzähmen in 3D stattfinden kann, liegt an der ungünstigsten Stelle von ganz Kiel. Wo sich alle Buslinien kreuzen. Wo Autos alles verstopfen. Wo sich Fußgänger überall durchquetschen – und Fahrräder noch und nöcher. Dazwischen drei Plätze für Kurzparker und ungefähr siebzig für Behinderte. Das haben die alles nur gemacht, um Frau Heerten zu ärgern. Eine geschlagene Viertelstunde gurkt sie vor dem Bahnhof hin und her, bis sie endlich in das Parkhaus fährt, wo die Autos diesen wunderbaren Blick auf die Kieler Förde haben.

Im Foyer vor den Kinosälen bekommen Frau Heerten, Felix und Mia je eine schwarze Plastikbrille ausgehändigt.

»Ach nee, die Sabine ...«, sagt die Brillen-Aushändigerin. »Und das sind wohl die kleinen Enkelchen«, fährt sie fort und beugt sich lächelnd zu Mia und Felix hinunter.

»Fast«, antwortet Frau Heerten. »Die hab ich mir geliehen.«

»Ach nee ...«, sagt die Brillenfrau gedehnt.

Verdammt, woher kennt sie die? Wieder so eine Sauna-Erscheinung, bei der man nicht weiß, welchem Umfeld sie zuzuordnen ist.

»Und?«, bohrt die Brillentante weiter. »Wie ist es dir so ergangen seit damals?«

»Ganz gut«, sagt Frau Heerten mehr so ins Blaue hinein und ist den Kindern dankbar, die sie zum Popcornstand ziehen wollen. Aber die Brillentante lässt nicht locker.

»Was war das für eine Aufregung damals mit der Karin«, sagt sie sinnend. »Wie ist das eigentlich ausgegangen?«

Frau Heerten hat keine Ahnung, sie kann sich an keine Aufregung erinnern. Und an eine mit Karin erst recht nicht.

»Wenn das nicht deine eigenen Enkelchen sind, kann Karin

wohl keine Kinder mehr kriegen«, vermutet die Brillentante. »Ist ja häufig so nach ... du weißt schon. Aber dass dieser Kerl dann gleich wieder der Nächsten ein Kind gemacht hat ...« Sie schüttelt den Kopf. Jetzt reicht es Frau Heerten. Die ganze Welt scheint über die Unterleibsgeschichten ihrer Tochter Bescheid zu wissen, nur sie hat keinen blassen Schimmer. »Wir müssen dann mal«, sagt sie, »der Film fängt gleich an«, und flüchtet in Richtung Popcornstand.

Während Mia und Felix je einen Rieseneimer Popcorn in Empfang nehmen, wirft Frau Heerten einen Blick auf den kleinen Jungen, der hinter ihr an der Hand seiner Mutter steht. So alt müsste der Sohn oder die Tochter von Schuppi auch ungefähr sein. So was denkt sie jetzt dauernd, wenn sie Kinder in diesem Alter sieht. Ist ein bisschen wie bei einer Schwangeren, für die die Welt auf einmal voller Menschen ist, die einen Kinderwagen schieben. Sie war sogar schon mal dicht davor, eine Mutter auf ihr Kind anzusprechen, und konnte sich nur mit Mühe gerade noch zurückhalten: »Sagen Sie mal, ist Ihr Kind von Schuppi?« Du meine Güte, wie blöd wäre das denn?

Als Frau Heerten, Felix und Mia endlich im Kinosaal Platz genommen haben, fängt der Film auch schon an. Ohne Brille hat das Geschehen auf der Leinwand eine leichte Mehrfachverschiebung. Mit Brille dagegen hauen einem die Drachen ihre Schwänze um die Ohren, dass sich die Kinder vor Aufregung am Popcorn verschlucken.

»War das nicht ganz, ganz toll, Tante Heerten?«, fragt Felix mit leuchtenden Augen, als sie nach Ende des Films aus dem Kinosaal hinausdrängen.

»Vielleicht ein bisschen laut«, sagt Frau Heerten. Man sagt ja immer, dass mit dem Alter das Gehör nachlässt. Aber nein, bei ihr sind die Ohren noch tipptopp. Beneidenswert, diese Menschen, die beim Drachenzähmen einfach ihre Hörgeräte leiser stellen können. Warum hat man eigentlich nicht auch Lider für die Ohren, um sie wie die Augen zu schließen? Wahrscheinlich so ein Relikt aus grauer Vorzeit. Wenn die Augen zu sind, kann man mit offenen Ohren wenigstens noch hören, wie der Säbelzahntiger um die Ecke schleicht.

»Das muss so laut sein«, erklärt Mia, »sonst gruselt's nicht genug.«

Für Frau Heertens Geschmack hätte es auch ohne Ton genug gegruselt. Sie überlegt sogar, ob sie sich selbst, wenn sie die Kinder bei Jürgen abliefert, gleich mit abliefern sollte zwecks nächtlichen Beistands. Aber sie verwirft den Gedanken wieder. Frauen müssen mit ihren Gespenstern allein fertigwerden, ihrer Erfahrung nach sind Männer, vor allem nachts, dabei keine große Hilfe.

Eher im Gegenteil.

3

»Na, ihr Süßen, war's schön?«

Jürgen lächelt, als er die Tür öffnet und die strahlenden Augen von Felix und die glühenden Bäckchen seiner kleinen Mia sieht. Da ist er ganz Vater. Und Mutter, die ja bekanntlich nur glücklich ist, wenn die Kinder glücklich sind.

Mit einem »Na, dann kommt und erzählt, wie es war« kuschelt er sich mit den beiden auf die Couch. Beneidenswert für die Kinder, solch einen Vater zu haben. Dabei fragt man sich natürlich, wieso der so viel Zeit hat. Von irgendwas muss der Schornstein ja rauchen, und für diesen Rauch ist in aller Regel der Mann zuständig, während die Frau sich um die Kinder kümmert.

Jürgen aber braucht niemanden zum Kümmern. Er hat so viel Zeit für seine Kleinen, weil er einen Traumjob hat. Muss man wirklich sagen. Bisschen so wie eine Hausfrau, die ja auch einen absoluten Traumjob hat. Weiß man spätestens seit dem Lied »Das bisschen Haushalt macht sich von allein, sagt mein Mann«. Das Tollste an Jürgens Job ist aber nicht, dass er sich von allein macht, sondern dass sich Jürgen wie eine Hausfrau die Zeit, die er sich für seinen Job nehmen muss, frei einteilen kann.

Seit Andrea weg ist, stemmt er die Vierfachbelastung von Vater, Mutter, Hausfrau und technischem Redakteur in Personalunion. Vormittags, wenn die Kinder in Kita und Schule sind, setzt er sich an seinen Computer, verbindet sich über VPN mit dem Rechner seiner Firma und tippt, dass die Tasten qualmen, bis die Kinder wieder eintrudeln. Dann beginnt für ihn der hausfraulich-mütterliche Teil des Tages, bei dem er bisweilen auch den väterlichen Part rauskehren muss, damit die Erziehung nicht zu kurz kommt. Erst wenn die Kinder im Bett sind, haut er wieder in die Tasten.

Nun gibt es natürlich Leute, die sagen: »Mit solch einem Computerjob könntest du mich jagen. Arbeiten nur vom Schreibtisch aus – grauenvoll. Ich brauche Luft, ich will die Jahreszeiten erleben, im Freien schaffen, mir Wind und Wetter um die Nase wehen lassen.« Sicher, solche Leute gibt es, doch Jürgen gehört nicht dazu. Er frönt mehr der sitzenden Tätigkeit und liebt es überdacht.

Ja, alles in allem steht er als Alleinerziehender mächtig unter Strom. Aber er hat sein Leben wieder einigermaßen im Griff – und das ist gut so.

Trotz aller Bequemlichkeit in Sachen Homeoffice muss er sich dennoch ein- oder zweimal die Woche in seiner Firma blicken lassen. Die ist auf der anderen Seite der Förde. Er fährt auf den Olof-Palme-Damm, ein Stückchen Theodor-Heuss-Ring, Ostring, schon ist er da. Kein Problem. Blöd nur: Nahezu alle anderen machen das auch. Ein Gedränge, hektischer Spurwechsel, rauf auf den Damm, runter vom Ring – ich kann dir sagen: eine Tortur. Deshalb nimmt er manchmal den Weg mitten durch die Stadt. Blöd nur: All die anderen anderen machen das auch. So gurkt er im Pulk durch die überfüllten Straßen und quält sich von einer roten Ampel zur nächsten.

Zumindest zurück ist er deshalb früher gern gemütlich die Kiellinie langgefahren, vorbei an den Kreuzfahrtschiffen, und hat den wunderbaren Blick aufs Wasser genossen. Das tut er jetzt nicht mehr. Denn auf diesem Weg liegen das Kieler Spielcasino, kleine Spielhöllen und der Puff. Die Verlockungen dort sind ihm einfach zu gefährlich.

Ach was. So was könnte Jürgen gefährlich werden? Wer hätte das gedacht?

Ganz recht, bei so einem Mann wie Jürgen hätte das niemand gedacht. Aber so ist das eben mit trockenen Alkoholikern, kalten Rauchern und bekehrten Spielern: Die kleinste Weinbrandbohne, ein einziger Zug aus der Zigarette, ein kurzer Blick auf die Spielbank oder das verlockende Klingeln der Automaten im Ohr und schon hängt der Süchtige wieder an der Nadel – bildlich gesprochen.

Deshalb fährt Jürgen nicht an der Förde lang, sondern nimmt auch zurück den Ring oder gurkt durch die Stadt. Er will weder dem Casino noch dem Rotlichtviertel mit seiner Spielhalle ins verführerische Gesicht sehen.

Rotlichtviertel? Kiel hat ein Rotlichtviertel? Ja, tatsächlich. Viertel ist vielleicht etwas übertrieben, eher nur ein Rotlichtachtel, und dass das Licht richtig rot ist, wage ich zu bezweifeln. Aber immerhin alles so, wie es sich gehört: mit Puff, halbseidener Kneipe und Spielhölle. Oder in unserem Fall Püffchen, viertelseidener Tränke und so was wie einem Vorhof zur Spielhölle. Das Ganze allerdings nicht hinterm Bahnhof wie in jeder Großstadt, die was auf sich hält. Geht bei uns nicht. Wo ist bei einem Kopfbahnhof schon hinten?

Nein, wie in jeder anständigen Hafenstadt liegt auch unser Rotlichtgässchen natürlich am Hafen. Ein Matrose kann dort auf seinem Landgang mal eben seine Heuer auf den Kopf oder sonst wohin hauen, dann schnell zurück an Bord und nichts wie weg. So zumindest war das früher – in der guten alten Zeit. Jetzt ist der Hafen teilweise aufs Ostufer umgezogen, hat die Gebäude der Fachhochschule im Nacken, und die ganze Romantik des Milljöhs ist zum Teufel.

Es trifft ein Unternehmen immer hart, wenn ein ganzer Kundenzweig wegbricht. Da muss man sich was einfallen lassen. Nicht ganz einfach, weil in diesem Gewerbe Werbung in großem Stil eher unüblich ist. Aber das Rotlichtgässchen hält sich wacker, ernährt auch weiterhin seinen Mann, wie man so sagt. Das liegt daran, dass sich auch der sogenannte ehrbare Bürger bisweilen dorthin verläuft.

Jürgen war so ein ehrbarer Bürger, er hatte zwar keinen Hang zum Puffen, aber doch immerhin zum Zocken. So kann's kommen, wenn die angetraute Frau das Meckern anfängt. Es begann schleichend mit Worten wie »Jürgen, bring endlich den Müll raus, ich hab's dir schon dreimal gesagt« und steigerte sich langsam. Bald hat er kaum noch was richtig gemacht. Selbst beim Staubsaugen nicht. Was kann man da denn groß falsch machen?, fragst du vielleicht. Tja, eben. Immer sind Krümel übrig geblieben, die ihm mit einem Riesentrara vorgehalten wurden. Sein Einwand, dass morgen sowieso alles wieder vollgekrümelt sein wird, hat da auch nichts genützt.

Bei der Drohung »Wenn das noch mal passiert, verbringst du die Nacht auf der Couch« ist er dann geflüchtet, hat zunehmend öfter und schließlich Abend für Abend die Zeit mit Zocken verbracht. Seine gesamte Heuer – ach nein, bei Jürgen ist es ja das Gehalt – hat er auf den Kopf gehauen, bis er sich auf Andreas Befehl hin hat sperren lassen müssen.

Ja, das kann man machen. Man lässt sich sperren. Ein kleines Sperrformular ausfüllen, und schon lässt einen der Portier vom Kieler Spielcasino nicht mehr rein. Wenn man zusätzlich noch ein Kreuzchen bei »alle« macht, lässt einen auch der Portier von der Spielbank in Baden-Baden nicht mehr rein. Und alle dazwischen auch nicht.

Ähnliches gilt für Spielotheken, in denen Jürgen auch den einen oder anderen Tausender gelassen hat, wird dort aber nicht so stringent umgesetzt. Sprich: Du kannst dich da auch als Gesperrter reinmogeln. Das hat Jürgen aber gar nicht erst versucht, sondern sich lieber mal in der ehemaligen Hafengegend in der Nähe des Schifffahrtsmuseums umgesehen. Denn auch illegale Spielhöllchen befinden sich bei uns im Rotlichtgässchen.

Illegal unterscheidet sich deshalb gravierend von legal, weil der Staat nichts an deinem verzockten Geld verdient. Und wenn dem Staat ein gehöriges Sümmchen flöten geht, versteht er keinen Spaß. Für den Spieler ist der Hauptunterschied folgender: Bei staatlich überwachtem Glücksspiel musst du *zuerst* das Geld auf den Tisch legen, dann darfst du es verspielen. In der Illegalität kannst du dein Geld verspielen, bevor du es überhaupt hast. Denn so ein Rotlicht hat ganz andere Möglichkeiten, dich ans Bezahlen zu erinnern, wenn du ihm noch was schuldig bist.

Besonders aktiv, was das Erinnern angeht, sind hier die Hells Angels, die Kiel gänzlich geräuschlos zu ihrer unbemerkten Hauptstadt erklärt haben.

So ein höllischer Inkasso-Engel ist irgendwann auch dem Jürgen auf die Zehen getreten, hat vor Andreas Küchenfenster *buuuhhh* gemacht, hat Felix von der Schule abgeholt und nach Hause begleitet. Nicht weiter schlimm, er hat dem Jungen nichts getan. Aber es stand doch ein »Ich könnte, wenn ich wollte« im Raum, ein »Ich tu's nicht. *Noch* nicht.«

Na, da war was los, sag ich dir. Bei so was verstehen Frauen keinen Spaß. Wenn es um ihre Kinder geht, werden sie komisch. Andrea natürlich erst recht. Töpfchen, die schon beim Staubsaugen überkochen, gehen bei so was gänzlich aus sich raus. Aber du musst jetzt nicht denken, dass sie, ganz Mann, dem Inkasso-Onkel mit dem Baseballschläger Beine gemacht hat. Nein, so nicht. Sie hat sich mit Kindern und Katze im Haus verbarrikadiert und ihrem Jürgen die Hölle heißgemacht. »Siehste, hab ich gleich gesagt …«, »Aber du natürlich …«, »Wenn das nicht *sofort* …«, »Du bist ein richtiger Schlappschwanz …«, »Noch *ein* Mal, und ich hau ab und nehm die Kinder mit.«

Schon der Schlappschwanz ist Jürgen mächtig unter die Gürtellinie gegangen, aber das i-Tüpfelchen war die Drohung mit den Kindern. Da hat er zugesehen, dass er an Geld rankam, und sich extra einen Kredit von der Bank geholt, um den Inkasso-Onkel loszuwerden. Aber dann hat er gemerkt, dass er dadurch nur die Onkels getauscht hat. Natürlich macht die Förde Sparkasse nicht *buuuhhh* vor Andreas Küchenfenster oder holt Felix von der Schule ab. Die hat andere Methoden. Sind aber auch nicht ohne.

Schrecklich war das. Gut, dass diese Zeiten vorbei sind. Inzwischen ist wieder Ruhe eingekehrt, und Jürgen kann gemütlich mit den Kindern auf dem Sofa sitzen. Jürgen stupst Mia in die Seite, als sie ihm vormacht, wie der Drache im Kino ganz viel Feuer gespuckt hat. Er stupst, und sie quietscht vor Vergnügen.

»Wollen wir was spielen?«, fragt er. »Ich bin der Drache, und ihr seid die Wikinger.«

Er holt den Staubsauger aus dem Schrank und scheucht damit die Kinder durch die Zimmer. Unter großem Hallo saugt der Drache über die Teppiche, während er feuerspeiend die Kinder gruselt. Und wenn er zwischendurch verlangt, dass die Kinder die Stühle verschieben, damit er besser in den Ecken Feuer speien kann, dann tut das der Freude keinen Abbruch.

»War fast lustiger als der Film im Kino«, sagt Felix, als sich alle drei erschöpft aufs Sofa werfen.

Jürgen verwuschelt seinen beiden Süßen die Haare. »Jetzt aber hopp ins Bett, ihr kleinen Wikinger-Mäuschen.«

Während sie die Treppe rauftrapsen, stellt er den Staubsauger zurück in den Schrank. Es ist überall gesaugt, und er hat gleichzeitig die Hausfrauen- und die Mutterrolle abgedeckt. Und ein bisschen Vater war bestimmt auch dabei. Nachdenklich geht er in sein Arbeitszimmer und schaltet den Computer ein. Sein Leben ist schön geworden. Er kommt gut klar mit seiner Vierfachbelastung als Hausfrau, Mutter, Vater und Ernährer – und Lover, denkt er und grinst.

Auch wenn sie den Kindern fehlt: Es ist okay, dass Andrea weg ist. Ja, er hat alles richtig gemacht.

4

Frau Heerten steht in Karins ehemaligem Kinderzimmer und sieht sich um. Es gibt Menschen, die machen drei Kreuze, wenn die Kinder endlich aus dem Haus sind, und okkupieren die verwaisten Zimmer. Eins wird zum Arbeitszimmer für den Vater und das andere zum Bügelzimmer für die Mutter. Aber nicht bei den Heertens. Der Armin war zum Werkeln in Keller und Garage zu Hause, sodass Frau Heerten das Wohnzimmer zum Bügeln für sich hatte. Und ich muss ehrlich sagen: So lieb sie den Armin auch gehabt hat, wenn er dem Thomas sein Zimmer weggenommen hätte, um es zu einem Arbeitszimmer für sich umzufunktionieren, wäre mit Frau Heerten nicht zu spaßen gewesen. Wo soll der arme Junge denn unterkommen, wenn er mal aus Manhattan nach Hause zur Mama will? Daher sind beide Kinderzimmer unangetastet, bei Thomas sogar mit aufgeschlagener Bettdecke.

Als die Kinder noch klein waren, ist Frau Heerten natürlich oft in den Zimmern gewesen, auch wenn man vor Spielzeugautos, Stoffhasen, Barbiepuppen und Lego kaum treten konnte. Bis sie alles weggeräumt und gesaugt hatte, ist Zeit vergangen, da ist sie mit dem Mittagessen-Vorbereiten kaum nachgekommen. Aber dann kam – zuerst bei Karin, ein paar Jahre später auch bei Thomas – die Zeit der Totenköpfe mit gekreuzten Schwertern an den Türen. So als Warnung, falls die Eltern es wagen sollten, ungebeten reinzukommen. Das hat Frau Heerten sehr gekränkt. Erstens wegen des Saubermachens, aber auch: Wieso hat der Bub Geheimnisse vor ihr? Vor der eigenen Mutter, dem eigen Fleisch und Blut?

Nun gehört Frau Heerten nicht zu den Menschen, die sich im eigenen Haus von aufgeklebten Totenköpfen abschrecken ließen. Zumindest dann nicht, wenn der Sohn aushäusig war. Gehört schließlich zu den ureigensten Aufgaben einer Mutter, über die Moral der Kinder zu wachen. Aber sie hat nie etwas gefunden, was den Bub hätte belasten können.

Ja, so war das damals, als die Kinder noch zu Hause wohnten. Deshalb ist es erstaunlich, dass Frau Heerten ausgerechnet jetzt, wo die Kinder schon lange nicht mehr hier wohnen, noch mal eine Untersuchung durchführt, und das nicht beim Sohn, sondern bei der Tochter.

Entschlossen und entsprechend alter Gewohnheit sehr vorsichtig, um keine Spuren zu hinterlassen, gräbt sie sich durch die Schubladen von Karins Schreibtisch. Ach ja, das müsste Schuppi sein. Sie hält die Fotografie eines jungen Mannes hoch, um sie besser betrachten zu können. So könnte der Mann, der mit seinem Perso auf ihrem Küchentisch liegt, vor zehn, fünfzehn Jahren ausgesehen haben. Sorgfältig zerwühlt sie den Inhalt der Schreibtischschublade, bis sie glaubt, den vorgefundenen Zustand wiederhergestellt zu haben, und lässt die Fotografie in ihrer Hosentasche verschwinden.

Nun wird es aber höchste Zeit. Sie hat Jürgens Kindern versprochen, etwas mit ihnen zu unternehmen.

Suchsdorf ist ein Paradies für Spaziergänger, das muss ich wirklich sagen. Für Spaziergänger, Fahrradfahrer und Kinderwagenschieber. Durchzogen von kleinen Wegen, die zu Spielplätzen, Sportplätzen, kleinen Grünanlagen, zur Au, zum Kanal führen.

Mit Kanal meinen wir Schleswig-Holsteiner den KWK, den ehemaligen Kaiser-Wilhelm-Kanal, der jetzt NOK, Nordostseekanal, heißt. Wer weiß, wie lange noch. Seitdem die gute alte Ostseehalle in Sparkassen-Arena umbenannt wurde, lässt sich Schlimmstes befürchten. Vielleicht CBK, Commerzbank-Kanal, oder, da jetzt die Fusion der beiden großen Banken droht, DCBK, Deutscher-Commerzbank-Kanal. Da käme dann auch das Vaterländische wieder mehr durch.

Namen sind ja oft Glückssache. Denk nur ans Hindenburgufer. Jede Stadt, die was auf sich hält und ein Ufer hat, hat auch ein Hindenburgufer. Hannover zum Beispiel am Maschsee oder eben auch Kiel an der Förde. Aber heute: kein Hindenburgufer mehr, sondern ganz unpolitisch Kiellinie. Damit konnte man wirklich nichts falsch machen. Und lässt sich auch schön abkürzen in Ka-Ell oder Kill.

Überhaupt haben wir Kieler für besondere Namensgebung ein Faible, lieben anscheinend vor allem Geschichtsträchtiges. Wie sonst ließe es sich erklären, dass unser kleines Landeshauptstädtchen am Rande Deutschlands das grüne Quadrätchen zwischen Opernhaus und Kleinem Kiel von Bismarckanlagen in Hiroshimapark unbenannt hat? Da bin ich wirklich gespannt, wie lange sich der Name des Denkmals im Hiroshimapark noch halten kann. Otto von Bismarck passt nun wirklich nicht mehr.

Ist aber vielleicht sowieso egal, weil die Hauptattraktion nicht der Otto am Rand, sondern der Springbrunnen in der Mitte ist. Springbrunnen haben sehr gewonnen, seit ihr wassergefülltes Becken als tödliche Falle für planschende Kinder entfallen ist und somit vom Springbrunnen eigentlich nur der Spring übrig geblieben ist.

Der Spring im Hiroshimapark besteht aus Fontänen, die in Dreierreihen ein Karree aufspannen und von denen immer mal wieder eine Seite müde plätschert und eine andere Gas gibt. Was für ein Spaß, wenn man verhältnismäßig trocken in den Innenraum des Karrees gelangt und dann von plötzlich hochschießenden Wasserstrahlen umgeben ist. Zum Glück stellt die Stadt Liegen bereit, auf denen sich die Kinder nach ihrem todesmutigen Sprung durchs Spring-Wasser zum Trocknen aufhängen können.

Einen ähnlichen Spring gibt es auch vor dem CITTI-PARK. Ist zwar wesentlich kleiner, wird aber wesentlich häufiger frequentiert, weil wir Kieler lieber einkaufen gehen, als uns zu erholen. Nur blöd, dass die Mütter ihre klatschnassen Kinder nach dem Spaß unaufgehängt durch die Geschäfte zerren müssen.

Aber ich bin vom Thema abgekommen.

Suchsdorf ist, wie schon gesagt, ein Paradies für autolose Nicht-Stinker. Auf kleinen Wegen geht es durchs Grün, ohne die befahrenen Straßen allzu oft kreuzen zu müssen. Daran sollten sich die Diesel-Verbieter mal ein Beispiel nehmen. Einfach den Nicht-Auto-Leuten eine Zuflucht bieten und die Autos dort vereinen, wo sie sich gegenseitig die Luft verpesten können. Wird aber wohl nichts werden. Dazu haben die Sportschuhhersteller gegenüber der Autolobby zu schlechte Karten. Obwohl – manche Turnschuhe kosten schon so viel, dass du dir davon locker einen Kleinwagen kaufen könntest. Zumindest einen gebrauchten.

Wenn Frau Heerten Felix und Mia fragen würde, wo es denn heute mal hingehen soll, müsste sie bei zwei Kindern auf mindestens drei Wünsche gefasst sein. Da sie aber nicht fragt, weil sie auf derartige Diskussionen keine Lust hat, schlägt sie mit ihnen den Weg zur Kleingartenkolonie ein, die auf nur spärlichst befahrenen Straßen erreichbar ist. Vielleicht kann sie ja die Hütte von diesem Schuppi ausfindig machen.

Kann sie. Zumindest fast.

Die einzelnen Parzellen haben Schilder mit Namen vorn am Gatter. Alles genau wie bei Wohnhäusern und Mietskasernen, nur ohne Klingel. Auf einem davon findet sie den Namen Kurt Bley. Sie stutzt. Schau an, der Kurt, der am letzten Dienstag um einundzwanzig Uhr dreiundzwanzig auf der Alten Levensauer zu Tode gekommen ist und den sie auf dem Gewissen haben soll. Darunter ein zweiter Name, ganz mickrig und unleserlich. Im Grunde sind nur die Anfangsbuchstaben erkennbar: M und S. Da denkt natürlich jeder normale Kieler an MS für Motorschiff, nur Frau Heerten denkt an Martin Schuproschowski oder wie der Mensch heißt.

Frau Heerten steigt auf die Zehenspitzen, um einen besseren Blick in den Garten zu haben. Alles picobello. Rasen gemäht, Hyazinthenbeet geharkt, alles vom Feinsten. Sieht aus, als ob die beiden Bewohner täglich nach dem Rechten schauen.

Was Frau Heerten nicht weiß: Laubenpieper sind eine verschworene Gemeinschaft, da mäht man auch nebenan, falls der Nachbar gerade verhindert ist. Schließlich will man die Löwenzahnsamen im Zaum halten. Nicht dass noch was rüberweht und die eigene Parzelle verseucht.

Felix und Mia können sich auf die Zehenspitzen stellen, soviel sie wollen. Für sie sind die Hecken undurchdringbare Wände, grüne Mauern neben eintönigen Wegen.

»Mir ist langweilig«, mault Felix.

»Ich auch«, stimmt Mia ein.

Wirklich Pech für die beiden, dass Frau Heerten just in diesem Moment einen älteren Herrn in Nachbars Garten entdeckt.

»Schön haben Sie's hier«, ruft Frau Heerten.

Musst du dir mal merken: immer loben. Kommt einfach besser, als wenn du sagst: Ihre Hütte könnte auch mal wieder gestrichen werden.

»Viel Arbeit«, sagt der Mann und nickt. »Aber muss ja.« Damit meint er nicht so sehr das Schaffen im eigenen Garten, was ja bekanntlich die reinste Freude ist, sondern das Tun bei den beiden Herren nebenan.

»Tja, was will man machen?«, sagt Frau Heerten teilnahmsvoll, um dann wenig sensibel fortzufahren: »Auf Herrn Bley können Sie lange warten. Der hatte am Dienstag gegen halb zehn einen tödlichen Unfall auf der Alten Levensauer.«

Jetzt weiß ich gar nicht, wie ich dir die Reaktion von dem Mann beschreiben soll. Entgleiste Gesichtszüge, aschfahl, das pure Entsetzen. Da denkst du natürlich: Was für ein mitfühlender Mensch, dass ihm der Tod des Nachbarn derart zu Herzen geht. Ich glaube allerdings eher, dass der Grund dafür die circa fünfzehn Meter lange Hecke ist, die nun schneidetechnisch in sein Ressort fällt.

»Vielleicht kommt ja der andere jetzt öfter«, sagt Frau Heerten tröstend, um ihr eigentliches Thema anzuschneiden, und zieht das Bild von Schuppi, das sie in Karins Zimmer gefunden hat, aus der Hosentasche.

Der Kleingärtner holt umständlich seine Brille aus der Jacke und kneift die Augen zusammen. »Ja, das dürfte der Martin sein. Ist inzwischen aber älter geworden. Der hat mal eine Zeit lang hier gehaust.« Er nimmt die Brille wieder ab. »Den habe ich schon seit Urzeiten nicht mehr gesehen.«

»Seit wann genau?«, hakt Frau Heerten nach.

»Warten Sie mal.« Der Mann verdreht die Augen nach oben, wie es sich fürs Nachdenken gehört. »Das muss ... ja genau, das war bei diesem legendären Spiel Bayern gegen Dortmund.« Er lacht laut auf. »›Blitzeis am Elfmeterpunkt‹, hatte eine Zeitung getitelt. Lahm und Alonso sind da beide beim Elfmeterschießen ausgerutscht. Also ... 2015. Schuppi und seine Hobbybolzer haben sich hier öfter mal Spiele auf einem tragbaren Winzfernseher angeschaut.«

»Hobbybolzer?«, fragt Frau Heerten und schüttelt gleichzeitig Mias Hand ab, die versucht, sie weiterzuziehen.

»Genau. Die meisten hatten so Fan-T-Shirts an. Von Holstein Kiel.«

»Können Sie sich noch an irgendwelche Namen erinnern?« Der Mann dreht wieder vorschriftsmäßig die Augen gen Himmel. »Mal sehen ... Der eine, der war öfter da, hatte denselben Namen wie ein berühmter Komponist. Richard Strauß, glaub ich. Die hießen überhaupt alle wie Komponisten. Einer war irgendwas mit B.«

»Vielleicht Beethoven«, versucht Frau Heerten zu helfen, diesmal mit unwilligem Blick auf Felix, der seiner Schwester zu Hilfe kommt und von der anderen Seite schiebt.

»Nee, Beethoven war doch nachher so taub, dass er dachte, er wäre Maler. Eher so was wie Breughel. Richtig. Breughel der Jüngere. Jünger hieß er, glaub ich.«

»Oder ein Buchstabendreher? Jürgen vielleicht?«

»Stimmt!« Der Mann ist ganz erstaunt über so viel Schlauheit. Und das bei einer Frau. »War gar nicht Richard Strauß, sondern Jürgen Wagner.«

So, nun haben die beiden Kinder endgültig die Nase voll davon, die grünen Hecken der Schrebergärten zu bestaunen.

»Mir ist langweilig«, nörgelt Felix erneut und zieht an ihrem Arm.

»Ich auch«, quengelt Mia.

»Das heißt ›mir auch‹«, korrigiert Frau Heerten.

»Ich möchte jetzt doch lieber gerne ein bisschen auf den Spielplatz gehen«, sagt Felix vorsichtig.

»Mir auch«, fügt Mia brav hinzu.

»Diesmal hätte es ›ich auch‹ heißen müssen«, korrigiert Frau Heerten.

»Ich hätte auch ein bisschen Spielplatz lieber«, versucht Mia, einen Satz zu Frau Heertens Zufriedenheit zu erledigen.

»*Mir wäre* auch ein Spielplatz lieber«, sagt Frau Heerten, um auch diesen Satz von Mia in korrektes Deutsch zu überführen.

»Weißt du was, Tante Heerten«, sagt Felix. »Wenn dir auch

ein Spielplatz lieber wäre, warum stehen wir dann noch hier rum?«

»Finde ich ebenfalls«, ergänzt Mia.

Gegen so viel Korrektheit der deutschen Sprache kommt Frau Heerten nicht an. Sie verabschiedet sich von dem Herrn Nachbarn der Herren Kurt und Schuppi, und die drei ziehen weiter.

Auf dem Weg denkt Frau Heerten an das Gespräch mit dem Laubenpieper und ist noch immer ganz ergriffen von derart verwunschenen männlichen Assoziationsketten, dass ihr erst beim Verlassen des Schrebergartengeländes das Wichtigste auffällt: Wieso hat Jürgen in dieser denkwürdigen Nacht mit ihr gar nichts davon gesagt, dass er Kurt Bley kennt?

Es kommt Leben in die Bude

1

Was haben Weihnachten und der nächste Montag gemeinsam? Richtig! Sie treffen einen meist völlig unvorbereitet, kommen gänzlich unerwartet, sind plötzlich da, so schnell kannst du gar nicht gucken. Wenn aufregende Ereignisse wie tote Katzen und speckige Portemonnaies auf einen niederprasseln, vergeht eine Woche wie im Fluge, und schon steht der nächste Montag vor der Tür – und mit ihm die Montags-Frauen. Diesmal jedoch nicht, wie gewöhnlich, Frau Heertens drei Rommé-Schwestern, sondern nur zwei. Zum Ausgleich hat die eine einen Mann mitgebracht.

»Das ist mein Horst«, stellt Brigitte ihn vor und fügt erklärend hinzu: »Weil Erika krank ist.«

»Ich hab aber nur Eierlikör«, entschuldigt sich Frau Heerten, während sie die drei reinlässt.

Das sind Dialoge, dass einem ganz schlecht werden könnte. Was da zwischen den Zeilen an Informationen fehlt, geht auf keine Kuhhaut. Wäre Horst etwa nicht Brigittes Ehemann, wenn Erika nicht krank, sondern auf dem Damm wäre? Und soll Frau Heertens Bemerkung über den Eierlikör etwa heißen, sie befürchtet, sich nur mit Hochprozentigem dieses frauenfressenden Horsts erwehren zu können? Fragen über Fragen. Kein Wunder, dass Menschen sich so oft missverstehen. Also einander – nicht sich selbst.

Während die Damen schon mal die Karten mischen und Horst prüfend die Tasse umdreht, weil er gekreuzte Schwerter erwartet, sich aber mit dem Schriftzug »Hutschenreuther« begnügen muss, brüht Frau Heerten Kaffee auf.

»Oder möchte Horst lieber Tee?«, ruft sie ins Esszimmer rüber.

»Nein, er nimmt Kaffee«, ruft Brigitte zurück.

Genau. Was der Gatte zu trinken wünscht, regelt die Gattin. Musst du mal drauf achten. Ehemänner haben oft den Status von Kleinkindern, kriegen Socken und frische Unterwäsche rausgelegt, werden mit einem »Hast du auch dein Butterbrot eingepackt?« zur Arbeit geschickt und mit einem »Na, war's denn schön?« wieder in Empfang genommen. Und im Bett dann nur noch ein Küsschen und »Schlaf gut, mein Schatz«.

Rommé ist jetzt nicht eins von den wahnsinnig komplizierten Spielen, und Horst hat es auch bald raus, doch es geht eine ganze Flasche Rotwein drauf, den Frau Heerten eigentlich für einen eventuellen Jürgen-Besuch gekauft hatte, bis er zu seiner Bestform aufläuft. Gewinnen ist immer wichtig fürs männliche Ego, und wenn es nur beim Kartenspiel ist.

»Wird das heute eigentlich noch mal was?«, fragt er und sieht Elsbeth zu, wie sie sich mit dem Mischen der Karten abmüht.

»Gemach, gemach«, antwortet Elsbeth und schiebt ihm das Kartenpäckchen hin. »Sie dürfen abheben.«

»Ach, Kinder«, geht Brigitte dazwischen, »nicht so förmlich, wir duzen uns doch hier alle.«

»Ja, wenn es dir recht ist ...«, sagt Elsbeth zu Brigitte. Dann wendet sie sich wieder Horst zu. »Sag mal, hast du nicht eine kleine Geschichte für uns? Irgendeinen interessanten Fall, mit dem du uns in Schwung bringen kannst?«

Horst schiebt sich ein großes Stück Kuchen in den Mund. »Sabine, eigentlich ganz köstlich, dein Kuchen. Selbst gebacken, was? Schmeckt man gleich.«

Frau Heerten überlegt kurz, ob sie das Kompliment an Edeka weitergeben soll. Vor lauter Nachbarschaftsangelegenheiten hatte sie keine Zeit mehr zum Backen gefunden.

Nanu? Was für Nachbarschaftsangelegenheiten? Ja, eben: Nachbars Katze morden. Nachbarkinder bespaßen. Nachbar bespaßen. Sie grinst bei dem Gedanken daran, wie sie die Verpackung mit der Aufschrift »Omas Apfelkuchen« in den Tiefen des Altpapiers versenkt hat.

Was soll Elsbeths Frage nach einem schwungvollen Fall, den Horst zum Besten geben könnte?, grübelt sie. Hat Brigitte jemals etwas darüber verlauten lassen, was ihr Horst von Beruf ist?

»Mord und Totschlag ist ja eigentlich unser täglich Brot«, antwortet Horst auf Elsbeths Frage. Er lehnt sich genüsslich kauend zurück und schaut die Damen mit weltmännisch überlegenem Lächeln an. »Aber leider, in Kiel passiert eigentlich nicht allzu viel. Deshalb müssen wir uns oft mit Kleinkram beschäftigen.«

Richtig, jetzt fällt es Frau Heerten wieder ein. Der Brigitte ihr Horst ist bei der Kriminalpolizei. »Haben Sie, äh, hast du auch was mit dem Unfall an der Alten Levensauer zu tun?«

»Eigentlich«, sagt Horst und bohrt mit der Zunge nach einem Stück Apfel, das sich zwischen seinen Zähnen verfangen hat, »geben wir uns mit solch kleinem Kleinkram nicht ab. Aber man kriegt in meiner Position natürlich allerhand mit. Der tödlich verunglückte Fahrer, der Kurt Bley, das war ein ganz schwerer Junge. Raubüberfall, schwere Körperverletzung, die gesamte Palette. In letzter Zeit allerdings eigentlich sauber.«

Nun unterliegen solche Informationen natürlich strengster Geheimhaltung. Aber nach anderthalb Flaschen Wein darf ein Horst den Damen schon mal zeigen, welchen tollen Hecht sein unscheinbares Brigitte-Mäuschen sich da an Land gezogen hat.

»Es gäbe«, fährt Horst fort, »in der Sache eigentlich durchaus ein paar Gründe, dass meine Abteilung sich einschaltet, aber ...«

»Aber was?«, fragt Frau Heerten in der Hoffnung, aus Horst noch mehr rauszulocken. Vielleicht kann er ihr etwas über Schuppi sagen, der den verunfallten Kurt doch wohl recht gut gekannt haben muss, wenn der ihn in seiner Gartenlaube hat wohnen lassen.

Horst hat inzwischen das Apfelstück aus seinen Zähnen befreien können. Ein wunderbares Gefühl. Ich bin sicher, dass du ihm das nachfühlen kannst. So ein Fremdkörper zwischen den Zähnen kann einen völlig außer Gefecht setzen. Kaum ist das Stück jedoch zu seinen Kumpels die Speiseröhre hinabgerutscht, ist Horst wieder Herr des Verfahrens, bremst seinen Mitteilungsdrang und zeigt den Damen die spielerische Überlegenheit seiner Männlichkeit. »Du bist dran, Sabine. Hau eine Karte raus. Oder hast du zu viel Glück in der Liebe?«, sagt er und tätschelt Frau Heertens Hand.

Ich hatte ja schon angedeutet, dass Horst der Horst von Brigitte ist. Eigentümer sehen es nicht gern, wenn ihr Hab und Gut fremdtätschelt.

»Hauptsache, *du* hast schlechte Karten, damit wir alle dein Glück in der Liebe sehen«, wirft Brigitte mit grimmigem Blick ein.

»Leider nicht«, sagt Horst, »Rommé«, und legt mit großartiger Geste alle seine Karten auf den Tisch.

2

Zeitung lesen bildet. Wie Reisen, das ja auch kolossal bilden soll. Bei Zeitungen kommt es natürlich ein bisschen drauf an, welche Zeitung man liest. Die »Frankfurter Allgemeine« zum Beispiel bildet sicher mehr als die »Kieler Nachrichten«. Und mehrere, verschiedene Zeitungen noch mehr. Wegen des unterschiedlichen Blickwinkels. Wenn du alle Zeitungen liest, kannst du abends total gebildet zu Bett gehen.

Der Mann, den wir schon vom Kanal kennen, liest ausschließlich die »Kieler Nachrichten«. Das reicht ihm völlig. Und am meisten reicht es ihm, seit er gelesen hat, dass der Kanal auf Höhe der alten Levensauer Hochbrücke ein ziemliches Nadelöhr ist und verbreitert werden muss. Deshalb wird die Alte Levensauer demnächst abgerissen und eine neue gebaut. Damit tun sich ungeahnte Probleme auf. Denn dann ist die Neue Levensauer die Alte Levensauer und die ehemals Alte die Neue. Also, ich fürchte, wir Kieler kommen mit solchen Umstellungen nur ganz schwer klar. Vielleicht ist es besser, die Neue bleibt die Neue, und die neue Alte wird die Ganz Neue

Levensauer. So bleibt noch Luft nach oben, falls die Neue Levensauer auch irgendwann ihren Geist aufgibt und die Ganz Ganz Neue Levensauer wird.

Ja, so sollte man es machen. Wäre sicher das Beste, wenn man bedenkt, welches nicht sehr glückliche Händchen Kiel in Sachen Namensgebung hat. Ich sage nur: Sparkassen-Arena und Hiroshimapark. Nachher bekommen wir eine Vattenfall-Brücke oder eine Pearl-Harbour-Bridge.

Nun ist das Schöne am Zeitunglesen, dass man dabei zum Denken angeregt wird. Auch der Mann vom Kanal fängt das Denken an. Vielleicht, denkt er, ist der Kanal nicht nur direkt unter der Levensauer zu schmal. Vielleicht ist er auch da zu schmal, wo er seine unkaputtbaren Aldi-Tüten vergraben hat. Da braucht's dann keine verschollene Bombe aus dem Zweiten Weltkrieg mehr, damit sie seine Plastiktüten wieder ausbuddeln.

Richtig heiß wird ihm bei dem Gedanken. Um nicht zu vertrocknen, schwankt er erst mal mit seinem seemännischen Gang in die Küche und genehmigt sich ein Bier. Vielleicht sollte er das Ganze im Wasser endlagern?

»Schleswig-Holstein meerumschlungen« heißt es in unserer Quasi-Nationalhymne. Nun ist Kiel nicht wirklich meerumschlungen, aber doch immerhin meergestreichelt. Man kann alles, was man nicht mehr braucht, in die Ostsee schmeißen. Wurde früher auch getan. Aber heute mit Umweltschutz und allem nicht mehr. Außerdem taucht ja manches wieder auf. Das müsste dem Mann allerdings keine Sorgen machen. Ein Stein zum Beschweren, dann bleibt alles unten und gut ist.

Doch schau mal. Zum Beispiel die »Color Line«: Früher immer schön geradeaus raus aus der Förde, heute Zickzack. Weil alles voller gelber Tonnen ist. Sperrgebiet. So ein Bomberpilot im Zweiten Weltkrieg ist ja auch nicht immer auf Zack gewesen, der hat sich schon mal verschmissen und nicht die Werft oder das Marinearsenal oder das auslaufende U-Boot getroffen. Knapp daneben ist eben auch vorbei. All diese Blindgänger fischt das Wasser- und Schifffahrtsamt heute in mühsamer Kleinarbeit wieder aus dem Wasser. Da ist die Gefahr einfach zu groß, dass auch mal eine unkaputtbare Plastiktüte am Haken hängt.

Also. Wohin damit?

3

Spielplätze gibt's in Suchsdorf reichlich. Der Spielplatz Hähnelstraße ist der nächste, Felix klettert auf die Schaukel, Mia entert die Sandkiste, und Frau Heerten bezieht den Mütter-Beobachtungsposten, sprich die Bank. Normalerweise holt die deutsche Mutter jetzt ihr Strickzeug raus oder liest ein Buch. Die junge Mutter wischt ihr Smartphone blank – jedenfalls tut man irgendwas. Aber Frau Heerten als begeisterte Omi schaut nur ganz nichtsnutzig ihren Adoptiv-Enkelkindern zu. Während Felix die Schaukel hin- und herbewegt, hat Mia in der Sandkiste Anschluss an einen kleinen blonden Jungen gefunden, der mit ihr Harke, Schüppchen und Eimer teilt. Frau Heerten schätzt sein Alter auf vier bis fünf Jahre. So alt müsste jetzt auch das Kind von Schuppi sein, denkt sie.

Mia und der kleine Junge haben sich während des Grabens viel zu erzählen und kichern fröhlich. Bis Mia mitten im friedlichen Buddeln dem Jungen eine Ladung Sand ins Gesicht schippt und ihm dann mit dem rosa Schäufelchen auf den Kopf haut. Mehrfach.

Was daraufhin passiert, hast du sicherlich auch schon miterleben können. Nämlich erst mal gar nichts. Aber man sieht förmlich, wie die Information »Aua« den Körper durchflutet, sich bis zu den Fußsohlen durchkämpft, umkehrt und eine Weile im Bauch hängen bleibt, dann jedoch zielstrebig in Richtung Gehirn marschiert, die einzelnen Windungen mehrfach durchläuft, bis sie schließlich die richtige Synapse erwischt, die den entsprechenden Befehl an die Stimmbänder leitet.

Mia ist größer als ihr Kontrahent, deshalb ist bei ihr der Informationsweg zwar länger, dafür aber schneller, sodass beide Kinder gleichzeitig heulend bei ihren Wachposten eintreffen. Die tun das, was ihre gottgegebene Bestimmung ist, nehmen die lieben Kleinen tröstend in die Arme und werfen böse Blicke zum Gegner hinüber.

Nun mag es sein, dass Adoptiv-Großmütter naturgemäß nicht ganz so eng mit kindlichem Schmerz verbunden sind wie Mamis oder dass Großmütter den gesunden Menschenverstand, der bei der Geburt des eigenen Kindes gänzlich abgegeben wurde, inzwischen wiedergefunden haben. Frau Heerten kriegt jedenfalls raus, warum Mia den kleinen Jungen so hart malträtiert hat.

»Er hat gesagt, Katzen sind total doof«, schluchzt sie.

»Das hat er von seinem Vater«, sagt die Gegnerin auf der Nachbarbank. »Der ist gegen Katzenhaare allergisch.« Dabei streicht sie ihrem Sohn zärtlich übers Haar. »Der ist überhaupt gegen alles allergisch«, sinniert sie weiter und lässt den Blick schweifen. »Von Birkenpollen bis Erdnussbutter.«

»Das kenn ich«, sagt Frau Heerten und tätschelt Mias Wange. »So einen habe ich bei mir auf dem Küchentisch liegen.«

4

Frau Heertens Bude ist rappelvoll. Zumindest kommt es ihr so vor. Sie kann sich jedenfalls nicht erinnern, dass sie jemals ihr Wohnzimmer für drei kleine Kinder freigeben musste, während sie in der Küche von einer heulenden Frau in Schach gehalten wird.

Wie kommt's?, fragst du jetzt sicher.

Sagen wir mal so: Bekanntschaftsanzeigen waren gestern. Wenn du heute jemanden kennenlernen möchtest, gehst du ins Internet. Da wimmelt es nur so von Leuten, die unbedingt was mit dir anfangen wollen. Doch nicht immer nur Schönes, wie man hört. Musst ein wenig vorsichtig sein.

Manche sind sogar so vorsichtig, dass sie sich lieber einen Hund zulegen. Von einem Hund ist nichts zu befürchten. Abgesehen von diesem Totbeißer Chico, der durch die Gazetten geisterte, ist mir jedenfalls kein einziger zu befürchtender Hund bekannt. Ein Hund ist nicht zu toppen. Immer freundlich. Wenn man mal für eine Viertelstunde aushäusig ist, wird man beim Wiederkommen begrüßt, als wäre man drei Jahre weg gewesen. Ich kenne keinen Menschen, der vor Freude derart außer Rand und Band gerät. Aber ein Hund hat auch seine Nachteile: Er fusselt, und einen normalen Urlaub kannst du dir für den Rest seines Lebens abschminken.

Bei Kindern ist das genauso. Bis auf das Fusseln. Und leider sind sie erst nach zwei oder drei Jahren stubenrein. Aber dafür bist du nicht bis zum Rest ihres Lebens angebunden, sondern kannst nach dem achtzehnten Lebensjahr des Jüngsten wieder frei entscheiden. Bis der Älteste selbst Kinder kriegt, du Großelter bist und die Sache von vorne losgeht – dann aber Gott sei Dank mit gebremstem Schaum. Doch zurück zum Eigentlichen. Hunde und Kinder haben eins gemeinsam: Man kommt über sie ganz unkompliziert in Kontakt mit anderen Hunde- und Kinderbesitzern.

Ja, siehst du: Deshalb sitzt die Mutter von dem Kleinen aus dem Sandkasten jetzt bei Frau Heerten am Küchentisch, heißt Steffi und heult. Frau Heerten ist hin- und hergerissen. Sie hat tatsächlich das Kind von Schuppi gefunden. Dennis heißt der Kleine. Dennis Szupryczynski. (Auch kein leichtes Schicksal, wenn sie genauer darüber nachdenkt.) Immer wieder hat sie nach ihm Ausschau gehalten, und dann ist er ihr dank Mias Schäufelchen-Attacke vor die Füße gepurzelt, ohne dass sie irgendwelche Mütter mit peinlichen Fragen belästigen musste. Das ist gut. Doch jetzt sitzt er unbeaufsichtigt zusammen mit Mia und Felix in ihrem liebevoll gestylten Wohnzimmer, und die drei stellen Gott weiß was an. Das ist nicht gut.

Steffi hat inzwischen die gesamte schuppische Hinterlassenschaft auf dem Küchentisch ausgebreitet. Jedes Teil nimmt sie einzeln in die Hand, dreht seine Ausweise liebevoll hin und her und studiert selbst die verblichenen Einkaufszettel intensiv, während ihr die Tränen über die Wangen laufen. Ganz klar ein Fall für Frau Heertens Eierlikör, den sie Steffi überreichlich einschenkt. Sie selbst hat es beinah noch nötiger. Drei Kinder spielen in ihrem Wohnzimmer Fangen, während sie bei diesem Häufchen Elend in der Küche festgenagelt ist. Was da alles zu Bruch gehen kann. Steffis Erzählungen können Frau Heertens Gedanken nur mäßig fesseln. Immer wieder schweifen sie zu der hoffentlichen Unversehrtheit ihrer Vitrine ab.

»Der Martin«, schluchzt Steffi, »ist so ein liebevoller Vater. Ganz närrisch ist er mit dem Kleinen, wenn er da ist.«

»Wenn wer da ist?«, fragt Frau Heerten und nimmt einen großen Schluck Eierlikör, um sich für die Antwort zu wappnen. Schließlich ist es doch das Natürlichste von der Welt, dass die närrischen Väter da sind, wenn sie mit ihren kleinen Söhnen närrisch sind. Wer ist also der, der nur da ist, wenn er da ist?

»Wir konnten doch nicht heiraten wegen Papa und wegen dem Geld«, sagt Steffi statt einer Antwort.

Frau Heerten merkt richtig, wie ihr ein Stein vom Herzen plumpst. Doch nicht Dennis Szupryczynski. Da hat der Kleine noch mal Glück gehabt. Allerdings gehört sie noch zu der Generation, die Sätze mit »wegen« und Dativ nur schwer ertragen kann, und wenn der dazugehörige Satz unverständlich ist, schon gar nicht. Trotzdem versucht sie, sich einen Reim darauf zu machen: Der närrische Schuppi hat die Mutter seines Kindes also nicht geheiratet, weil sie sonst kein Geld mehr von ihrem Papa bekommen hätten. Aber wieso ist dieser Martin nur da, wenn er da ist?

»Ich weiß nicht«, schluchzt Steffi. »Er hat immer so schrecklich viel zu tun.«

Ach, denkt Frau Heerten. Was hat dieser Arbeitslose denn so schrecklich viel zu tun gehabt? Wahrscheinlich war er einfach nur froh, öfter mal aus der Gartenlaube rauszukommen, um bei Mutti von Sohnemann zu duschen.

»Er ist tot«, sagt Steffi tonlos und starrt auf einen unsichtbaren Punkt in der Mitte des Küchentischs.»Ich spüre das. Warum sonst hätte irgendwer Martins ganzen Papierkram in seiner Schatulle am Kanal vergraben?« Das Wort »Schatulle« macht Frau Heerten hellhörig.»Kennen Sie dieses Kästchen?« Steffi nickt und erzählt, dass sie ihrem Martin, als er wieder mal wegmusste, um nicht da zu sein, das Kästchen mit zwei kleinen Schühchen seines Sohnes mitgegeben hat – quasi als liebevolles Erinnerungsstück, bis er seinen Dennis wiedersieht. Frau Heerten nimmt einen Schluck Eierlikör. Sie hört das weitere Loblied auf Martin nur noch mit halbem Ohr, während die andere Hälfte durch lautes Rumsen aus dem Wohnzimmer in Angst und Schrecken versetzt wird. Das war die Vitrine, ganz klar! Und das anschließende Scheppern sind die zwölf Likörgläschen ihrer Großeltern. Diese Gewissheit treibt auch Frau Heerten die Tränen in die Augen, sodass Jürgen, der vom Garten her durch die geöffnete Terrassentür zur Küche vordringt, zwei verheulte Frauen vorfindet.

»Statt euch hier die Nase zu begießen«, sagt er kopfschüttelnd,»solltet ihr lieber mal einen Blick ins Wohnzimmer werfen. Da schlagen sich die Kinder gerade gegenseitig die Köpfe ein.«

Das ist eine Botschaft, die sowohl Mütter wie auch Großmütter auf höchste Alarmstufe katapultiert. Beide springen auf, hetzen ins Wohnzimmer und retten drei friedlich auf dem Teppich spielende Kinder vor dem sicheren Tod.

»Was hat hier vorhin so gerumst?«, fragt Frau Heerten und zieht Felix vom Fußboden hoch.

»Mia ist gegen den Tisch geknallt, und dabei ist das Glas runtergefallen«, sagt Felix und beginnt vor Schreck zu weinen. »War aber leer.«

Daraufhin fällt auch Mia ihr Sturz gegen das Tischbein wieder ein. Genau wie der damit verbundene Schmerz, der beim weiteren Spielen völlig in Vergessenheit geraten war. Augenblicklich holt sie das für diese Unbill erforderliche Gebrüll nach, und auch Dennis stimmt aus Solidarität in das große Heulen ein.

»Na, das ist ja alles total großartig«, sagt Jürgen. »Gegen euch ist ein startender Düsenjet ein Leiseflieger.« Er greift sich seine heulenden Kinder und verschwindet mit ihnen über die Terrasse nach draußen.

»Und nun?«, fragt Frau Heerten und sieht ihre beiden verbliebenen Gäste an.

»Der Papa kommt nie mehr wieder«, sagt Steffi leise. Sie nimmt ihren Kleinen in den Arm und kuschelt ihre Nase in seine Locken. Er weint immer noch, was ganz prima zu dieser Information passt. Es ist allerdings fraglich, ob zwischen beidem ein Zusammenhang besteht.

»Das ist doch gar nicht sicher«, sagt Frau Heerten. »Ängstigen Sie das Kind nicht so!«

»Wenn ich es doch aber weiß.«

Steffi geht in die Küche, stopft das Messingkästchen, Schuppis Portemonnaie, die Quittungen und sogar die Kinokarte zu Plastikschüppchen und -eimer in ihre Tasche, zerrt ihren Dennis wortlos zur Vordertür hinaus und lässt Frau Heerten allein zurück.

Horst macht seinen Job

1

»Hab ich eigentlich meinen Schal bei dir vergessen?«
Frau Heerten kommt die Stimme bekannt vor, die ihr da
durchs Telefon sozusagen mit der Tür ins Ohr fällt. Und das
»eigentlich« kennt sie auch. Aber woher? »Nein«, sagt sie, und
das ist auf jeden Fall richtig. Bei ihr liegt kein herrenloser Schal
rum.

»Schade«, sagt die Stimme. »Ich wäre gerade in der Gegend
und hätte eigentlich kurz rumkommen können, wenn er bei dir
wäre.«
Was ist denn das für ein Satz? Etwas wie »Ich hab schon
überall gesucht. Du warst meine letzte Hoffnung« wäre eigentlich normal gewesen. Oder vielleicht: »Ich hätte kurz rumkommen können, um ihn abzuholen, weil ich gerade in der Gegend
bin.« So was ginge auch. Aber in dieser verkorksten Reihenfolge
meint Frau Heerten, »Ich suche einen Grund, bei dir vorbei-
zukommen« rauszuhören.
Warum nicht? Einen Mann, der in einem einzigen Satz so
viele Konjunktive unterbringen kann und der sie obendrein so
gut zu kennen scheint, dass er schon mal Gelegenheit hatte, bei
ihr einen Schal zu vergessen – so einen kann man doch nicht
einfach vorbeiziehen lassen, wenn er schon mal in der Gegend
ist.
»Komm doch trotzdem vorbei. Vielleicht finden wir etwas
anderes, was du hier vergessen haben könntest«, sagt sie und
legt auf, bevor er auf die Ironie in diesem Satz reagieren kann.
Dann faltet sie die Zeitung ordentlich zusammen, lässt sie im
Altpapier verschwinden, versenkt ihr Frühstücksgeschirr in der
Spülmaschine, wischt die Krümel von der Resopalplatte und
rückt die Blumenvase in die Mitte.
Na bitte, alles picobello, der unbekannte Gast kann kommen.

Moment – bei unbekannten Gästen kann es durchaus sein, dass sie es nicht gewohnt sind, in der Küche abgefertigt zu werden. Vielleicht sollte sie noch rasch das Wohnzimmer auf Vordermann bringen.

Sie ist mitten im Räumen, als es auch schon klingelt. Der Unbekannte muss nicht nur in der Gegend, sondern in nächster Nähe gewesen sein, sozusagen gleich um die Ecke. »Das nenn ich mal einen total zufälligen Zufall«, murmelt Frau Heerten und öffnet die Tür.

Vor ihr steht ein über das ganze Gesicht strahlender Horst. Ach, sieh mal, schau. Der Gatte der Gattin Brigitte hat seinen Schal nach dem Rommé bei ihr liegen lassen. Und das auch noch im Konjunktiv. In der Möglichkeitsform. Wobei es allerdings schlechterdings unmöglich ist, irgendwas bei ihr liegen zu lassen. Frau Heerten passt immer höllisch auf, dass ihre Gäste alles wieder mitnehmen, was sie angeschleppt haben, damit sie nicht auf jeder Menge fremder Regenschirme und einsamer Mützen sitzen bleibt. Es ist immer so lästig, dieses herren- oder damenlose Zeug wieder an den Mann beziehungsweise die Frau zu bringen.

»Komm rein und leg ab«, sagt Frau Heerten. »Ich mach uns einen Kaffee.«

Horst kommt rein und legt ab, verstaut Mantel und Schal unter ihren wachsamen Augen an der Garderobe im Flur. Sie wird nachher wie eine Luchsin aufpassen, dass er alles gewissenhaft wieder mitnimmt. Oder auch nicht. Kommt drauf an, wie sich der Besuch weiterhin entwickelt.

Nach der ersten im Wohnzimmer getrunkenen Tasse Kaffee hat sich noch gar nichts entwickelt. Horst hat nur reges Interesse an ihrer Mischpoke auf dem Büfett gezeigt und ganz nebenbei gefragt, ob in den oberen Gelassen des Hauses vielleicht noch weitere Verwandtschaft rumstehe.

Also bitte, denkt Frau Heerten, so weit kommt's noch, dass ich dem Ehemann meiner Freundin die Familienfotos in meinem Schlafzimmer zeige. Frau Heerten ist scharf auf Horst, das stimmt schon. Aber nicht in dieser Hinsicht.

»Hat dein Kommissariat was Neues über den Unfall an der Alten Levensauer rausgekriegt?«, fragt sie und lächelt betont harmlos.

»Warum interessiert dich das eigentlich?«, fragt Horst und lächelt nicht ganz so harmlos zurück.

»Das Unfallopfer, dieser Bley, war ein Freund von einem früheren Freund meiner Tochter. Und der ist seit längerer Zeit verschwunden. Vielleicht besteht da irgendwie ein Zusammenhang«, sagt Frau Heerten.

Es ist immer interessant, wie rasant Männer sich verwandeln können. Eben noch ganz ambitioniert männlicher Mann, mutiert Horst blitzschnell zum Kommissar, der konzentriert sein Notizbuch aufschlägt und den Bleistift zückt.

»Wie schreibt der sich?«, fragt er und notiert mit leicht aus dem Mund geschobener Zunge Buchstabe für Buchstabe den von Frau Heerten diktierten verzwickten Namen. S-Z-U-P-R-Y-C-Z-Y-N-S-K-I.

»Noch ein Käffchen?«, fragt sie und schenkt nach, ohne die Antwort abzuwarten. »Wäre schön, wenn du was rauskriegst. Meine Tochter macht sich solche Sorgen.«

Das ist natürlich gelogen. Karin ist Schuppis Verbleib schnuppe. Aber die arme Steffi wirkte so verzweifelt. Deshalb setzt Frau Heerten Horst auf Schuppis Fährte.

Dass Horst beim Weggehen seinen Schal diesmal tatsächlich zurücklässt, übersieht sie jetzt einfach mal.

2

»Sie können hier nicht einfach so reinplatzen«, sagt Wellenhaus zu den Polizisten, als die auf seiner Baustelle auf der Alten Levensauer seinen Bauwagen betreten. Er sieht sie grimmig an.

Leute wie Wellenhaus dürfen grimmig sein. Er ist ein Mann der Wirtschaft, führt ein größeres Bauunternehmen und hält mit seinen Steuern das Staatssäckel am Laufen. Solche Menschen sind wichtig, und wichtigen Menschen ist Grimm erlaubt, besonders kleinen Streifenhörnchen gegenüber, die im Grunde quasi seine Angestellten sind. Schließlich hat er sie bezahlt – von seinen Steuergeldern. Dass er versucht, das Zahlen von Steuergeldern möglichst gering zu halten, vergisst er geflissentlich. So was tun wichtige Menschen gerne mal.

»Sie können hier nicht einfach so reinplatzen«, sagt Wellenhaus also grimmig – ebendeshalb, weil er es kann.

»Doch, wir können«, sagt einer der beiden Reingeplatzten. Es ist Müller Zwo, Kriminaloberkommissar, kurz KOK, aus dem zweiten Kommissariat und damit direkter Mitarbeiter von Horst, der ihn hierhergeschickt hat. Er zückt seinen Dienstausweis.

»Das geht schon aus rein versicherungstechnischen Gründen nicht«, bellt Wellenhaus.

Wo er recht hat, hat er normalerweise recht, aber hier eben nicht. Wo kämen wir denn da hin, wenn die Polizei nicht überall reinplatzen dürfte, um böse Buben zu fangen? Versicherungstechnisch ist alles im grünen Bereich. Dafür sorgt der jeweilige Dienstherr – in unserem Fall das Land Schleswig-Holstein –, der seine Mannen vollumfänglich absichert, sollte ihnen beispielsweise in Ausübung ihres Dienstes auf dem Bau mal eine Baggerschaufel auf den Kopf fallen. Dann sind sie für den Rest ihres Lebens gut versorgt, auch wenn es danach nur noch recht kurz sein dürfte.

Meist ist es nicht der Versicherungsschutz, sondern es sind die verschiedensten Gesetze zum Schutz der Bürger, die der Polizei Steine in den Weg legen. Aber hier liegt nichts im Weg, die Polizei kann Wellenhaus Löcher in den Bauch fragen, was sie auch tut.

»Wir haben Fragen im Zusammenhang mit dem Unfall auf der alten Levensauer Hochbrücke«, sagt Müller Zwo.

»Was für ein Unfall?«, fragt Wellenhaus.

Müller Zwo könnte kotzen. Immer dieses Dummtun: »Ich weiß von gar nichts.« »Nein, Zeitungen lese ich nicht. Dafür fehlt mir die Zeit. Ich bin schließlich kein Beamter.« Es erfordert starke Nerven, um solche Seitenhiebe auf den Polizei-apparat und seine Vertreter zu verkraften. Doch wenn es sein muss, hat Müller Zwo Nerven wie Drahtseile. Er und sein Kollege haben sich nicht zwischen Sandhaufen und Doppel-T-Trägern zum Container der Bauleitung durchgekämpft, um sich jetzt von dieser verarschen zu lassen. Mit unendlicher Geduld erklärt er dem Wellenhaus, dass ein gewisser Kurt Bley vor rund zwei Wochen auf der Alten Levensauer, die jetzt gesperrt und zur Baustelle geworden ist, einen tödlichen Unfall erlitten hat.

»Wir suchen nach Unfallzeugen. Der da, das ist der Ver-unfallte«, sagt er und tippt mit dem Finger auf das Bild, das wir schon von dem DIN-A5-Zettel aus Frau Heertens Küche kennen.

»Kenn ich nicht«, sagt Wellenhaus.

»Vielleicht einer Ihrer Arbeiter? Vielleicht, dass einer von denen was gesehen hat?«

»Glaub ich nicht«, sagt Wellenhaus.

»Oder sogar, dass einer den Unfall verursacht hat?«

»Kann nicht sein«, sagt Wellenhaus.

Der Mann ist wirklich ein harter Gegner. Eine geschlagene halbe Stunde prokeln und quetschen Müller Zwo und sein Kol-lege an ihm rum, versuchen, ihn von einem Glatteis aufs andere zu führen. Aber Wellenhaus bleibt standhaft.

»Wissen Sie was«, sagt er schließlich, »meine Arbeiter sind größtenteils gar nicht aus Kiel. Jeden Morgen um sechs kom-men sie zum Bauhof und fahren dann gemeinsam von dort zur jeweiligen Baustelle. Dass einer von ihnen diesen Bley kannte oder auch nur nachts über diese Brücke gefahren ist, ist höchst unwahrscheinlich. Sie sollten Ihre Übeltäter besser irgendwo anders in Kiel suchen und mich und meine Arbeiter in Ruhe lassen.« Wellenhaus steht auf. »Wenn Sie mich jetzt bitte ent-schuldigen würden, ich hab zu tun.«

»Wir lassen Ihnen auf jeden Fall mal diesen Flyer da. Viel-leicht fällt Ihnen oder Ihren Mitarbeitern noch was ein«, sagt Müller Zwo und steht ebenfalls auf. »Ach ja«, sagt er, als er und sein Kollege schon halb zur Tür raus sind, und dreht sich Columbo-mäßig noch mal um. »Lassen Sie uns bitte eine Liste zukommen mit den Namen und Kontaktdaten all Ihrer Bauarbeiter, die in den letzten fünf Jahren für Sie tätig waren.«

»Aber gerne doch«, sagt Wellenhaus mit übertrieben breitem Lächeln. »Meine Sekretärin wird sich darum kümmern. Wenn sonst nichts mehr ist …« Er reicht den beiden zum Abschied die Hand und schließt die Tür hinter ihnen.

Auch wenn er auf total cool macht, ist diese Befragung nicht spurlos an Wellenhaus vorübergegangen. Immer wenn er mit der Polizei zu tun hat, ist er bis zum Zerreißen gespannt, und heute hat sein Adrenalinspiegel seine persönliche Bestnote überschritten. Erst jetzt, da die Polizisten weg sind, fällt die Anspannung langsam von ihm ab, und er kann wieder frei durchatmen. Was er auch tut.

Durchatmen befreit. Verkrampfungen lösen sich. Die Glieder werden gelockert, die Muskeln entspannen, werden wieder weich und geschmeidig. So ist das, wenn der Druck nachlässt. Der Kopf allerdings bleibt vernebelt, und an logisch-kreatives Überlegen ist nicht zu denken. Erst nach einem Gang zur Baustellentoilette fällt es Wellenhaus wie Schuppen von den Augen. Den Kerl auf dem Foto hat er schon mal gesehen.

Siehst du, so kann's kommen. Daher mein Rat: Wenn du innerlich total blockiert bist, einfach mal aufs Klo gehen. Wenn unten Platz geschaffen ist, kann der Nebel aus dem Gehirn absinken, und es kommt zu den besten Erleuchtungen.

Nach seinem Toilettenbesuch stellt Wellenhaus sich ans Brückengeländer und atmet tief durch. Herrlich, diese frische Luft. Aber nicht, dass du denkst, sein Frischluftbedürfnis hätte was mit den sanitären Anlagen auf der Baustelle zu tun. Die sind eins a. Seit Wellenhaus den Sanitärbereich an Pixi outgesourct hat, ist an der Front alles paletti. Er sieht über den Kanal und das Grün der umliegenden Landschaft. Wieso kommt ihm der Kerl auf dem Foto so bekannt vor?

Der Wind hier oben auf der Brücke pustet Wellenhaus kräftig durch. Er flüchtet zurück in den Bauwagen und fährt sein privates Notebook hoch. Irgendwo ist ihm der Typ schon mal begegnet. Er muss ihn auf irgendeinem seiner Fotos haben. Aber wo? Was war das für ein Anlass, der ihm jetzt so unangenehm aufstößt?

Kennst du sicher auch. Du riechst was, du schmeckst was, befingerst einen Gegenstand, fühlst einen Stoff, machst irgendwas – und plötzlich schlägt dein Kleinhirn Alarm. Ein fieses Gefühl, das dich ganz kirre macht. Wenn du nicht rauskriegst, was dir so unangenehm aufstößt, könntest du ganz meschugge werden. Aber gerade der Weg vom Kleinhirn zum Großhirn scheint besonders verbaut zu sein. Wellenhaus grübelt und grübelt. Nichts zu machen.

Wie schön, wenn in solchen Situationen der mentalen Verzweiflung das Telefon klingelt und einen aus den Gedanken reißt. Mit Gesprächsfetzen wie »Ja, Montag, Beton, alles klar« und »Nein, da müssen Sie sich an meine Sekretärin wenden« und »Was ist das denn wieder für eine Scheiße?« kann er seine Erinnerungsblockade prima überbrücken. Erst am Abend in seinem Büro denkt er wieder an den Kerl auf dem Flyer.

Er überfliegt die Personalliste, die seine Sekretärin ihm auf den Schreibtisch gelegt hat, und entdeckt dabei den Namen Kurt Bley. Ach nee, der Kerl mit den Segelohren hat mal bei ihm gearbeitet.

Er öffnet die privaten Ordner in seinem Computer, die er mit möglichst sprechenden Namen versehen hat. »2018 Weihnachtsfeier in Bonn«, liest er. Da kann dieser Bley schwerlich dabei gewesen sein. Auch »2016 St. Anton mit Bea« wird kaum in Frage kommen. Wenn ein Mann mit derart abstehenden Ohren wie die von diesem Kurt mit ihm und Bea in den Alpen gewesen wäre, das würde er sein Lebtag nicht vergessen.

Er sieht auf das Bild, das auf seinem Schreibtisch steht. Diesen Urlaub wird er sowieso sein Lebtag nicht vergessen. Er sollte die Fotografie endlich wegpacken, sonst wird er mit seinem Schmerz nie fertig.

»2016 Februar« heißt der nächste Ordner. Das ist kein wirklich sprechender Name, aber das ist hier auch nicht nötig. An diesen Februar wird Wellenhaus noch sehr lange denken. Er sieht auf den Kalender an der Wand, auf dem die Sekretärin jeden Tag das rote Rechteck eine Zahl weiterschiebt, damit auch alle wissen, wie weit sie hinter dem Auftragssoll hinterherhinken.

Damals sind irgendwelche Arschlöcher bei ihm in Düsternbrook eingebrochen und haben seinen Tresor ausgeräumt. Der ganze Sicherheits-Schnickschnack, den er sich für teures Geld hat aufschwatzen lassen, alles für die Katz. Kaum ist man mal ein paar Tage in Kampen, kommen irgendwelche Fuzzis, umgehen Lichtschranken und Alarmanlage, durchwühlen alle Zimmer, finden den hinter dem gedruckten Picasso versteckten Tresor, brechen ihn mir nichts, dir nichts auf und sacken fast anderthalb Millionen ein.

Ein einziges Ärgernis. Da zahlt man diese sündhaft teure Versicherungsprämie und kann das, was geklaut wurde, gar nicht angeben. Wäre ein gefundenes Fressen für die Herren Gesetzeshüter gewesen, wenn sie spitzgekriegt hätten, dass er zu Hause säckeweise Geld gebunkert hatte.

Mit einem Doppelklick öffnet er den Ordner. Die Videodateien darin stammen von seinen Überwachungskameras, die den Einbruch aufgezeichnet hatten. Wieder und wieder hatte er sich damals die Videos angesehen. Richtig wütend ist er geworden, weil diese Scheiß-Überwachungsdinger in aller Seelenruhe zugesehen hatten, statt Alarm zu schlagen – so wütend, dass er beinah die ganze Anlage zusammengekloppt hätte. Doch dann hat er sich zusammengerissen, die Sequenzen auf seinen Computer überspielt und die Aufnahmen in den Kameras gelöscht.

Irgendwo da muss der Kerl mit den Segelohren drauf sein. Erneut spielt Wellenhaus die Videos ab, und das Blut in seinen Schläfen pocht. Weit mehr als anderthalb Millionen hat ihn der Kurzurlaub auf Sylt letztes Endes gekostet. Was ist das für eine Scheiße gewesen. Aber Geld, das schwarz wie die Nacht ist, lässt sich nun mal nicht durch eine Versicherung abdecken. Schwarzes Geld ist einfach nur futsch, wenn es futsch ist.

Er hat also damals die Klappe gehalten und seine beiden Bodys auf die Suche nach der geklauten Kohle geschickt. Ja, er hat zwei Bodyguards! Die sind bei ihm fest installiert, seit er mal etwas unsanft mit aufmüpfigen Bauarbeitern aneinandergeraten ist. Die drohten ihm mit einer Abreibung, falls sie ihm nachts allein auf der Straße begegnen sollten. Seitdem ist er nicht mehr allein auf der Straße. Weder nachts noch tagsüber. Die Maßnahme an sich hatte sich auch bewährt, doch bei der Sache mit dem Bruch hatten die Bodys versagt. Nichts konnten sie über den Verbleib der Kohle rausbekommen. Überhaupt nichts. Das Geld hatte sich in Luft aufgelöst und auch von den Dieben keine Spur. Eigentlich hätte er die beiden Deppen damals wegen Unfähigkeit feuern sollen. Aber er hatte dazu einfach keine Kraft mehr gehabt.

Drei Jahre, zwei Monate und sieben Tage ist der Einbruch jetzt her. Kurz danach war das mit dem schrecklichen Absturz … seine süße Bea und sein zauberhafter Junge zerschmettert unten in der Schlucht. Das hatte alles verändert, und nachdem er sich halbwegs wieder aufgerappelt hatte, war es einfach zu spät gewesen, sich darum zu kümmern und weiter nach dem Geld zu fahnden. Schwamm drüber, hatte er gedacht und die Euronen abgeschrieben. Verluste sind dazu da, verkraftet zu werden.

Ja, so hat er gedacht. Bis jetzt.

Bis heute Mittag, als die beiden Streifenhörnchen bei ihm aufgekreuzt sind und ihm das Flugblatt mit dem Foto von Kurt Bley unter die Nase gehalten haben. Jetzt ist er froh, dass er die beiden Bodys nicht gefeuert hat.

Er greift zum Handy und wählt eine Nummer. »Hey, Body. Herkommen!«, brüllt er.

Wellenhaus nennt den einen Bodyguard Body, weil er sich seinen richtigen Namen nicht merken kann. Und den Namen von dem anderen kann er sich auch nicht merken, weswegen er ihn Guard nennt. Wirklich mitarbeiterfreundlich ist das nicht, aber auf dem Bau nimmt man es mit der Freundlichkeit nicht so genau. Außerdem treten die beiden sowieso immer im Doppelpack auf. Deshalb reagieren jetzt beide und beeilen sich, der Stimme ihres Herrn zu folgen.

Schon wenige Minuten später sind sie da. »Seht euch das gut an.« Wellenhaus startet ein Überwachungsvideo. Viel kann man nicht erkennen, obwohl es Nachtsichtgeräte sind, die das Geschehen aufgenommen haben. Zu sehen sind lediglich vier vermummte Gestalten, die zu einem parkenden Auto laufen. »Jetzt kommt's«, sagt Wellenhaus und tippt mit dem Finger auf den Bildschirm.

Ja, tatsächlich, jetzt kommt's. Mitten im Lauf reißt sich einer die Maske vom Kopf. Seine abstehenden Ohren erstrahlen in voller Schönheit.

Wie kann man nur so blöd sein, denkst du jetzt wahrscheinlich. Aber du hast eben noch nie einen Bruch gemacht. Und wenn doch, dann hattest du sicher nicht so eine Maske auf. Darunter entwickelt sich ein Klima – grauenhaft, sage ich dir. Besonders, wenn du einfach drei Löcher in eine Strickmütze aus hundert Prozent Polyester schneidest. Stickig und kratzig ohne Ende, so ein Teil. Und die Akustik ist wegen der eingeklemmten Ohren auch nur mäßig. Total nervig. Verständlich also, dass sich der Kerl das Teil vom Kopf reißt, sobald die Sache gelaufen ist. Ich kann dir nur raten, mit hochwertigeren Materialien zu arbeiten, wenn du deinen eigenen Bruch planst. Es soll sehr gefällige Tarnmasken aus Seide oder zumindest Viskose geben.

»Der da, der mit den Elefantenohren«, sagt Wellenhaus, »das ist Kurt Bley.«

»Is klaa, Chef«, sagt Body, »den krallen wir uns.«

»Das glaube ich kaum.« Wellenhaus scrollt im Video ein wenig zurück. »Der ist tot. Aber die anderen, die leben noch.« Er startet das Video erneut. »Schaut genau hin. Merkt euch ihren Gang, die Statur. Prägt euch alles genau ein. DIE müsst ihr finden.«

3

So richtig clever sind Body und Guard nicht, das muss ich leider sagen. Aber man soll nicht vorschnell urteilen. Manchmal kann ein männliches Lächeln Wunder wirken. Besonders bei Damen, die seit dem tragischen Unfall von Bley auf das männliche Lächeln ihres Nachbarn verzichten müssen.

»Suchen Sie Herrn Bley?«, fragt die Dame, als Body und Guard an Bleys Wohnungstür aufkreuzen, um einzubrechen und so etwas über seine Komplizen zu erfahren. Und weil Body nicht weiß, wie zeitintensiv Frauen sein können, die sich zu einem längeren Plausch auf ihren Schrubber stützen, kratzt er, auf brauchbare Informationen hoffend, die letzten Reste seines Charmes zusammen.

Als die Dame sich nach endlosen Erzählungen über die Nettigkeiten des netten Herrn Bley dazu hinreißen lässt, sich um die Blümchen in seinem Schrebergarten Sorgen zu machen, ist Guard am Ende seiner Kraft.

»Lass das Süßholzlutschen und komm endlich«, knurrt er, bevor Body, von seiner offensichtlichen Ausstrahlung auf das weibliche Geschlecht ganz geblendet, die nächste Lawine ihres Redeschwalls lostritt.

»Raspeln«, sagt Body.

»Hä?«, fragt Guard.

Wie der Spruch genau geht, lässt sich auch auf dem Weg zum Schrebergarten nicht klären.

»He Sie!«, schreit Body gegen den Lärm des Rasenmähers an. Er hat über dem ganzen Süßholz alles an Rest-Charme eingebüßt.

»Hmm«, sagt der Laubenpieper auf der Nachbarparzelle von Kurt Bley und lässt sich nicht weiter stören. Er hat noch jede Menge Rasen vor sich, und nachher spielt Holstein, bis dahin muss er fertig sein.

»Der soll den Brummer ausmachen, sonst gibt's was«, knurrt Guard wieder, zieht die Hände aus den Jackentaschen und lässt die Fingergelenke knacken.

Da ist es wirklich schön, dass die Hecke schon so hochgewachsen ist. Und der Rasenmäher so laut. Wer weiß, ob das Gebaren dieser beiden Schwergewichte den Herrn Laubenpieper sonst nicht etwas irritiert hätte. Vor allem, weil du dir dazu eigentlich noch die Melodie von »Spiel mir das Lied vom Tod« als Backgroundmusik vorstellen müsstest. Da aber die Hecke hoch und der Rasenmäher laut ist, hält er es wie die drei Affen. Er sieht nichts, er hört nichts, er sagt nichts.

Nein, nein, ganz falsch. Das ist ja gerade der Sinn von Schrebergärten: die Augen offen, die Ohren überall und vom Mund will ich gar nicht reden. Ich sage nur so viel: Datenschutz wird kleingeschrieben, wenn jeder ständig über dem Zaun vom Nachbarn hängt. Eine irgendwie geartete Privatsphäre ist kaum möglich, wenn du immer davon ausgehen musst, dass Leute ungefragt reinschneien, um sich deine großartige Astschere auszuleihen.

Der Herr Laubenpieper plaudert jedenfalls bereitwillig alles aus, was er weiß. Ja, der Kurt, der hatte seinen Garten nebenan. Was für ein Drama, dieser Unfall. So ein netter Mann, und dann so was! Hilfsbereit war der, das glaubt man gar nicht. Hatte sogar einen Freund bei sich in der Gartenlaube wohnen lassen.

»Ist zwar verboten, aber ich hab natürlich nichts gesagt.« Der Nachbar lächelt gütig. »Ist doch selbstverständlich.«

»Wie hieß denn der?«, fragt Guard und versenkt die Hände wieder in den Taschen.

»Tja, da fragen Sie was«, sagt der Laubenpieper. »Wie hieß denn der? Lassen Sie mich mal kurz überlegen.« Er dreht die Augen zum Himmel. »Irgendwas mit Fischen, glaub ich.« Er dreht die Augen wieder runter und sieht die beiden nachdenklich an. »Warten Sie mal«, er schaut wieder nach oben, »mehr so mit Flossen.« Er lächelt. »Ja, jetzt hab ich's. Flossi hat der geheißen.«

»Soso«, sagt Body, »der gute alte Flossi. Und sonst? Hatte der Kurt noch andere Freunde?«

»Natürlich.« Der Nachbar nickt heftig. »Wir haben hier alle

sehr viele Freunde. Wir sind wie eine Familie. Eine große Familie von Freunden.«

»Hmm«, sagt Guard, holt wieder die Hände aus den Taschen und knackt die Fingergelenke in Position. Das wird ihm hier langsam alles zu theoretisch.

»Lass das«, zischt Body und ergänzt lächelnd an den Laubenpieper gewandt: »Wir brauchen die Namen – wegen dem Begräbnis, wissen Sie?«

Also wirklich! Erste Sahne, der Body. So viel Pfiff hätte ich ihm nun wirklich nicht zugetraut. Da kann ich sogar über dem Dativ nach »wegen« hinwegsehen.

War aber im Nachhinein doch nicht ganz so geschickt, denn nun beißt sich der Herr Nachbar von Kurt derart an der Beerdigung fest, dass kaum noch ein Loskommen ist. Alles will er darüber wissen. Wann? Wo? Wie? Er will unbedingt dabei sein. »Ist doch Ehrensache.«

Nur mühsam kann Body ihn wieder aufs Gleis schieben, damit er endlich mit weiteren Namen rausrückt.

»Neulich war so 'ne Frau da, die wollte auch wissen, wie der heißt«, sagt der Nachbar nachdenklich.

»Und? Wie heißt er?«, fragt Body und stößt Guard in die Seite, weil der schon wieder mit den Fingern knackt.

»Wagner.«

»Wie Wagner?«

»Na, Wagner eben«, sagt der Nachbar. »Jürgen Wagner. Wie Wolfgang von Beethoven. Nur mit Jott.«

»Soso«, sagt Body, »der gute alte Wagner. Mit Jott. Und die Frau? Was war das für eine?«

Nein, das weiß der Nachbar nun wirklich nicht. Beim besten Willen. Die hatte zwei Kinder dabei. Genaueres kann er nicht sagen, und es ist auch schon spät. Das Spiel fängt gleich an. Wenn die Herren ihn vielleicht entschuldigen wollen, er muss dann mal wieder …

»Verzeihen Sie, dass wir Sie so lange aufgehalten haben«, sagt Body formvollendet, schubst Guard unsanft beiseite und macht sich mit ihm auf den Weg zurück zum Auto.

»Schuppi«, schreit der Nachbar ihnen nach, als sie schon fast um die Ecke sind, »war gar nicht Flossi, es war Schuppi. Schuppi Schupritschinski.«

Hoffentlich haben sie es noch gehört.

4

Erst ein paar Tage später findet Wellenhaus endlich die Zeit, sich von seinen beiden Bodys berichten zu lassen, was sie inzwischen in Erfahrung gebracht haben. Eigentlich etwas unnett von Wellenhaus, sie so lange hängen zu lassen, das muss ich schon sagen. Oder wie würdest du es finden, wenn du so einen tollen Job gemacht hast, aber dein Herr und Meister bequemt sich nicht, dich auch nur anzuhören? Nein, das ist nicht nett.

Body und Guard sprudeln nur so, was sie für Superinfos aus dem Schrebergarten mitbringen konnten, erzählen, wie großartig sie den Namen Schuppi aus dem Laubenpieper rausgekitzelt haben, um dann in mühsamer Kleinarbeit herauszutüfteln, dass es sich bei Schuppi Schupritschinski um Martin Szupryczynski handeln muss. Und als Sahnehäubchen obendrauf sei noch der Name Jürgen Wagner abgefallen.

Innerlich muss Wellenhaus den beiden Abbitte leisten. Sie können also doch mehr, als vor renitenten Arbeitern mit den Fingern zu knacken. Aber zeigen tut er es nicht.

»Ihr könnt gehen«, sagt er barsch.

Immer schön ruppig bleiben. Muss man als Chef. Hat er nach zwanzig Jahren auf dem Bau gelernt. Nie loben, das steigt schnell mal zu Kopf und führt dazu, dass der Gelobte die Hand aufhält.

Obwohl er sich bei diesen beiden die Vorsicht schenken könnte. Er glaubt nicht, dass Body und Guard einen Kopf haben, zu dem irgendwas emporsteigen kann.

»Moment mal«, ruft er die beiden zurück, als sie gerade gehen wollen. »Dieser Jürgen Wagner, dem könnt ihr mal auf den Zahn fühlen.«

5

Es klingelt. Auf dem Weg zur Tür kommen Frau Heerten die verschiedensten Möglichkeiten in den Sinn, wer das wohl sein könnte. Vielleicht die Polizei mit Hiobsbotschaften von weiteren Unfällen – diesmal auf der Neuen Levensauer –, an denen Frau Heerten beteiligt sein soll. Oder es ist Horst, der auf der Suche nach seinem Schal Schuppi gefunden hat. Oder Jürgen ... ja, natürlich, der wird es sein.

Frau Heerten reißt die Tür auf.

Vor ihr steht eine Frau, schwerstbepackt mit zwei großen Taschen über der Schulter und einem Rucksack, in dem eine komplette Ausrüstung für eine mehrwöchige Bergsteigertour Platz hätte. An der Hand zwei Kinder: Wum und Mainzelmännchen.

»Mein Gott, Karin«, sagt Frau Heerten und starrt ihre Tochter regungslos an.

Ja, tatsächlich, das ist Karin. Wie sich das Kind verändert hat. Aus dem Pummelchen ist eine hochaufgerichtete schlanke Frau geworden, die ihren lustigen Pferdeschwanz gegen einen flotten Kurzhaarschnitt getauscht hat. Rechts von ihr, das muss Leonie sein. Wie groß die Kleine schon ist. Und auf der anderen Seite Lukas, der sich nur mit Mühe auf den Beinchen hält. Er trägt ein blaues Mützchen wie das Mainzelmännchen und kann schon laufen, denkt Frau Heerten. Ihre Augen werden feucht. So groß schon, die Kleinen, und sie sieht sie jetzt zum ersten Mal.

»Ob wir vielleicht reinkommen dürfen?«, fragt Karin und schiebt Lukas und Leonie kurzerhand durch die Tür.

»Ich mach uns erst mal einen Kaffee«, sagt Frau Heerten und flüchtet in die Küche, während Karin ihr Sturmgepäck im Flur abwirft und das Wohnzimmer für die Kinder freigibt. Frau Heerten holt einen ihrer von Fiedler selbst gebackenen Apfelkuchen aus der Gefrierung und horcht auf die Geräusche im Wohnzimmer. Sogar das Juchzen und Hopsen der Kinder – akustische Signale, die sie sonst den Zusammenbruch der Vitrine befürchten lassen – entlocken ihr nur ein glückliches Lächeln. Mit einem eilig bestückten Tablett geht sie ins Wohnzimmer und verteilt Kaffeetassen und Saftgläser auf dem Couchtisch. Dabei kann sie sich einen beunruhigten Blick auf den prall gefüllten Rucksack nicht verkneifen.

»Keine Sorge, Mutter«, sagt Karin, »darin ist nur das Nötigste für die Kinder.«

Es wird ein herrlicher Nachmittag. Die Vitrine übersteht die Streifzüge der Kinder durch alle Ecken des Wohnzimmers gänzlich unbeschadet. Lukas und Leonie benehmen sich mustergültig, keinerlei Orangensaftflecken, nirgends, und das Sofa wird nicht mit Straßenschuhen betreten. Dass der Sessel als Trampolin herhalten muss, übersieht Frau Heerten im Glück einer Großmutter, die ihre Enkelchen kennenlernt. Karin lobt den selbst gebackenen Kuchen über den grünen Klee, findet die total selbst geschlagene Sahne großartig und erzählt von den Großtaten ihrer Kleinen. Wie gesagt: ein herrlicher Nachmittag.

Als die Kinder für eine Weile in den Garten gehen, um den Rasen auf Gänseblümchen zu untersuchen, fragt Frau Heerten: »Ist was passiert?«

»Christian geht fremd.«

»Oh«, sagt Frau Heerten.

Das ist jetzt zugegebenermaßen keine überragend sensationelle Reaktion auf Karins Enthüllung, und wirklich hilfreich ist sie auch nicht, aber was soll eine Mutter in so einem Fall schon sagen? Eine verlorene, im Grunde nie richtig da gewesene Tochter schneit mit ihren Kindern zurück in Frau Heertens Leben. Das ist wunderbar. Die wiedergefundene Tochter hat jede Menge Baby-Equipment geschultert. Das ist unausweichlich. Aber sie hat auch einen Sack voller Probleme im Gepäck. Das ist unerfreulich.

Da hält man am besten erst mal die Klappe und wartet geduldig ab, ob ein Rat erwünscht ist, getreu dem Motto: Ratschläge sind auch Schläge.

»Oh?«, sagt Karin und sieht ihre Mutter empört an. »Für mich bricht eine Welt zusammen, und du sagst nur ›oh‹?«

Aha, »oh« war also in diesem Fall nicht die richtige Wahl.

»Was soll ich sagen?«, fragt Frau Heerten. »Am besten schickst du Christian in die Wüste und bleibst mit den Kindern hier, bis du die Sache geklärt hast. Dein Zimmer oben ist noch so, wie du es verlassen hast. Und Thomas' Zimmer können die Kinder kriegen.«

Ja, so sind sie, die Mütter. Lassen sich völlig vereinnahmen, solange die Kinder klein sind, ertragen mit Engelsgeduld ihre pubertären Wutausbrüche, stehen vor der inhaltlichen Leere, wenn sie das Haus verlassen, kriegen mühsam ihr Leben wieder auf die Reihe und formen es neu, nur um dann, wenn die Kinder Probleme haben, wieder Gewehr bei Fuß zu stehen. Dass Frau Heerten auch so eine Mutter ist, hätte ich zwar nicht gedacht, aber man steckt halt nicht drin in den Menschen. Auch nicht in denen, die man selbst erfunden hat.

»Danke«, sagt Karin.

Ja, so sind sie, die Kinder. Nehmen der Mutter alles übel, bestrafen sie mit Enkelentzug, aber in der Not kommen sie wieder an. Und wenn Mutter anbietet, zum Kindeswohl das eigene Leben hintanzustellen, sagen sie: Danke. Sonst nichts, einfach nur danke, frei nach dem Motto: Nicht gemeckert ist genug gelobt.

Das Telefon klingelt. »Wenn es Christian ist … ich bin nicht da«, sagt Karin, als Frau Heerten den Hörer abnimmt.

»Karin ist nicht da«, sagt Frau Heerten brav. Dann lauscht sie, während der Hörer etwas zu ihr sagt, und Karin lauscht, was ihre Mutter wohl zu hören bekommt. »Ob es den Kindern gut geht, will er wissen«, sagt Frau Heerten schließlich zu Karin.

»Sag ihm, er soll sich zum Teufel scheren.«

»Du sollst dich zum Teufel scheren, sagt Karin, soll ich sagen«, sagt Frau Heerten in den Hörer und lauscht dann weiter auf die Stimme, die aus dem Telefon tönt, während Karin weiter angestrengt versucht mitzuhören. Eine ganze Weile später legt Frau Heerten auf.

»Was hat er gesagt?«, will Karin wissen.

»Nichts«, sagt Frau Heerten.

Die Kinder stehen in der Terrassentür und haben die Arme voller Blumen. Sie putzen sich brav die Schuhe auf der Matte ab und kommen mit ihrem Raub stolz zur Mutter.

»Die Blümchen schenkt ihr der Oma«, sagt Karin und gibt beiden einen Kuss.

Frau Heerten lächelt. Lukas und Leonie sind wirklich zauberhaft, auch wenn sie unter den Blumen einige Lieblinge aus ihrem Blumenbeet erkennt.

Es wird ein fröhliches Abendessen, bei dem die Küche aus sämtlichen Nähten platzt, während Leonie zeigt, wie gut sie schon mit Messer und Gabel umgehen kann, und Lukas für jedes Löffelchen Papps, das Karin ihm reinschiebt, den Schnabel geradezu mustergültig öffnet. Danach darf die Oma die Kinder nach oben ins Bett bringen.

Nach anderthalb Stunden, die unter lautem Gekicher und Gegacker vergehen, tänzelt Frau Heerten zum Bersten voll mit den großmütterlichsten Glücksgefühlen zurück ins Wohnzimmer.

»Was hast du für süße Kinder«, sagt sie und lächelt ihre Tochter liebevoll an. Als sie Karins säuerliche Miene sieht, nimmt sie ihr glückliches Strahlen schnell wieder aus dem Gesicht. »Liebes«, sagt sie, »mach dir keine Sorgen. Das mit Christian wird sich finden – so oder so.«

»Ich hab gerade telefoniert«, sagt Karin.

»Was hat Christian gesagt?«

»Nichts. Ich hab nicht ihn, sondern einen Freund von früher angerufen. Hab gedacht, was Christian kann, kann ich auch. Ich dachte, Jürgen freut sich, dass ich anrufe, wenn er meine Nummer im Display sieht.«

»Und?«, fragt Frau Heerten, der etwas ungemütlich wird. »Hat er?«

»Hat er was?«

»Sich gefreut?«

»Bin mir nicht sicher«, sagt Karin. »Weißt du, was er gesagt hat?«

»Na?«, sagt Frau Heerten.

»›Hallo, Sabinchen‹, hat er gesagt. ›Ich hab die Betten frisch bezogen und dem Nachttischlämpchen ein rotes Mützchen aufgesetzt‹, hat er gesagt. ›Willst du nicht rüberkommen? Wir begießen uns das Näschen und weihen die neue Bettwäsche ein‹, hat er gesagt.«

»Ach ...«, sagt Frau Heerten. »Das hat er gesagt?«

»Hat er gesagt«, sagt Karin und schaut streng.

»Und was hat er noch gesagt?«

»Nichts«, sagt Karin schroff. »Ich hab natürlich sofort aufgelegt.«

»Natürlich«, sagt Frau Heerten.

Wer weiß, was Karin ihrer Mutter noch alles gesagt hätte, wenn nicht das Telefon mit energischem Klingeln dazwischengefunkt hätte? Man kann dem Telefon beinahe dankbar sein, denn Frau Heertens Gedanken überschlagen sich. Ihr wird schmerzlich bewusst, dass das Glück, das ihr die Enkelkinder bescheren, nicht kostenlos ist. Karin will zum Telefonhörer greifen.

»Moment«, sagt Frau Heerten. »Dies ist mein Haus und mein Telefon. Der Anruf könnte also tatsächlich für mich sein.«

Überprüfen können es beide nur, indem sie den Hörer abnehmen, denn Frau Heerten besitzt keins von diesen neumodischen Dingern mit Display, die eingehende Anrufe mit Telefonnummer oder gar den Namen des Anrufers anzeigen. Nicht mehr mit Wählscheibe, das nun nicht, aber doch eine Art Dampftelefon.

Frau Heerten erobert den Hörer. »Nein, die ist immer noch nicht da«, sagt sie. »Oder bist du inzwischen da?«, fragt sie Karin, während sie die Hörmuschel nur halbherzig mit der Hand bedeckt.

»Gib her«, sagt Karin mit runtergezogenen Mundwinkeln. Jetzt erkennst du einen weiteren Mangel, den alte Telefone haben: Man ist angeleint. Wie gern würde sich Karin zu ihrem verbalen Ehekrach in Flur oder Keller verziehen. So aber muss sie den Kampf in Mutters Beisein austragen. Die Mutter aus dem Wohnzimmer zu scheuchen, das getraut sie sich dann doch nicht. Also erzählt sie dem Telefon unter mütterlichen Augen und vor allem Ohren, was sie von Fremdgängern im Allgemeinen und Christians Seitensprung im Besonderen hält und dass sie nicht gewillt ist, solche Eskapaden hinzunehmen.

»Lass mich in Ruhe, Christian. Ich bleibe mit den Kindern bei meiner Mutter!« Rums, landet der Hörer mit einem Knall auf der Gabel.

Jetzt merkt Frau Heerten langsam, dass es vielleicht ein Fehler gewesen ist, ihrer Tochter so freimütig Unterschlupf zu gewähren. Hat sie sich vielleicht ungenau ausgedrückt? Hatte sie nicht einschränkend gesagt: ... *bis du das geregelt hast?* Unterschlupf kommt schließlich von Schlüpfen und nicht von Einnisten. Sonst hieße es ja Unternist.

»Bist du nicht ein bisschen zu hart zu ihm?«, fragt Frau Heerten, statt Karin ihre Befürchtung mitzuteilen, es könnte sich bei ihrem Besuch um eine Dauereinrichtung handeln.

»Na klar, bei Frauen, die mit Männern in die Kiste steigen, die ihre Söhne sein könnten, wundert mich diese Haltung gar nicht.«

Oha, das hat gesessen. Es ist ein Riesenfehler gewesen, die Tochter ins Haus zu lassen.

6

Was ist der sensibelste Teil am Penis? Diese Frage fördert je nach persönlichen Vorlieben oder Restkenntnissen aus dem Biologieunterricht die unterschiedlichsten Antworten zutage. Alle falsch. Der sensibelste Teil am Penis ist der Mann.

Das stimmt. Frau Heerten bekommt es zu spüren – oder vielleicht besser gesagt *nicht* zu spüren. Kein Wunder eigentlich. Jürgen spukt noch seine Fahrt entlang der Kiellinie durch den Kopf. Als Test, ob er über das Spielcasino weg ist. Ist er nicht. Es hat in ihm gekribbelt, ich sag dir: Das war das krasse Gegenteil von drüber weg. Und wer oben derart beschäftigt ist, kann sich unten nicht richtig konzentrieren.

Schade nur, dass Frau Heerten dieses Versagen falsch deutet. Deshalb sagt sie auch nicht »Macht doch nichts, ist nicht so schlimm«, wie es in solchen Situationen von einer Frau ganz selbstverständlich erwartet wird, sondern fährt härtere Geschütze auf.

»Du liebst mich nicht mehr.«

»Wie kommst du auf so 'n Quatsch?«, fragt Jürgen.

Er rollt von ihr runter, macht das Nachttischlämpchen an und reicht Frau Heerten ihr Weinglas. Sollte man nicht tun – das mit dem Lämpchen. Manche Frauen sind sich, besonders wenn Konkurrentinnen im Spiel sind, ihrer körperlichen Unzulänglichkeiten bewusst – je heller, umso mehr.

Frau Heerten zieht die Decke hoch bis zu den Ohren. »Seit Karin da ist, bist du ganz anders zu mir.« Sie sieht ihn wütend an. »Ist klar … die Alte wird abgelegt, wenn was Junges kommt.«

Man mag nicht hinhören. Wie kann eine erwachsene Frau sich so kleinmachen?

Jürgen erstarrt. Wenn einem Jetons im Gehirn kribbeln, ist das schon schlimm genug. Eine wütige Frau obendrauf und man ist reif für die Klapsmühle.

»Was ist los?«, fragt er, weil er das Ganze nicht richtig sortiert bekommt.

»Tu nicht so. Du hast doch gleich gemerkt, dass Karin dran war.«

»Welche Karin? Dran? Wo?«

»So«, sagt Frau Heerten. »Jetzt reicht's!«

Sie kippt ihm den Rest Rotwein ins Gesicht, haut das Lämpchen tot und springt aus dem Bett. Jürgen springt hinterher und kann sie an der Schlafzimmertür grad noch einfangen.

»Willst du nackt durchs Haus toben und die Kinder erschrecken?« Er drückt ihr einen Kuss aufs verwuschelte Haar.

»Ach, so schrecklich sehe ich also nackt aus, dass sich sogar die Kinder erschrecken?« Frau Heerten trommelt auf seine Brust, und ihre Stimme kriegt einen schrillen Ton.

Tja, wenn Frauen auf Krawall gebürstet sind, lassen sie sich nicht so einfach wieder glatt streichen.

Jürgen wischt sich Rotwein von der Stirn. »Liebes«, sagt er und nimmt sie fest in die Arme, sodass sie nicht mehr ausholen kann, »du bist meine süße Zaubermaus. Nun komm endlich wieder ins Bett, mir ist kalt.«

»Aber natürlich!«, schreit Frau Heerten. »Wenn dem Herrn kalt ist, muss Mami schnell zurück ins Bettchen kommen, damit sich Klein Jürgen nicht verkühlt.«

Es ist wirklich kaum auszuhalten.

Jürgen ist ein gestandener Mann, macht für seine Firma einen Superjob, kriegt Kinder, Haushalt und Arbeit unter einen Hut, ist einer der Besten in der Fußballtruppe, hat sogar seine Spielsucht halbwegs oder zumindest drittelwegs besiegt. Er hat sein Leben im Griff, aber Frauen gegenüber benimmt er sich ausgesprochen dämlich. Zumindest kommt es ihm so vor. Karin ist ihm abgehauen, seine Ehe mit Andrea hat er in den Sand gesetzt, und jetzt ist ihm dieser tobende Derwisch ins Schlafzimmer geraten.

Was macht man mit dieser Frau? Jürgen überlegt, was er bei den vorherigen falsch gemacht hat, um wenigstens jetzt alles richtig zu machen. Am besten, er ist ehrlich, einfach mal von Grund auf, und hat keinerlei Geheimnisse.

»Sabine, bitte komm wieder ins Bett.« Er fasst sie behutsam am Arm. »Ich erzähle dir, was mich in letzter Zeit so sehr bedrückt, dass ich kaum schlafen kann. Auch nicht mit dir.«

Sie setzen sich auf die Bettkante, und Jürgen erzählt, wie er in den vergangenen Jahren immer mehr abgerutscht ist und mit seiner Spielsucht beinah sein ganzes Leben zerstört hätte.

Sie hört mit großen Augen zu. »Du bist ein Spieler?«

»Ja«, sagt er. »Also eigentlich … nein, nicht mehr. Eher so was wie ein trockener Alkoholiker. Ein einarmiger Bandit sozusagen, nur eben mit zwei Armen.«

Während Jürgens Beichte kommen sie einander wieder näher. Es ist sehr entlastend, sich alles von der Seele zu reden. Der Kopf wird frei und man – oder besser: Mann – kann sich wieder auf die schönste Nebensache der Welt konzentrieren. Auch ihr tut das alles gut. Sehr gut sogar.

Und dann begeht er ihn, den großen Fehler: »Sag mal, hab ich das vorhin richtig verstanden? Karin ist wieder da?«, fragt er.

»Ja«, sagt Frau Heerten tonlos.

7

Jan geht es nicht gut.

Ach, denkst du jetzt vielleicht. Das tut mir ja wirklich total leid. Aber ich kenne den Herrn gar nicht.

Na ja, es ist auch eigentlich nicht weiter schlimm, dass es Jan nicht gut geht. Kein quälender Brechdurchfall oder ein Bein ab oder so. Es ist mehr mental. Sein Schlaf ist unter aller Kanone – gerade die REM-Phasen, die doch für die Erholung von Körper und Geist so wichtig sein sollen, sind die unangenehmsten.

Kennst du sicher auch: Träume, in denen du in zunehmend unzureichender Kleidung bis gänzlich nackt mitten durch die belebte Fußgängerzone gehst und die ganze Zeit überlegst, wie du aus dieser Nummer wieder rauskommst. Oder die vielen Male, wenn du dich furchtbar beeilen sollst, aber immer langsamer wirst.

Da kannst du Jans Stress sicher nachempfinden. Kaum eine Nacht, in der er nicht vor der Polizei fliehen muss. Er rennt und rennt und kommt nicht vorwärts. Kurz bevor der Polizist ihn am Schlafittchen hat, wacht er auf. Doch ihm graut davor, was passiert, wenn er mal nicht rechtzeitig aufwachen sollte. Und das sind noch die harmloseren Träume.

Schlimmer sind die anderen, die bösen, wenn er seine Verfolger erschießt. Sie wälzen sich in ihrem Blut und schreien, wie er noch nie jemanden hat schreien hören – bis er merkt, dass er selbst es ist, der schreit. Schweißnass wacht er nach solchen Träumen auf und ist am nächsten Tag wie gerädert.

Im Grunde hat Jan in den letzten drei Jahren gefühlt nur zwei Stunden geschlafen. Ich muss also meine Behauptung von oben revidieren: Was Jan durchmacht, ist doch schlimm. Sehr sogar. Aber irgendwie verständlich. Wer bei einem Bruch in die Villa von einem Baulöwen die Alarmanlage ausknipst, danach miterleben muss, wie ein Kumpel mit einer Pistole in der Gegend herumfuchtelt, und so was nicht gewöhnt ist, der schläft die nächsten Wochen durchaus etwas schlechter. Und wer ohnehin schon Probleme mit der Psyche hat, schläft noch schlechter. Da tanzen die Gedanken nachts Ringelreihen.

Doch allmählich hatte Jan sich wieder gefangen. Schon ein Jahr nach dem Bruch war er beinah wieder der Alte. Nur noch Fingernägel kauen und hin und wieder diese grauenvollen Juckreizattacken. Aber all das war schon früher ganz normal bei ihm. Er ist überhaupt wieder ziemlich normal geworden, zumindest tagsüber. Normal bis zu dem Tag, als er hörte, dass Kurt Bley auf der Alten Levensauer ums Leben gekommen ist. Da ging's wieder los mit der Träume- und Juckerei. So sehr, dass er es nicht mehr ausgehalten, sich auf sein Rad geschwungen hat und zu Kalle gefahren ist.

»Die werden uns alle umbringen«, sagt Jan und geht unruhig in Kalles Wohnzimmer auf und ab. »Das mit Kurt ist erst der Anfang.«

»Du hast ja ein Rad ab«, sagt Kalle. Weicheier wie dieser Jan sind ihm ein Gräuel. Sie hätten die Sache nur zu viert durchziehen sollen, statt sich diesen Jammerlappen ans Bein zu binden. Ohnehin hat Kalle es nicht gern, wenn Bruchkollegen bei ihm aufkreuzen. So was kann schnell mal die Bullen auf den Plan rufen. Kennt er zur Genüge. Nur durch die Unvorsichtigkeit von Kollegen hätte er um ein Haar die Hälfte seines Lebens im Bau verbracht. Nie wieder, hatte er sich geschworen. Und nun kommt dieser Zitterheini an.

»Die werden uns umbringen«, wiederholt Jan. »Uns alle.«

»Nimm dich zusammen«, sagt Kalle. »Alles ist gut. Jürgen gibt dir regelmäßig die Rente, und mehr ist nicht. Wen meinst du überhaupt mit ›die‹?«

»Na, Wellenhaus und Konsorten«, sagt Jan, bleibt kurz stehen und kratzt sich heftig am Oberarm. »Merkst du denn nichts? Kurt war nur der Anfang.«

»Alles totaler Quatsch«, sagt Kalle. »Kurt ist gegen die Leitplanke gebrettert, und das war's.«

»Sag, was du willst. Es wird alles ganz schrecklich. Du willst mir doch wohl nicht erzählen, dass Wellenhaus uns die Kohle behalten lässt. Einfach so. Irgendwann wird der sich rächen. Wir werden alle dran glauben müssen. Der Reihe nach.« Jan schiebt den Ärmel hoch, um sich besser an der juckenden Stelle kratzen zu können.

»Wie soll Wellenhaus auf uns gekommen sein?«, fragt Kalle. »Und warum jetzt, nach über drei Jahren?«

»Was hast du in der Nacht eigentlich mit Schuppi gemacht?«, fragt Jan und tritt auf Kalle zu.

Kalle sieht zur Seite und brummt.

»Nun sag schon«, drängt Jan.

»Na ja«, sagt Kalle und breitet die Hände aus. »Ihr habt ihn mir in den Kofferraum gepackt und euch dann alle sauber verdrückt. Lass Kalle mal den Rest erledigen. Der Kerl war schwer, sag ich dir.«

»Ja. Und?«

»Ich hab ihn etwas … kleiner gemacht.«

»Was soll das heißen?«, fragt Jan. Die Stelle am Oberarm sieht gar nicht gut aus.

»Portioniert sozusagen«, brummt Kalle.

»Was heißt portioniert?«, flüstert Jan.

»Meine Güte. Handliche Stücke. Was soll die ganze Fragerei?«

Kennst du sicher aus alten Filmen. Da hatten die Leute immer so eine karierte Tapete. Oder auch mal was mit Blümchen. War eben früher modern. Heute wird nur noch Raufaser an die Wände gepappt und alles weiß gestrichen. Als Blickfang vielleicht der Großvater in Öl. Aber die Tapete dahinter schlicht weiß.

So ein Weiß musst du dir vorstellen. Zu Anfang war Jans Gesichtsfarbe vielleicht noch mit etwas grüner Abdecktönung vermischt, aber im Verlauf von Kalles weiteren Ausführungen wurde das weniger. Und als Schuppi handlich in zehn Plastiktüten verpackt in Kalles Auto verstaut war – das allerreinste Weiß, sage ich dir.

Jans Oberarm dagegen knallrot. An einigen Stellen sogar blutig rot. Aber das erst, als er schon aus Kalles Wohnung geflüchtet ist und zitternd an seinem Fahrradschloss rumdröselt. Es dauert gut fünf Minuten, bis er den Schlüssel ins Schloss gefummelt hat.

So was ist natürlich nicht schlaffördernd. Die blutverschmierten Hände von Schuppi, die sich ab jetzt wieder jede Nacht um seinen Hals schlingen, geben ihm allmählich den Rest.

8

»Ich halte das nicht mehr aus«, sagt Jan beim nächsten Zusammentreffen mit Jürgen.

Sie sitzen auf einer Bank am Kleinen Kiel, schauen aufs Wasser und tun so, als ob sie sich nicht kennen. Jürgen sieht sich vorsichtig um und drückt Jan die übliche Anzahl Scheine, die sogenannte Rente, in die Hand.

»Ich ...«, sagt Jan stockend, »... wir müssen endlich zur Polizei.«

Jürgen packt ihn abrupt an der Schulter. Nach dem unglücklichen Abgang von Schuppi hatten sie nicht, wie ursprünglich geplant, die Beute geteilt, sondern bei Jürgen als dem Verlässlichsten von ihnen gebunkert und eine regelmäßige kleine Ausschüttung verabredet. Keiner von ihnen sollte dadurch auffallen, dass er mit massenhaft Geld um sich wirft. Das hatte bis heute prima und vor allem geräuschlos geklappt.

Aber jetzt scheint es Jürgen angebracht, ein paar Takte mit Jan zu reden. Das solle er mal lieber bleiben lassen, sagt er. Dass der Wellendings dann sicherlich sein Geld wiederhaben wolle, sagt er. Was der wohl davon hielte, wenn wegen der Ausschüttungen etliche Tausender fehlten, sagt er. Und was Kalle wohl sagen würde, wenn er sich wegen Schuppi vor Gericht wiederfände, sagt er. Und wie es ihm wohl erst ginge, wenn er selbst im Knast säße, sagt er.

»Gegen die Hände, die dich dort tagsüber begrapschen, sind die nächtlichen blutigen Hände von Schuppi das reinste Zuckerschlecken«, sagt er.

Obwohl er glaubt, plausible Argumente gegen Jans Gang zur Polizei angeführt zu haben, ist er sich nicht sicher, ob er ihn überzeugen konnte.

»Wenn du meinst …«, sagt Jan nur mit einer gewissen Hoffnungslosigkeit. Er stopft sich die Scheine achtlos in die Hosentasche und steigt auf sein Rad.

Jürgen bleibt noch auf der Bank sitzen und denkt nach. Wenn Jan, dieser Idiot, gesteht, kann auch er sich gratulieren. Dann sind sie vorbei, die schönen Zeiten. Ade, du Freiheit ohne finanzielle Sorgen. Die Kinder kommen ins Heim, der Job geht flöten, das Haus geht flöten und das Techtelmechtel mit Sabine auch. Dann atmet er zusammen mit Jan nur noch durch Gitterstäbe gesiebte Luft. Vorausgesetzt, dass Kalle die Füße stillhält, was nicht sehr wahrscheinlich ist. Wer einen Schuppi in Einzelteile zerlegt, wird notfalls auch vor einem Jan nicht haltmachen.

Ein paar Enten schnattern Jürgen entgegen. Er tritt nach ihnen. Da hatte er die ganze Zeit befürchtet, dass Kalle oder Kurt irgendwann Scherereien machen würden, aber die entpuppten sich als Musterbeispiele an Disziplin. Sie erschienen pünktlich zu den verabredeten Treffen, sackten kommentarlos die Kohle ein und verhielten sich überhaupt ganz vorbildlich. Wer hätte gedacht, dass ausgerechnet Jan sich als der unsicherste Kandidat herausstellen würde?

Wenn er mit Kalle über Jans desolaten Zustand redet, kann er gleich einen Grabstein kaufen. Oder zwei. Kalle wird bestimmt nicht zimperlich sein, wenn es um die Beseitigung von Zeugen geht. Auch dann wären sie vorbei, die schönen Zeiten. Ade, du Freiheit ohne finanzielle Sorgen. Die Kinder kommen ins Heim, der Job geht flöten, das Haus geht flöten und das Techtelmechtel mit Sabine auch. Das Ergebnis ist dasselbe – nur sieht er sich in diesem Fall zusammen mit Jan die Radieschen von unten an.

Die Katastrophe

1

Es ist wieder Montag, und alle Vögel sind schon da, alle Vögel, alle. Brigitte, Erika, Elsbeth, Fink und Star und die ganze Vogelschar ... allerdings ohne Amseldrossel Horst. Es ist ein Geschnatter wie in einem Gänsestall. So sind sie, die Frauen, wenn kleine Kinder im Spiel sind.

»Hättest du doch einen Ton gesagt!«, beschwert sich Erika indigniert bei Frau Heerten. »Nun stehen wir hier ohne das kleinste Täfelchen Schokolade.«

Ja, das hätte hilfreich sein können, denn Leonie und Lukas verstecken sich hinter der Mama und wären mit so einem Täfelchen vielleicht aus der Deckung zu locken gewesen. Andererseits auch wieder gut so, denn Karin, die alle Bücher zum Thema »Du und dein Kind« verschlungen hat, hätte sich sicher schützend zwischen ihre Abkömmlinge und die kakaoliche Versuchung geworfen.

Frauen kennen in mütterlichem Überschwang keine Gnade. Lukas wird von Arm zu Arm gereicht, blickt in immer neue, unbekannte Gesichter und zieht einen bedenklichen Flunsch.

»Er fremdelt«, sagt Karin und rettet ihn aus der Übermacht fraulicher Zuwendung.

Damit steht Leonie in vorderster Front. Sie kann fremdeln, soviel sie will. Sie lernt insgesamt sechs Brüste kennen, an die sie immer wieder gedrückt wird.

»Nun ist aber gut«, sagt Frau Heerten, schenkt Kaffee ein und verteilt den guten Fiedler-Pflaumenkuchen auf die Teller. »Wer will Schlagsahne?«

Man merkt, dass Frau Heerten in Sachen Enkel ungeübt ist, denn die Kinder sind in ihren Kaffeeklatsch nicht eingeplant. Dafür können ihre Rommé-Ladys mit Schlagsahne alles wiedergutmachen, was sie mit nicht vorhandener Schokolade versäumt haben. Und siehst du: Von Zurückhaltung keine Spur mehr. Die Kleinen rennen um den Tisch, von einem hingehaltenen Teelöffel zum anderen. Diesmal ist Leonie Lukas überlegen, der zwar besser fremdeln, aber dafür weniger behände laufen kann. Da sage noch einer, es gäbe keine ausgleichende Gerechtigkeit.

Das Eis ist gebrochen. Und so kommt es, dass es an diesem Montag nicht zum Rommé-Spielen kommt. Jedenfalls nicht richtig. Die Kinder sitzen mal bei Erika, mal bei Elsbeth und oft bei Brigitte auf dem Schoß. Leonie stellt Fragen zu den einzelnen Karten, sodass die Damen auch mit offenen Karten spielen könnten, und Lukas patscht mit seinen Sahnepfoten auf alles, was sich bewegt. Bald kleben die Karten, dass es nur so eine Art hat, und die Damen sehen aus, als ob sie in Pflaumen gebadet hätten.

Nein, was für ein Spaß!

Nur Frau Heerten kann es nicht so richtig genießen. Nicht umsonst heißt ein alter Spruch: Wenn die Enkel sie besuchen, gibt es für die Großmutter zwei schöne Tage – den Tag, an dem sie kommen, und den Tag, an dem sie wieder gehen. Dieser Tag scheint noch eine Weile auf sich warten lassen zu wollen, und so lange kann sich Frau Heerten ein geordnetes Montags-Rommé wohl abschminken.

»Ich bringe mal die Teller und die Likörgläser in Sicherheit«, sagt sie und räumt zwischen dem ganzen Trubel das Geschirr auf ein Tablett.

»Ich helf dir«, sagt Brigitte und springt auf.

Nun denkst du natürlich: So sind die Frauen. Wenn hausfrauliches Tun gefragt ist, lassen sie alles – sogar niedliche Kinder – stehen und liegen und eilen helfend herbei. Das stimmt zwar, aber in diesem Fall schwingt noch eine weitere frauliche Eigenheit mit. Während des Bestückens der Spülmaschine rückt Brigitte damit raus.

»Mein Horst hat dich neulich besucht?«, fragt sie.

»Ja, er hatte seinen Schal hier vergessen und wollte ihn abholen.«

»*Mein* Horst«, sagt Brigitte mit Betonung auf »mein«, »mein Horst vergisst niemals seinen Schal, wenn ich dabei bin.«

»Stimmt. Er hatte seinen Schal auch gar nicht vergessen. Es war ein Irrtum.«

Frau Heerten sieht angstvoll zu, wie Brigitte ihr gutes Geschirr in die Spülmaschine pfeffert. Das muss sie nachher alles wieder umräumen, sonst sind die kleinen Tässchen in einer Stunde ein gut gespülter Scherbenhaufen. Aber damit wartet sie lieber, bis Brigitte zurück ins Wohnzimmer gegangen ist.

Doch Brigitte geht nicht. »Willst du mir weismachen, dass du diese plumpe Anmache nicht durchschaut hast?«

»Aber ...« Frau Heerten guckt harmlos. »Ich bitte dich, Brigitte. *Dein* Horst. Was unterstellst du deinem Mann? Ihr führt doch eine geradezu vorbildliche Ehe.«

»Natürlich«, sagt Brigitte. »Und das wird auch so bleiben. Weil ich nämlich höllisch aufpasse.«

Was dann passiert, ist wahrscheinlich Unachtsamkeit. Ich kann es nicht mit Bestimmtheit sagen. Die kleinen Likörgläschen sind auch wirklich rutschig, wenn Eierlikör außen an ihnen runtergelaufen ist. Da kann es durchaus vorkommen, dass einem eins aus der Hand gleitet und auf dem Küchenboden zerspringt. Ist möglich.

»Pass gut auf, meine Liebe«, sagt Brigitte. »Sollte mein Horst noch einmal hier nach seinem Schal suchen, dann geht noch viel mehr zu Bruch.« Damit rauscht sie ab ins Wohnzimmer.

Eine wirklich gute Freundin würde jetzt zur Garderobe hetzen, den vergessenen Horst'schen Schal hinten von der oberen Ablage klauben und ihn Brigitte überreichen, damit Horst nicht mehr kommen muss. Aber Frau Heerten räumt nur still die Spülmaschine um. Sie kann das nicht tun. Dabei ist ihr der abgelegte Gatte ihrer dann wahrscheinlich ebenfalls abgelegten Freundin ziemlich egal. Es ist vielmehr, weil sie Horst noch braucht.

Nicht so sehr als Mann, sondern als Kriminalkommissar.

2

Es ist schon nach zehn Uhr abends und der blöde Montags-Krimi lange vorbei, als Frau Heerten es nicht mehr aushält.
»Ich halte es nicht mehr aus«, sagt sie ins Telefon, nachdem Jürgen endlich abgenommen hat.
»Ja, äh …«, sagt Jürgen.
»Bist du böse?«, fragt Frau Heerten. »Du hast dich gar nicht mehr gemeldet.«
»Ja, äh … nein«, sagt Jürgen.
Beide schweigen.
»Ist noch was?«, fragt Jürgen schließlich.

Nein, mehr ist eigentlich nicht, wenn man davon absieht, dass Frau Heerten auf einen Versöhnungsschluck mit eventueller anschließender Besichtigung der oberen Räumlichkeiten gehofft hatte. Das kann sie nach diesem knappen »Ist noch was?« nun wohl vergessen.

Reichlich geknickt legt sie wieder auf. Eigentlich müsste sie nicht geknickt sein. Denn so ist das eben, wenn man unvorsichtig genug ist, jemanden anzurufen. Man weiß nie, in was man gerade reinplatzt. Vielleicht stört man den anderen bei einem ausgiebigen Bad in der Wanne oder erwischt ihn, wie er gerade die Reste eines Wutausbruchs in der Küche beseitigt. Oder er muss einen längst überfälligen Klogang unterbrechen. Das können alles Gründe sein, warum der Angerufene am Telefon etwas ungehalten rüberkommt und nicht zeigen kann, dass er eigentlich erfreut über den Anruf ist.

Jürgen ist sogar sehr erfreut über Frau Heertens Anruf und möchte nichts lieber, als ihr bei einem Schluck Wein zeigen, dass er die Betten frisch bezogen hat. Aber das geht gerade nicht, weil er Besuch hat. Und zwar einen Besuch der unangenehmen Art. Einen Besuch, bei dem man dem Anrufer nicht sagen kann: Ich hab grad Besuch, aber komm doch rüber und setz dich zu uns, der Besuch geht sowieso gleich wieder.

Denn es ist fraglich, ob der gleich wieder geht. Außerdem gehört er nicht zu denen, die optisch und gesellschaftlich eine große Freude sind. Mehr so einer, mit dem man sich lieber nicht in der Öffentlichkeit zeigt und den man einer Frau, bei der man einen guten Eindruck machen will, nur ungern vorführt.

Ich will jetzt nicht behaupten, dass der Besuch aussieht wie einer der Panzerknacker von Walt Disney. Er trägt zum Beispiel weder werktags noch sonntags, ja nicht einmal während der Arbeit eine schwarze Augenmaske. Und sein Outfit ist wesentlich dezenter. Aber ich sag mal so: Vom Gesamteindruck her ist eine gewisse Ähnlichkeit unverkennbar – wie das eben so ist unter Kollegen.

Normalerweise geht die regelmäßige »Rentenauszahlung« völlig geräuschlos über die Bühne, aber diesmal ist Panzerknacker Kalle dem guten Jürgen etwas dichter auf die Pelle gerückt, denn er hat was auf dem Herzen.

»Der Jan«, sagt er, während er sich auf Jürgens Sofa niederlässt und die Füße auf den Tisch legt, »der Jan fängt an, nervös zu werden. Ist sowieso so ein Hibbel, der Jan, aber jetzt, nach dem Unfall von Kuddel, dreht er völlig am Rad.«

»Jan wäre gar nicht bei der Sache dabei gewesen, wenn du dich mehr um deine Weiterbildung gekümmert hättest«, gibt Jürgen zurück.

Da hat er recht, der Jürgen. Das Berufsbild »Einbrecher mit Tresorerfahrung« geht heutzutage weit über den fehlerfreien Umgang mit Stethoskop und Schweißbrenner hinaus. Wer da nicht sicherheitstechnisch auf dem Laufenden bleibt, ist gezwungen, einen Fachmann für Alarmanlagen und Sicherheitseinrichtungen vom Schlage eines Jan ins Boot zu holen. Allerdings ist Jürgens Gemecker jetzt, wo das Ganze nun mal so und nicht anders gelaufen ist, wenig hilfreich.

Kalle lehnt sich bedrohlich nach vorn. »Lass das elitäre Gequatsche und sag lieber, was wir machen, damit Jan die Füße stillhält.«

»Ich kümmere mich drum«, verspricht Jürgen. Wie er das machen soll, ist ihm allerdings schleierhaft. Na, das wird sich finden. Erst einmal ist er froh, dass Kalle offensichtlich keine Ahnung hat, wie gefährlich instabil Jan tatsächlich geworden ist.

Er drückt Kalle dessen Rentenscheinchen in die Hand. »Und jetzt hau ab, ich erwarte Damenbesuch.«

»Oh«, sagt Kalle und nimmt höflich die Füße vom Tisch. »Du hast noch Minnedienst? Dann mal gute Verrichtung. Und ausreichendes Stehvermögen«, fügt er mit Blick auf die Weinflasche auf dem Couchtisch hinzu. »Dass mir da keine Klagen kommen!«

Kaum hat Kalle endlich das Haus verlassen, hängt sich Jürgen ans Telefon, um Frau Heerten zurückzurufen. Aber die hat sich schon mit Proppen in den Ohren und Schlafmaske über den Augen samt Kummer und Eierlikör ins Bett verzogen.

3

Am nächsten Abend bringt Karin die Kinder selbst ins Bett. Es sind ja *ihre* Kinder. Sie brauchen die Mutter, jetzt, wo der Vater nicht mehr da ist. Einer Großmutter, die ein liederliches Lotterleben führt, kann sie Lukas und Leonie selbstredend nicht anvertrauen. Außerdem muss zuerst einmal das Rommé-Schlachtfeld im Wohnzimmer beseitigt werden. Das ist ganz klar Mutters Ding. Karin liest den Kleinen extra noch eine zweite Geschichte vor, um keinesfalls zu früh wieder unten zu erscheinen.

»Wollen wir uns einen Tatort ansehen?«, fragt sie, noch während sie die Treppe runterkommt.

»Die sind immer so doof«, ruft Frau Heerten aus der Küche. Das hätte sie nicht sagen sollen. Ist ja auch nicht wahr. Die Tatörter im Ersten sind immer total großartig und die endlosen Wiederholungen in den Dritten erst recht. Frau Heertens Abneigung wird eher was mit ihrem Krimigeschmack zu tun haben. Oder mit ihrer jetzigen Situation. Denke ich jedenfalls. Aber vor allem hätte sie es deshalb nicht sagen sollen, weil ein Tatort todsicher besser gewesen wäre als das, was sie jetzt zu hören kriegt. Sie kommt aus der Küche.

»Mutter«, sagt Karin und setzt ihre strenge töchterliche Miene auf, »das mit Jürgen kann nicht so weitergehen.«

»Was meinst du genau?«

»Na, du weißt schon …«

»Weiß ich nicht.« Wenn sie will, kann Frau Heerten sehr störrisch sein.

»Du kannst doch keinen Mann vögeln, der dein Sohn sein könnte«, presst Karin schließlich hervor.

»Wenn du es genau wissen willst, er … vögelt *mich*.«

Nein, das will Karin nicht wissen, und genau schon gar nicht. Kinder wollen sowieso lieber nicht wissen, was in ihren Eltern sexuell abgeht. So was besprechen sie lieber mit Gleichaltrigen. Karin stellt sich vor den Flurspiegel und zupft sich die Haare zurecht. »Weißt du was, Mutter?«, sagt sie. »Da will ich Jürgen doch mal fragen, wie er das sieht.«

Während Frau Heerten noch überlegt, was das wohl heißen soll, fischt Karin ihren Mantel von der Garderobe und geht zur Tür.

»Wo willst du denn hin?«, ruft Frau Heerten ihr nach.

Doch Karin verschwindet kommentarlos in der Dunkelheit.

Langsam schließt Frau Heerten die Haustür, geht zurück ins Wohnzimmer und setzt sich aufs Sofa. Sie sollte eine Flasche Wein aufmachen, im Kühlschrank müsste noch ein Riesling sein. Sie steht auf. Ist eigentlich wirklich nur Quatsch im Fernsehen? Sie setzt sich in den Sessel und greift nach der Fernsehzeitung. Tatsächlich, nur Quatsch. Eine gute Gelegenheit, endlich mal mit den Kurzgeschichten von Patricia Highsmith weiterzukommen, denkt sie, und schaltet den Fernseher ein. Wo ist das Buch doch gleich? Sie steht auf. Wie stickig es hier ist. Wann hat sie eigentlich zum letzten Mal gelüftet? Sie öffnet die Terrassentür. Sogleich strömt kühle Abendluft herein. Leicht fröstelnd kuschelt sie sich in die Decke, die auf dem Sofa liegt. Na, bei dieser Festbeleuchtung werden die Mücken in Scharen ins Wohnzimmer stürzen. Sie steht auf, um die Terrassentür wieder zuzumachen. Im Vorbeigehen rückt sie einen Silberrahmen ihrer Ahnengalerie auf dem Büfett zurecht. Ach, sieh mal. Wum und Mainzelmännchen sind immer noch in ihren Rahmen. Fotos von Leonie und Lukas hat sie inzwischen reichlich, ist aber noch nicht dazu gekommen, sie auszutauschen.

Frau Heertens Blick bleibt an dem Bild von Karin hängen. Die Tochter. Frau Heerten schaut auf die Uhr. Achtundzwanzig Minuten ist sie schon bei Jürgen. *Ihre* Tochter. Bei *ihrem* Jürgen. Eigentlich könnte der doch mal anrufen und fragen, ob sie auch rüberkommen will. Aber das geht natürlich nicht, dann wären ja die Kleinen ganz allein im Haus.

Schlagartig wird Frau Heerten klar, dass sie ja tatsächlich einen großmütterlichen Auftrag zu erfüllen hat. Wenn Gott dich strafen will, erfüllt er deine Wünsche, sagt man. So lange hatte sie ihre Enkel herbeigesehnt. Jetzt muss sie sie hüten, während die Tochter, von ihren mütterlichen Pflichten befreit, was unternehmen kann. Aber muss es ausgerechnet eine Unternehmung mit *ihrem* Lover sein? Sie sieht wieder zur Uhr. Vor sechsunddreißig Minuten ist Karin rübergegangen.

Woher kennt Frau Heerten dieses merkwürdige Gefühl in der Magengegend? Dieses Beschwören des Telefons: Ruf an! Dieses Warten. Wie damals zu ihren Teenagerzeiten. Sie erinnert sich wieder: Das Hoffen auf einen Blick von *ihm*, die Trauer, wenn *er* sie nicht beachtete. Lang, lang ist's her. Ja, damals hatte sie auch oft dieses merkwürdige verkrampfte Gefühl, diesen Preis für das bisschen verliebten Glücks. Jetzt ist Karin schon fast eine Stunde bei ihm.

Da schellt es an der Haustür.

Typisch, denkt Frau Heerten, während das merkwürdige Gefühl verschwindet, Karin hat mal wieder den Haustürschlüssel vergessen. Betont langsam geht sie zur Tür und öffnet.

»Mein Gott, Christian … komm rein.«

Christian. Den hatte sie ja ganz vergessen. Bis vor wenigen Stunden war er noch der Mann, der ihre Tochter betrogen und seine Kinder verraten hatte. Jetzt sieht sie in ihm einen Bruder im Leid. Er und sie teilen das gleiche Schicksal, stehen vor den Trümmern ihrer Liebe.

»Nanu, bist du hier unten allein?«, fragt er, während er seine Schwiegermutter umarmt. »Sind alle oben?« Er geht zur Treppe. »Sei leise, die Kinder schlafen schon.«

Er nickt, schlüpft aus seinen Schuhen und geht sachte die Stufen hoch.

Frau Heerten holt den Weißwein aus dem Kühlschrank, schaltet den Fernseher aus und schließt die Terrassentür.

»Die süßen Kleinen«, sagt er mit einem Lächeln, als er wieder runterkommt. »Wo ist Karin?«

»Setzt dich erst mal. Erzähl, was passiert ist.« Frau Heerten stellt ihm ein Glas hin.

Interessant, nicht wahr? Ihre Tochter hat sie nicht gefragt, was passiert ist. Aber ihren Schwiegersohn fragt sie. Ich kann dir auch sagen, wieso. Das sind diese uralten Instinkte, die aus dem Mutterherz nicht rauszukriegen sind, selbst wenn man der Tochter gram ist. Die Tochter hat immer recht, egal wie unrecht sie hat. Selbstverständlich steht die Mutter aufseiten der Tochter, wenn es zu ehelichen Zwistigkeiten kommt. Das will sie sich nicht durch einen Blick auf die schnöde Wirklichkeit verwässern lassen und fragt deshalb lieber gar nicht. Erst wenn der Schwiegersohn auftaucht, schaut man mal genauer hin, was sich das Bürschchen so alles geleistet hat, weswegen das Töchterchen stinkig ist. So ist es normalerweise, weswegen sich ein Schwiegersohn immer warm anziehen sollte, wenn er den Fuß ins Haus der Schwiegereltern setzt.

Christian hat sich extrem warm angezogen, sozusagen jede Menge dicke Jacken über dem Büßerhemd. Er hat sich vorgenommen, sofort auf die Knie zu fallen und um Vergebung zu bitten. Er will seiner Schwiegermutter die Füße küssen und um Herausgabe von Gattin und Kindern flehen, gepaart mit dem Versprechen, ihnen künftig nie, nie wieder so was anzutun.

Ihm ist völlig klar, dass seine Schwiegermutter eine Löwin ist, die ihm ihrer Tochter zuliebe den Kopf abbeißen wird. Umso erstaunter ist er, als diese Löwin menschliche Züge zeigt, sich mit einem Wein zu ihm setzt und ihn anlächelt.

»Es tut mir alles so unendlich leid«, sagt er. »Ist halt passiert. Ich war ein Idiot.«

Frau Heerten nickt. »Und nun?«

»Ich vermisse Karin. Mir fehlen die Kinder. Ich will alles wiedergutmachen«, sagt Christian und fügt nach längerer Pause hinzu: »Wo ist Karin eigentlich?«

Was soll Frau Heerten darauf antworten? »Sie lässt sich von meinem Lover beglücken«, könnte sie sagen. Oder »Sie ist zu ihrer einzigen großen Liebe zurückgekehrt«. »Sie hat sich dem Nächstbesten an den Hals geschmissen«, wäre auch möglich. Frau Heerten ist in einer Verfassung, in der alle drei Antworten aus ihr heraussprudeln werden, wenn sie sich nicht beherrscht.

Ich weiß nicht, woher sie die Kraft nimmt, aber sie sagt nur: »Karin ist zu einem Nachbarn gegangen, Jürgen Wagner, zwei Häuser weiter.«

»Na, dann will ich sie mal holen«, sagt Christian.

4

Es dauert über drei Stunden, bis er wiederkommt, aschfahl, mit geröteten Augen. Frau Heerten hatte jede Sekunde einzeln durchlitten und war freudig aufgesprungen, als es schellte. Die Tatsache, dass Christian jetzt gänzlich allein, ohne Karin, in der Tür steht, trifft sie wie ein Keulenschlag.

»Wo ist Karin?«, fragt sie.

»Die bleibt heute Nacht bei ihm«, sagt Christian, schiebt sich an Frau Heerten vorbei ins Wohnzimmer und trinkt sein von vorhin noch halb volles Glas Wein in einem Zug aus.

»Das kann ja wohl nicht wahr sein«, sagt Frau Heerten und stemmt die Hände in die Hüften.

Recht hat sie. Das ist selten, dass ein Ehemann seine Frau in den Armen ihres zukünftigen Liebhabers zurücklässt. Zumindest lebend. Einer der drei geht bei so was üblicherweise tot. Christian gehört schon mal zu den Überlebenden. Ganz kurz überlegt Frau Heerten, wer ihr als zweiter Überlebender lieber wäre, dann reißt sie sich zusammen.

»Was ist passiert?«

»Ich habe sie um Verzeihung gebeten für meinen Ausrutscher, habe ihr gesagt, dass sie alles für mich ist, wie sehr ich an den Kindern hänge ... ich habe sie angefleht, mit mir nach Hause zu kommen. Aber nein. Sie kann mir die Sache mit Gesa nicht verzeihen.«

Christian gießt sich sein Glas bis zum Rand voll und brütet vor sich hin.

Frau Heerten sieht ihn von der Seite an. Kann ihre Tochter ihm tatsächlich nicht verzeihen? Oder nimmt Karin das vielleicht nur als willkommene Ausrede? Um Christian zu verlassen, sich ihren Jugendfreund zurückzuangeln und der Mutter eins auszuwischen?

Was würde sie tun? Würde sie mitkommen, wenn ihr Mann wie ein Waschlappen vor ihr stünde und sich so kleinmachte, wie Christian es anscheinend getan hat? Würde sie dann nicht auch testen, was sie sich alles erlauben kann? Wann er aus der Haut fährt? Besonders, wenn der zukünftige Lover im Zugriff wäre.

»Und Jürgen? Was hat der gesagt?«

»Der ist gleich, als ich kam, nach oben verschwunden.«

Frau Heerten stellt sich die Situation vor: Karin und Christian streiten sich drei Stunden, während Jürgen oben wartet, wie die Sache ausgeht. Jetzt wird Karin zu ihm hinaufgehen. Sicherlich hat er schon neue Bettwäsche aufgezogen. In so was ist Jürgen galant.

»Sie hat Nein gesagt, und du bist gegangen? Einfach so? Hast sie quasi in den Armen eines anderen zurückgelassen?«

Jetzt gießt sich auch Frau Heerten ihr Glas randvoll. Wie glücklich ist sie gewesen, als Christian in der Tür stand. Hatte geglaubt, er rückt Karin den Kopf zurecht, schnappt sie und die Kinder und fährt seine Familie noch heute, spätestens morgen nach Hause, und alles ist wieder gut, wobei sie das »wieder gut« vor allem auf sich und Jürgen bezieht. Doch jetzt sieht sie: Karin hat gewonnen.

Hatte sie Karin damals tatsächlich so viel angetan, dass das Kind sich jetzt so bitter an ihr rächen muss? Hatte sie sich in die Arme dieses Schlappschwanzes flüchten müssen, um ihrer Mutter zu entfliehen? Frau Heerten kippt den Wein runter. Nun möchte man denken, dass sich durch den Wein der ganze Unsinn, den sie denkt, noch verschärft. Doch das Gegenteil ist der Fall. Der Alkohol lässt sie nüchtern werden. Was kann es Besseres für eine Mutter geben, als wenn sich die Tochter endlich von dem Mann befreit, den sie nicht liebt und der ihr nicht gewachsen ist, und zu dem zurückkehrt, den sie liebt und der offensichtlich auch sie immer noch liebt? Denn das glaubt Frau Heerten jetzt als wahren Grund zu erkennen, warum Jürgen sich ihr zugewandt hat: weil sie ihrer Tochter so ähnlich sieht. »Komm«, sagt Frau Heerten. Sie reicht Christian die Hand, und sie gehen die Treppe nach oben. Leise öffnet sie die Kinderzimmertür und führt ihn zu dem kleinen, durchgesessenen Sofa in Karins Jungmädchenzimmer.

Da sitzen sie nun, horchen auf den tröstlichen Schlaf der Kinder und hängen ihren Gedanken nach.

5

Jeder hat so sein Päckchen zu tragen, auch wenn es sich in Kalles Fall um zehn große, kiloschwere Päckchen handelt, die er umbetten muss. Wer kann schon wissen, wo die Baufritzen überall rumbuddeln, wenn sie die Fundamente für die neue alte Levensauer Hochbrücke ausbaggern?

Er ist eben auf dem Weg in den Keller, um Spaten und Schaufel ins Auto zu packen, als es bei ihm an der Wohnungstür schellt. Die Polizei, dein Freund und Helfer! Für Leute wie Kalle immer ein unangenehmer Besuch.

Es sind Müller Zwo und der andere. Sie zeigen ihre Ausweise und sagen brav ihr Sprüchlein auf. Was bleibt Kalle anderes übrig, als sie formvollendet zu bitten, doch einen Augenblick hereinzukommen? Nichts hat er ungerner in seinen vier Wänden als Bullen. Aber er muss wohl, wenn er unverdächtig erscheinen will.

Muss er nicht. Grundgesetz Artikel 13 garantiert ihm die Unverletzlichkeit der Wohnung, und die Polizei darf es ihm nicht negativ ankreiden, wenn er sie nicht reinlässt. Aber ob sie es auch tatsächlich nicht tut? Also muss er wohl doch. Dabei ist ihm schleierhaft, was die von ihm wollen könnten. Seit der Sache mit Schuppi ist seine Weste blütenrein, findet er. Die Kriminalbeamten finden das auch. Aber wenn der Chef Akten ausbuddelt, um diesen Kurt Bley näher zu durchleuchten, und herausfindet, dass der schon mal zusammen mit einem Karl Stevier vor Gericht gestanden hat, dann ist so ein Höflichkeitsbesuch unbedingt erforderlich. Findet jedenfalls der Chef. Die beiden waren angeklagt, Sachen vertickt zu haben, die von einem Laster gefallen waren. Ach Gott, was red ich denn da? Die beiden waren angeklagt, *vermutliche* Sachen von einem *vermeintlichen* Laster *mutmaßlich* vertickt zu haben – so muss es nach heutigem Amtssprech heißen. Sie wurden nämlich freigesprochen. Aber von so was lässt sich ein Chef wie Horst nicht hinters Licht führen. Und wenn er sagt: »Überprüft mal diesen Karl Stevier«, dann überprüfen sie diesen Karl Stevier, da kennen sie nichts.

Was sie allerdings genau überprüfen sollen, dazu hat sich der Chef nur sehr schwammig geäußert. Ebenso schwammig gestaltet sich jetzt die Befragung. Ob der Herr Stevier ihnen wohl in Sachen Unfall an der Alten Levensauer weiterhelfen könne, fragen sie. »Leider nein«, sagt Kalle und zuckt bedauernd die Schultern. Ob er vielleicht noch weiß, dass er mal vor Gericht gestanden hat? »Nein. Leider.« Kalle hat von nichts eine Ahnung.

»Aber dass Sie Kurt Bley kannten, daran können Sie sich doch wohl noch erinnern, Herr Stevier«, sagt Müller Zwo schließlich sarkastisch.

»Nee.« Kalle schüttelt heftig den Kopf. »Vielleicht 'ne Verwechslung«, mutmaßt er. »Ich heiße nicht Stewjeh, sondern Stevier. Wie Sitzfünf.«

Polizisten haben nichts zu lachen. Der Job ist hart, wird zunehmend härter, und das Gehalt, das der Staat für seine Ordnungshüter abdrückt, ist nicht mal zum Schmunzeln. Deshalb machen die das so selten.

Wenn es dann aber wider Erwarten doch mal was zu lachen gibt, trifft das einen Polizisten völlig unerwartet und natürlich genau dann, wenn Lachen unangebracht ist. Müller Zwo kann gerade noch ein »Ich geh dann mal« hervorpressen, dem anderen gelingt ein »Tach auch«, und beide hetzen die Treppenstufen hinunter, springen in ihren Polizeiwagen und knallen die Tür zu.

»Oh Gott«, kann Müller Zwo schließlich herausbringen, nachdem er und sein Kollege sich minutenlang vor Lachen geschüttelt haben.

»Kannste laut sagen«, bestätigt der andere und wischt sich die Lachtränen aus den Augen. »Sitzfünf!«, schiebt er unvorsichtigerweise hinterher und tritt damit die nächste Lachsalve los.

Kalle steht oben am Fenster hinter der Gardine und beobachtet den Streifenwagen, der nicht losfährt, sondern wie festgewachsen vor der Haustür stehen bleibt.

Warum fahren die beiden Flachwichser nicht endlich weg?

6

»Willst du nicht endlich mal aufwachen?«

Wie durch einen Berg Watte dringen Karins Worte dumpf an Frau Heertens Ohr. Frau Heertens Bewusstsein kehrt zurück, und sie versucht eine Bestandsaufnahme: Ihr Kopf ist dick, ihr Herz ist schwer, und in ihrem Bauch tobt ein brennender Schmerz. In solch einem Zustand ist die Frage, ob man aufwachen will, mit einem klaren Nein zu beantworten. So was kann man nur schlafend ertragen. Wenn überhaupt. Vorsichtig befühlt sie ihren Körper. Sie ist nackt. Erschrocken stopft sie die Bettdecke fester um sich. Wie ist sie hierhergekommen? Wer hat sie ausgezogen? Sie kann sich nicht erinnern.

»Wo ist Christian?«, fragt sie.

»Weg«, sagt Karin. »Mitsamt den Kindern. Unten stehen drei leere Flaschen Wein. In diesem Zustand lässt du ihn Auto fahren! Mit den Kindern! Unverantwortlich, so was.« Sie zerrt die Gardinen zur Seite und reißt das Fenster auf.

Frau Heerten verschwindet unter der Bettdecke. Ihr tut alles weh. Der Restalkohol verwüstet die Gedanken in ihrem Kopf, Missgunst durchflutet ihr Herz, und Eifersucht brennt in ihrem Bauch. »Hau ab«, brummt sie unter dem Kopfkissen.

»Ich will wissen, was letzte Nacht hier passiert ist«, sagt Karin.

Das will ich nicht wissen, denkt Frau Heerten. Weder was hier passiert ist noch drüben bei Jürgen. Nein, das will sie alles gar nicht wissen.

Doch. Das will sie wissen. Was war drüben bei Jürgen? Was haben Karin und er gemacht, nachdem Christian gegangen ist? Ist Christian tatsächlich mit den Kindern zurück nach Hamburg gefahren? Ihr Kopf brummt.

»Sind die heil in Hamburg gelandet? Hast du zu Hause angerufen?«

»Nein«, sagt Karin. »Aber wenn ihnen was passiert ist … Christian so abzufüllen! Wie konntest du nur?«

Warum hat Frau Heerten eigentlich die Bettdecke über die Ohren gezogen, wenn sie sich doch weiter mit der Tochter unterhält? Das ist ein bisschen inkonsequent, muss ich schon sagen. Wer sich unter der Decke verkriecht, will von der Welt nichts wissen. Zumindest im Augenblick nicht. Was auch besser wäre. Man kann sich so ganz seinem maladen Körper widmen und ihn in Ruhe kurieren. Schließlich ist in diesem Zustand sowieso nichts Gescheites zu machen. Doch was tut Frau Heerten? Lässt Gedanken über Jürgens Liebe, die Gesundheit ihrer Enkel, ihr Verhältnis zu Karin und über Christians Treue an sich heran.

Das Telefon klingelt.

Siehst du: Das meine ich. Einer abgeschalteten Frau Heerten wäre das schnuppe. Mit dieser Ration Restalkohol im Gehirn kann niemand zum Telefon sprinten, das im Wohnzimmer an der Wand angeleint ist. Ob Jürgen, Christian, die Enkel, eine Rommé-Tante oder ein Verwähler dran ist – alles schnurz. Sie liegt in Sauer und kann sowieso nicht verhindern, dass die Tochter abhebt.

Wenn die Decke aber nicht zur totalen Abschottung, sondern quasi nur als Deko über ihr liegt, kann sie zwar auch nicht verhindern, dass Karin drangeht, aber sie kann sich ärgern. Und sie tut es. Wer mag am Telefon sein? Was wird die Tochter sagen? Sie liegt hier hilflos rum, während Karin wer weiß was in den Hörer quatscht. Sollte sie sich vielleicht doch aus dem Bett quälen? Mühsam stemmt sie sich hoch, fischt auf wackeligen Beinen nach Hausschuhen und Bademantel und geht Stufe für Stufe die Treppe runter.

7

Eine Katastrophe!
Wieso jetzt Katastrophe?, fragst du. Na, stell dir mal Frau Heerten vor: Sie sieht in ihrem jetzigen Zustand ungefähr zehn Jahre älter aus, als sie ist, was für sich genommen schon mal für jede Frau eine Katastrophe darstellt. Außerdem ist sie total derangiert, in Bademantel und Puschen. Die wirren Haare geben dem Ganzen den Rest. Daneben Karin, frisch gestylt, mit getuschten Wimpern und ihrer flotten Kurzhaarfrisur. Sie trägt über dem Knie aufgerissene Jeans, jugendlich lässig. Insgesamt total sexy.
Das allein wäre noch nicht so schlimm. Aber mitten im Raum steht Jürgen.
So kann's kommen, wenn man die Decke nur halbherzig über die Ohren zieht, allenfalls noch so *ungefähr* hört und das Telefonläuten nicht von der Türklingel unterscheiden kann.

»Jürgen?«, sagt Frau Heerten, »Was machst du denn hier?«
»Mutter, geh wieder ins Bett. Jürgen und ich haben was zu besprechen.«

Wie ein Kind wird sie behandelt. Steht da im Nachthemd, es fehlt nur noch der Kuschelteddy, und die Tochter sagt wie früher die Mami: »Husch, husch, zurück ins Körbchen« – allerdings nicht so freundlich.

Was soll sie tun? Du weißt es nicht, ich weiß es nicht, und Frau Heerten weiß es erst recht nicht.

Jürgen weiß es.

»Komm, Liebes«, sagt er und umfasst mit dem Arm ihre Schultern. »Ich bringe dich nach oben.«

Ich sag das wirklich nicht gern, aber Männer sind was Wunderbares. Sie können ein Desaster in ein Füllhorn des Glücks verwandeln – einfach so. Frau Heerten, eben noch eine alte, verlassene Frau, die sich in ihrem Kummer die Hucke vollgesoffen hat, blüht förmlich auf. Mindestens fünf Jahre sind schon von ihr abgefallen, und die nächsten fünf verliert sie auf dem Weg die Treppe hinauf. Alle Trauer ist wie weggeblasen. Selbst die Gedanken an die gefährliche Fahrt ihrer Enkel auf dem Rücksitz hinter einem zutiefst verstörten und restalkoholisierten Vater am Steuer schwinden dahin. Lediglich das wohlige Gefühl, dass Jürgen da ist und Karin nicht, durchflutet sie.

Jürgen hat seine väterliche Rolle voll verinnerlicht. Oft geübt bei seinen beiden Kleinen, ist es ihm ein Leichtes, Frau Heerten zu Bett zu bringen, die Fenster zu schließen, mit dem Rollo eine gewisse Dämmerung herzustellen und bei ihr zu bleiben, bis sie eingeschlafen ist. Er ist die Sanftheit in Person und belästigt sie nicht mit unangenehmen Informationen über sein Innenleben. Er hätte ihr viel zu sagen, doch das hat Zeit.

Als unten in seinem Wohnzimmer ein Ehekrieg tobte, hat Jürgen nämlich nachgedacht und einsame Entschlüsse gefasst. Ab jetzt will er nie mehr auf Karin verzichten, auch wenn Karin das noch nicht weiß.

Aber ein bisschen was muss sie doch geahnt haben, denn Karin gehört wider jeden Anschein nicht zu den Frauen, die für eine überstürzte Nacht Mann und Kinder verraten, nur um der Mutter eins auszuwischen. Oft braucht man eine längere Zeit und Abstand, um sich über seine Gefühle klar zu werden. Jürgen und Karin hatten beides. Das ist jetzt vielleicht bitter für Ehemann und Mutter, aber was soll man machen?

Karin ist überzeugt, dass Jürgen der Richtige ist, schon immer war, und dass ihre Kinder zusammen mit seinen Kindern ein gutes Leben haben werden. Und die Omi wird sich auch wieder berappeln. Was gibt es für eine Großmutter schließlich Schöneres als Enkelkinder in direkter Nachbarschaft?

Karins Entschluss ist gefasst. Innerlich hat sie schon ihre Hamburger Koffer gepackt. Jürgens Haus ist groß genug für zwei Erwachsene und vier Kinder, und bei seinem Job reicht das Geld allemal.

Dass Jürgen auch eine dunkle Seite hat, weiß sie ja noch nicht.

Die Baustelle

1

Heute soll es ja mehr oder weniger zum guten Ton gehören, den Partner per WhatsApp über das Ende der gemeinsamen Beziehung zu informieren. »Du, sorry, ich liebe jetzt wen anders« soll dabei noch zu den freundlicheren Nachrichten zählen. Es geht nämlich auch ohne Anrede, ohne sorry und ohne Begründung. »Es ist Schluss« schreiben manche oder »Esis Schlüssel«, wenn sie bei der automatischen Rechtschreibkorrektur nicht aufpassen. Da gibt Jürgen sich deutlich mehr Mühe. Er schreibt Frau Heerten einen Brief, kommt zu einer Aussprache ins Heerten'sche Wohnzimmer, sagt ihr, wie leid es ihm tut, falls er sie verletzt haben sollte, bedankt sich für die schöne Zeit. Aber im Endeffekt kommt es auf dasselbe raus: Esis Schlüssel.

Entweder hat Jürgen seine Sache wirklich gut gemacht, oder Frau Heerten ist doch realistischer, als es zeitweise aussah. Jedenfalls nimmt sie ihr altes Leben wieder auf: morgendliche Kniebeugen vor der Anrichte, Strecksprung vorm Bücherregal, Balanceakt am Sekretär. Der Alltag hat sie wieder. Nur dass Wum und Mainzelmännchen weiterhin im Silberrahmen hocken, macht einen stutzig.

Es klingelt.

Frau Heerten hat ihr Gehör inzwischen weitgehend wieder auf Vordermann gebracht und weiß, dass sie zur Tür muss und nicht ans Telefon. Davor steht Horst. Mit Blumenstrauß.

Frau Heerten denkt an Brigittes Standpauke und schwankt kurz, ob sie ihn reinlassen darf. Doch wer durchlebt und durchlitten hat, was sie durchleben und durchleiden musste, kann sich um Animositäten von Rommé-Freundinnen keine großen Gedanken machen.

»Wie nett! Horst. Komm doch rein. Oh, die schönen Blümchen. Danke.«

Nachdem die Blumen in einer Vase verstaut sind und Kaffee auf dem Tisch steht, löst sich Horsts anfängliche Unsicherheit, und er gerät ins Plaudern. Ja, er hat seinen ganzen Polizeiapparat eingesetzt, um Schuppi zu finden. Nein, es ist nichts dabei rausgekommen.

Wir wissen, dass »der ganze Polizeiapparat« etwas übertrieben ist. Er hat zwar zwei Beamte losgeschickt, aber die haben nicht wirklich nach Schuppi gefragt. Dass dabei nichts rausgekommen sein soll, ist dagegen mächtig untertrieben. Immerhin hat er damit Wellenhaus, der seine schwarze Kohle eigentlich schon abgeschrieben hatte, wieder auf die Spur gebracht. Aber das kann Horst natürlich nicht wissen.

»Erzähl doch mal«, sagt Frau Heerten und rückt etwas näher.

Also, das sollte sie nun wirklich nicht tun, wenn sie ihre Likörgläschen – zumindest die restlichen elf – behalten will. Brigittes Drohung war doch mehr als eindeutig. Obendrein ist es möglich, dass sie nicht nur das Glas, sondern die gesamte Rommé-Runde zu Bruch gehen lässt. Wenn das überhaupt reicht. Eifersüchtige Ehefrauen können unberechenbar sein.

Doch was soll Frau Heerten machen? Wenn man schon einen echten Kriminalkommissar im Bekanntenkreis hat, muss man das auch ausnutzen, jedenfalls wenn es nötig ist. In diesem Fall ist es nötig. Schuppi muss endlich gefunden werden. Steffi tut ihr so leid. Dreimal – oder war es viermal? – ist sie nun schon bei ihr gewesen, und der Kleine hat immer so niedlich im Garten gespielt. Das Kind braucht doch seinen Vater. Und Steffi täte ein Mann sicher auch ganz gut. Also, da muss was passieren.

Außerdem ist es das Projekt, das sie reizt. Nach Jürgens Abgang füllt sie nichts mehr aus, wenn man das so sagen darf, und sie braucht was anderes, um sich die Zeit zu vertreiben. Da kommt ihr das Geheimnis um den Mann namens Martin Szupryczynski gerade recht.

»Was hat dein Polizeiapparat denn gemacht?«, fragt sie.

Horst wird ein wenig heiß. Kann daran liegen, dass das, was

sie wissen will, der Geheimhaltung unterliegt, kann natürlich auch an Frau Heertens Nähe liegen. Man weiß es nicht. Horst beschließt, dass weitere Details nicht kostenlos zu bekommen sind, sondern in Naturalien bezahlt werden müssen. Schließlich hat es ihn viel Zeit gekostet, diesen Martin Szupryczynski und das Unfallopfer Bley nach Frau Heertens Hinweis genauer zu durchleuchten. Um festzustellen, dass beide früher als Aushilfen für diesen Bauunternehmer Wellenhaus gearbeitet hatten und dass Bley vor einigen Jahren wegen eines Diebstahldeliktes vor Gericht stand – zusammen mit Karl Stehvier, den er schon mal wegen Hehlerei an den Hammelbeinen hatte. So was lässt ein Horst nicht auf sich beruhen, vor allem dann nicht, wenn der Richter die Übeltäter wieder laufen lässt. Man ermittelt und schuftet, macht und tut, und so ein Halbgott in Schwarz fährt alles gegen die Wand. Aber man sieht sich im Leben immer zweimal. Und wenn der eine tot ist, sieht man wenigstens seinen Komplizen doppelt. Darum sollten Müller Zwo und der andere bei diesem Stevier mal auf den Busch klopfen. Allerdings: So richtig viel scheint nicht geklopft worden zu sein. Müller Zwo und sein Kollege sind zwar sehr vergnügt, jedoch im Grunde mit leeren Händen wiedergekommen. Na, was soll's? Für ein Tête-à-Tête mit Frau Heerten reicht's allemal.

»Binchen«, sagt er und legt probehalber mal einen Arm um ihre Schultern, »eigentlich kann ich dir das nicht sagen. Verstehst du doch sicher.«

Natürlich. Das versteht Frau Heerten. Sehr gut sogar. Auch ohne sein geliebtes »eigentlich«. Was kann man an einem um die Schultern gelegten Arm schon groß missverstehen? Weitere Informationen nur gegen Cash, bar auf die Hand, das sagt ein um die Schultern gelegter Arm. *Me too?*, denkt Frau Heerten. So was passiert doch – eigentlich! – nur Mädchen oder jungen Frauen.

Horst will was von ihr, bevor er mit weiteren Informationen rausrückt, das ist klar. Was tun? Irgendeinen Vorteil muss es doch haben, dass man älter und erfahrener geworden ist. Sie müsste so langsam wissen, wie man das eine kriegt, ohne das andere geben zu müssen.

»Verrate es mir doch. Bitte, bitte«, gurrt Frau Heerten und kuschelt sich dichter an Horst heran.

»Steht eigentlich alles in der Akte«, sagt Horst und legt auch den anderen Arm um ihre Schultern.

»Was steht denn da?«

»Muss ich nachschauen. Sag ich dir morgen.«

»Oooch«, schmollt Frau Heerten. »Ruf doch mal schnell im Büro an. Ja? Mir zuliebe.«

»Nee, wie sieht denn das aus?«, sagt Horst und robbt noch näher, als eigentlich möglich ist.

»Das kann dir als Chef doch schnuppe sein«, zirpt Frau Heerten.

»Eigentlich schon. Aber was soll dann Frau Tengel denken?«, wendet Horst ein.

»Du hast Angst vor deiner Sekretärin?«, zwitschert Frau Heerten.

Erinnert so ein bisschen an den Stehversuch beim Sechs-Tage-Rennen, für die Zuschauer immer ein großes Highlight, für die Akteure eher anstrengend. Auch unseren beiden geht langsam die Puste aus.

»Ich glaube eigentlich, ich hab die Akte mit nach Hause genommen«, sagt Horst und spitzt die Lippen zum ultimativen Kuss.

Ha! Jetzt hat sie ihn. »Dann ruf doch zu Hause an. Brigitte wird dir sicher gern die entsprechenden Stellen vorlesen. Dann kannst du ihr auch gleich sagen, dass du deinen Schal hier bei mir wiedergefunden hast. Sie macht sich sicher schon Sorgen deswegen. Oder soll ich sie anrufen?«

Eins muss man Horst lassen: Er weiß, wann er verloren hat. »Ach ja … ich erinnere mich wieder. Der einzige halbwegs Verdächtige, den wir bisher haben, heißt Stewjeh. Der hat mal zusammen mit Kurt Bley vor Gericht gestanden. Wurde aber freigesprochen.«

»Wie schreibt man den?«, fragt Frau Heerten.

Scheiß auf Geheimhaltung, nun ist Horst auch schon alles egal. »S-t-e-v-i-e-r«, buchstabiert er, »Kalle, also eigentlich Karl Stevier.«

»Noch ein Käffchen, bevor du gehst?«, fragt Frau Heerten und windet sich aus seinen Armen, um nach der Kanne zu greifen. »Ach«, fährt sie fort, »dein Schal. Den dürfen wir nicht vergessen, wenn du gehst.«

So elegant ist Horst selten rauskomplimentiert worden. Er schaut zur Uhr, sagt: »Nee, lass man, ist eigentlich schon spät«, stürzt den inzwischen kalt gewordenen Kaffee runter und geht schnell zur Tür.

»Vergiss den hier nicht«, ruft Frau Heerten ihm nach, als er schon beinah aus dem Haus ist, und winkt mit dem Schal. Gleich nachher wird sie Steffi besuchen und ihr brühwarm berichten, was Horst ausgeplaudert hat.

2

Das Leben könnte so schön sein. Besonders Kalles Leben könnte so schön sein. Er hat lange genug ein nicht wirklich schönes Leben geführt. Wer bei Wind und Wetter draußen allen möglichen Aushilfsarbeiten nachgehen muss, wird mir beipflichten, dass man sich durchaus schönere Jobs vorstellen kann. Karl hat inzwischen den idealen Job gefunden. War nicht ganz einfach. Er hat einen nicht gerade geraden Lebenslauf, aber von seiner gebrochenen Biografie steht nichts in seinem Führungszeugnis. Man darf sich eben nicht erwischen lassen.

Jetzt arbeitet er in der Nachtschicht beim Sicherheitsdienst, geht über die Firmengelände im Suchsdorfer Gewerbegebiet, überprüft Türen und Schlösser, bedient die Kontrolluhren und greift eine nette Nachtzulage ab. Er steht im Gegensatz zu früher sozusagen auf der anderen Seite, weiß daher genau, was er tut, denn er weiß, was er auf der anderen Seite getan hätte. Genau sein Ding. Außerdem – wie soll ich sagen? – wer schon mal einen Schuppi erlegt und waidgerecht zerteilt hat, hat nicht unbedingt Angst im Dunkeln. Alles in allem also wirklich prima und die Kohle für seine Arbeit beim Sicherheitsdienst zusammen mit der »Rente« ist nicht schlecht. Davon lässt sich leben.

Es könnte also alles schön sein, wenn da nicht ...

... ja, wenn da nicht die Sache mit der Polizei wäre. Die scheint ihm irgendwie auf den Fersen zu sein. Zwar hat er sie seit neulich nie wieder vor seinem Haus gesehen, aber das zeigt ihm nur, dass die Polizei in den letzten Jahren dazugelernt hat. Heute steht sie wahrscheinlich zwei Blocks entfernt, beschattet ihn von dort und ist bereit, sofort zuzugreifen, sowie er versucht, Schuppi umzubetten.

Außerdem nicht zu vergessen: der Wellenhaus. Der hat Kurt vielleicht tatsächlich umbringen lassen. Dann wird es nur noch eine Frage der Zeit sein, bis auch Jürgen, Jan und er dran sind. Aber wie das so ist. Man lernt, mit der Gefahr zu leben, und es gibt Momente in Karls Leben, da denkt er nicht daran, sondern genießt seine nächtlichen Wanderungen über das verlassene Gewerbegebiet sogar beinah mehr als seine beschaulichen Tage zu Haus.

In seiner Seele herrscht Frieden – Frieden bis zu dem Tag, an dem diese Frau bei ihm auftaucht.

So was ist Kalle nicht gewöhnt, Frauen bei sich zu Haus. Nicht dass er ein Leben gänzlich ohne Frauen führt. Aber seine Damen heißen Shantall, Sexy-Hexy und Mijou. Die machen keine Hausbesuche. Und nun kommt auf einmal eine ganz andere bei ihm reingeplatzt und fragt nach Martin. Sie ist der erste Besuch, seit die Polizei bei ihm aufgekreuzt ist. Er weiß nicht mal, welcher ihm unangenehmer ist.

Alles fängt ganz harmlos an. Es schellt bei ihm an der Wohnungstür. Als Mensch, der schon schlechte Erfahrungen gemacht hat – besonders wenn's klingelt –, schaut Kalle erst mal durchs Guckloch, den sogenannten Spion, und spioniert. Er sieht eine Frau. Eine einzige. So ein Spion ist bekanntlich ein Weitwinkel, eine zweite Person würde er ebenfalls sehen. Das beruhigt ihn schon mal. Nach der alten Regel »Ein Unglück kommt selten allein« kann er weitere Polizisten, Schläger und sogar die Zeugen Jehovas ausschließen.

»Ja, bitte?«, sagt Kalle und öffnet die Tür vorsichtig einen Spaltbreit. So unverzerrt und in natura sieht die Frau noch deutlich besser aus als durch das Fischauge. Blond, schlank und im richtigen Alter, was auch immer das heißen mag.

»Sind Sie Karl Stevier?«, fragt sie.

»Ja«, sagt er und macht die Tür weit auf. »Möchten Sie reinkommen?«

Damit gehen die Unannehmlichkeiten los. Sein Wohnzimmer sieht aus wie frisch nach einem Fliegerangriff. Ohne aufwendige Umräumarbeiten ist keine Sitzfläche zu besetzen, und anbieten kann er nur eine angebrochene Tüte Chips und löslichen Kaffee. Wenn er das vorher bedacht hätte, wäre ihm seine Einladung vielleicht etwas zögerlicher über die Lippen gekommen. Aber die Kleine sieht so schnuckelig aus, dass er darüber ganz vergessen hat, seinen Kopf einzuschalten.

»Ich heiße Steffi«, sagt Steffi, schiebt Fernsehzeitungen und T-Shirts beiseite und nimmt Platz.

»Hmm«, sagt Kalle und setzt sich auf einen Packen alter Zeitungen im Sessel.

»Hübsch haben Sie es hier«, sagt Steffi.

»Hmm«, sagt Kalle.

»Wohnen Sie hier allein?«, fragt Steffi.

»Hmm«, sagt Kalle, schaltet kurz den Kopf ein und überlegt, ob er ihr sagen sollte, dass er noch ein Schlafzimmer hat, in dem er auch allein lebt, was aber nicht unbedingt so bleiben muss, schaltet dann aber den Kopf wieder aus und denkt mit anderen Gliedmaßen weiter.

»Ich dachte, dass Martin hier vielleicht mal … Sie kennen doch Martin, oder?«, fragt Steffi.

Zack, so schnell ist Kalle schon lange nicht mehr runtergekommen. Er schaltet alle seine Aggregate ab und denkt nur noch mit dem Kopf. »Schuppi?«, fragt er und greift damit nach dem kleinsten Strohhalm, den er noch hofft erwischen zu können.

Schließlich ist die Welt voll von Martins. Vielleicht meint sie einen anderen.

Steffi nickt. »Ja, Schuppi, Martin Szupryczynski.«

»Was soll mit dem sein?«, fragt Kalle vorsichtig.

»Ja, wissen Sie ... er ist weg.« Sie stockt. »Er ist immer mal wieder weg. Aber so lange ...« Eine Träne kullert ihr über die Wange. »Jetzt hab ich das hier gekriegt«, sagt sie, holt ein Kästchen und ein Portemonnaie aus ihrer Einkaufstasche und fängt an zu schluchzen.

Kalle wird ganz schwummerig. Schuppi kannst du vergessen, müsste er jetzt sagen. Der kommt nicht wieder. Den hab ich erschossen, portioniert und vergraben. Und den Scheiß-Kasten und sein Scheiß-Portemonnaie habe ich auch verbuddelt.

Ihm wird heiß. Woher hat sie den Kram? Wieso sitzt sie hier? Warum sucht sie ausgerechnet bei ihm nach dem Kerl? Sind ihm am Ende schon alle auf den Fersen? Diese Gedanken wirbeln in seinem Kopf herum und kämpfen mit der Tatsache, dass auf seinem Sofa eine niedliche Frau sitzt und heult. Für niedliche, heulende Frauen ist bei ihm nicht der Kopf, sondern alles vom Hals an abwärts zuständig. Das ist sein Dilemma.

»Was ist das?«, fragt Kalles Kopf, während der Rest näher an sie heranrobbt.

»Gehört Martin. Ohne sein Portemonnaie würde er doch nirgends ...«

»Wird sich alles aufklären. Sicher ganz harmlos«, sagt er, setzt sich neben sie auf das Sofa und legt beruhigend den Arm um sie. »Woher haben Sie das?«

»Von einer Freundin«, sagt sie und schluchzt.

Na, damit kann er überhaupt nichts anfangen. Ungeschickt streicht er ihr übers Haar. »Woher hat die es?«

Steffi zuckt mit den Schultern und weint.

Kalle schweigt. Das fällt ihm nicht schwer, er schweigt sowieso am liebsten. Das hat er mit den meisten Männern gemein. Männer gehören nicht zu den Menschen, die sich daran stören, wenn Pausen entstehen. Er kann Pausen sehr gut aushalten. Beinah besser als die Phasen dazwischen.

Bei Steffi ist das anders. »Haben Sie ihn in letzter Zeit mal gesehen?«

»Wen?« Kalle ist hin- und hergerissen. Das ist die Freundin von Schuppi. Den er totgemacht hat. Schrecklich. So was Süßes hatte der. Zauberhaft. In ihm kämpfen der Drang, die Kleine möglichst schnell möglichst weit von sich wegzukriegen, und der Wunsch, sie ganz schnell ganz dicht an sich ranzukriegen. Als sie erneut »Schön haben Sie es hier« sagt, verdrängt der Wunsch den Drang.

»Kommen Sie, ich zeig Ihnen alles«, sagt er und zieht sie vom Sofa hoch.

Sie bestaunt die Küche, in der sich leere Bierkästen stapeln, das Bad mit der einladend geöffneten Klobrille, das kleine Zimmer, in dem sich alte und neue Kartons übereinandertürmen, und das leere Zimmer, in dem nur ein einsamer Blumentopf ohne Blume auf dem Fensterbrett steht.

»Schön«, sagt sie.

Was Kalle ihr noch alles zeigt, weiß ich natürlich nicht. Aber es könnte durchaus noch das eine oder andere dabei gewesen sein, denn als Steffi schließlich geht, ist aus dem Sie ein Du geworden.

3

Kalle steht sich vor Jürgens Terrassentür die Beine in den Bauch. Totale Scheiße, so was. Er muss gleich zu seiner Arbeit ins Suchsdorfer Gewerbegebiet und vorher noch nach Hause ins Stinkviertel. Das sind mit dem Auto mindestens zehn Minuten.

Nun denkst du vielleicht, wenn einer im Stinkviertel wohnt, soll er doch froh sein, wenn er keine Zeit mehr hat, nach Hause zu fahren. Hört man ja schon am Namen, dass man da nicht hinwill. Aber die Zeiten der Goldeimer, aus deren Inhalten damals in einer Fabrik im Stinkviertel Dünger gewonnen wurde, sind vorbei. Man verfügt dort inzwischen über Toiletten mit Wasserspülung – wie übrigens in ganz Kiel. Außerdem darf menschliche Gülle sowieso nicht mehr auf die Felder verbracht werden.

Wenn Kalle nicht rechtzeitig zu seinem Dienst erscheint, schmeißt ihn die Security-Firma raus. Vorsichtig linst er durch die Gardinen. Nein, die Trulla ist immer noch da. Solange Jürgen mit seinem Damenbesuch auf der Couch rumknutscht, kann er nicht zu ihm rein.

Man kann Kalle viel vorwerfen. Raub, schwere Körperverletzung, Totschlag im Affekt, vielleicht sogar Mord, wenn der Richter ihm übelwill. Aber ein Spanner ist er nicht. Trotzdem steht er jetzt schon eine geschlagene halbe Stunde auf Jürgens Terrasse am Fenster und späht ins Wohnzimmer. Das kommt, weil Kalle lernfähig ist. Seit Jürgen ihn einmal zusammengeschissen hat, als er zu nachtschlafender Zeit Sturm geklingelt hat und die Kinder im Nachthemd heulend die Treppe runtergetrapst sind, kommt er von hinten.

Kalle könnte auch einfach verschwinden, aber er muss unbedingt mit Jürgen reden, darüber reden, wie es weitergehen soll. Bloß hat dieser Kerl offensichtlich Besseres zu tun, als sich um sein Leben Sorgen zu machen. Kalle sieht auf die Uhr. Nun wird es wirklich Zeit, wenn er nicht zu spät zu seinem Nachtdienst kommen will. Er rückt noch näher ans Fenster heran. Ah, endlich. Die Trulla steht auf.

Ja, tatsächlich. Karin steht auf. Sie muss allmählich los. Zweimal die Woche schafft sie es, sich aus Hamburg loszueisen und Jürgen zu besuchen. Es gibt so viel zu tun, seit Jürgen und sie beschlossen haben, dass sie mit den Kindern zu ihm nach Kiel zieht. Die Kündigung ihrer Arbeitsstelle, das Abmelden von Leonie aus dem Kindergarten, die Trennung des gemeinsamen Haushalts mit Christian. Alles eigentlich ein Klacks gegen die endlosen Diskussionen mit ihrem Mann. Die machen sie ganz mürbe.

Kalle darf noch etliche weitere Minuten unruhig auf die Uhr sehen, denn ein Abschied zwischen zwei Liebenden kann sich hinziehen. Als Jürgen endlich wieder im Wohnzimmer erscheint, bollert er heftig an die Terrassentür.

»Was war das denn für eine Braut?«, fragt er, als er endlich in Jürgens Wohnzimmer die Füße auf den Tisch legen kann.

»Willst du mir jetzt täglich einen Besuch abstatten? Nimm die Füße vom Tisch.«

»Ah«, sagt Kalle, »der Herr wird vornehm, seit er so 'ne coole Braut hat.«

»Was willst du?«

»Jan war schon wieder bei mir.« Kalle nimmt die Füße vom Tisch. Nicht etwa, weil er sich von Jürgen was sagen ließe – auch nicht in dessen Wohnung. Doch in Anbetracht des Ernstes der Lage will er zwar fordernd, aber dennoch manierlich auftreten, weshalb ihm die Füße auf dem Tisch nun zu lässig erscheinen. »Der will anscheinend die Nerven verlieren.«

»Hmm«, sagt Jürgen nur, sonst nichts. Dabei könnte er deutlich mehr dazu sagen: »Ich weiß«, könnte er zum Beispiel sagen, »der will zur Polizei und uns alle verpfeifen.« Aber das tut er nicht, sondern lässt Kalle erst mal kommen.

»Da muss was passieren.«

»Und was?« Jürgen versucht, sich sein Herzklopfen nicht anmerken zu lassen.

»Einer von uns beiden muss ihm das Maul stopfen. Ich hatte da an dich gedacht.« Kalle legt die Füße wieder auf den Tisch. Er hat sein Anliegen ernst, manierlich und fordernd vorgebracht. Nun muss auch mal gut sein mit kultivierter Etikette.

»Ich red mit ihm.« Jürgen steht auf, um Kalle aus dem Haus zu komplimentieren.

»Du mit deinem ›Ich red mal‹. Es müssen Nägel mit Köpfen gemacht werden. Der Kerl bringt uns noch in Teufels Küche.« Kalle nimmt die Füße wieder vom Tisch. Es scheint doch noch nicht vorbei zu sein mit dem gesitteten Benehmen.

»Schluss jetzt. Ich hab gesagt, ich red mit ihm, und dabei bleibt's. Und hör auf, mit deinen Füßen rumzuhampeln.« Jürgen ist ganz erstaunt, wie energisch er sein kann. Kalle ist ihm nicht geheuer. Aber was soll er machen? Ihm muss was einfallen, und zwar bald, sonst rücken die Radieschen, die er sich zusammen mit Jan von unten begucken kann, in sichtbare Nähe.

Aber was?

4

Im Allgemeinen besteht der Job von Wellenhaus' Bodys darin, bei Baustellenbesuchen hinter Wellenhaus herzutapern und grimmig zu gucken, was ihnen auch großartig gelingt, ohne Anstrengung. Sonderaufträge dagegen sind eher selten. Deshalb sind sie nicht daran gewöhnt. Aber wie wir in der Suchsdorfer Kleingartensiedlung gesehen haben, können sie selbst auf ungewohntem Terrain ganz behände gehen. So ist es nicht verwunderlich, dass sie Wellenhaus' neuen Auftrag in Sachen Jürgen Wagner beherzt in Angriff genommen haben.

Die Adressen aller Jürgen Wagners haben die beiden schnell rausgekriegt. Ein Blick ins Telefonbuch und die Sache war geritzt. Allerdings nur halb geritzt. Denn Wagner ist kein sonderlich exotischer Name, sondern mehr so eine Art Sammelbegriff. Wer weiß, ob sie den richtigen Jürgen Wagner am Wickel haben, wenn sie einen am Wickel haben. Sie werden also einen Wagner nach dem anderen abklappern müssen. Mit dem ersten haben sie gestern angefangen und sich jetzt zu Nummer fünf durchgearbeitet.

»Da wohnt er«, sagt Body zu Guard und zeigt auf den roten Tropfen, mit dem Google Maps die Stelle markiert.

»Aha. Und? Was sollen wir machen?«

»Sehn, ob's der Richtige ist, und wenn's der Richtige ist, fühlen wir ihm auf den Zahn, wie der Boss gesagt hat«, sagt Body.

»Soll heißen?«

»Keine Ahnung«, sagt Body und überlegt. »Vielleicht sollen wir ihm einen Zahn ziehen.«

»Oder die Zähne einschlagen.« Vorsorglich lässt Guard schon mal alle zehn Finger knacken, um sie für ihren Einsatz geschmeidig zu machen.

»Oder so viele ziehen, bis ihm keiner mehr wehtut.«

»Ich denke, wir sollten ihm auf jeden Fall ganz freundlich das Nasenbein zurechtrücken. Damit macht man nichts falsch.«

So kann's gehen, wenn man im deutschen Redensartenkatalog nicht zu Hause ist.

»Sie haben Ihr Ziel erreicht«, sagt das Navi, doch Body fährt ungerührt weiter.

»Willst dir von einer Frau nichts sagen lassen, was?«, fragt Guard.

Nein, nicht deshalb fährt Body weiter. Wenn ein Navi mit weiblicher Stimme spricht, ist das für ihn noch kein Beweis, dass es sich um eine Frau handelt. Jedenfalls nicht im eigentlichen Sinne.

Body hat vielmehr das Gefühl, ihr Vorhaben könnte ein wenig abseits der Legalität sein. In solchen Fällen parkt er das Auto gern strategisch günstig. Also nicht zu weit weg, damit man notfalls schnell verschwinden kann, aber auch nicht so nah, dass es identifiziert werden kann.

»Jetzt weiß ich nicht mehr, welches Haus es war«, sagt Guard, als sie einen Block weiter parken. »Die sehen hier ja alle gleich aus.«

Das stimmt, aber das macht nichts. Der kleine blaue Punkt im Handy zeigt ihnen, wo sie sind, und der rote Tropfen, wo sie hinmüssen. »Lass uns erst mal durchs Fenster sehen, ob die Luft rein ist.«

»Welche Luft?«

Ursprünglich hatte ich gedacht, dass beide gleich unbedarft sind. Aber nun denke ich, dass Guard vielleicht doch etwas unbedarfter ist, was aber nichts macht, denn dafür ist er im Zuhauen besser. Darauf kommt es letzten Endes ja irgendwie an. Zumindest bei Bodyguards.

Ein Blick durchs Fenster und Guard weiß, was mit reiner

Luft gemeint ist. Die Luft ist nämlich nicht rein. Jürgen Wagner hat Besuch.

Die beiden wollen gerade zurück zum Auto, um einen der anderen Wagners zu inspizieren, ehe sie noch mal wiederkommen, da geht die Haustür auf. Der Besuch verabschiedet sich und macht die Wagner'sche Luft rein.

Body haut Guard den Ellenbogen in die Rippen. »Ey, siehste das?«

Nein, Guard sieht nichts. Ihm ist ungemütlich hier auf der Straße im Dunkeln. Er will Wagner jetzt auf den Zahn fühlen, bis der keinen mehr hat. Dabei ist es ihm inzwischen egal, ob es der richtige Wagner ist. Immer diese Scheiß-Nachtschichten.

»Das ist doch einer von denen aus dem Video.« Erneut stößt Body ihn in die Seite.

»Was'n für'n Video?«

Body könnte schier verzweifeln. Vor ihnen kippelt ein Kerl mit dem gleichen schwankenden Gang die Straße entlang wie einer von den vier Leuten, die sie suchen sollen, und Guard ist blind bis über beide Ohren.

Der Mann mit diesem markanten Seemannsgang scheint die gleiche Taktik wie sie zu haben. Auch er muss erst um eine Kurve schwanken, bis er bei seinem Auto ist. Zum Glück parkt er um dieselbe Kurve wie sie. Sie folgen ihm unbemerkt. Als er nach knapp zehn Minuten in der Howaldtstraße – oh Wunder – einen Parkplatz findet, anhält, aussteigt und zu einem Haus geht, will Guard ihm folgen, doch Body hält ihn fest. »Immer schön der Reihe nach.«

Sie bleiben noch eine Weile sitzen und warten, wo im Haus ein Licht angeht, dann wissen sie das, was Wellenhaus wissen will.

»Wollen wir hinter ihm her und ihm auf den Zahn fühlen?« Guard knackt heftig mit den Fingern.

»Ich sag doch: eins nach dem anderen. Das hier ist einer der Einbrecher vom Video. Also ist auch der Wagner von vorhin der Richtige. Der kommt zuerst dran.«

Guard soll es recht sein. Hauptsache, es geht endlich zur

Sache. Seine Finger sind schon ganz kribbelig. Richtig gut tut das, als er sie endlich an Jürgen wieder geschmeidig machen kann.

5

Wenn ein Krankenwagen mit Tatütata ankommt und ein Polizeiauto mit Blaulicht vor der Tür steht, ist das immer unschön, nachts sogar ein bisschen unheimlich, selbst wenn es sich nicht um die eigene Tür handelt. Doch bei allem Gruseln wird man auch neugierig. Warum dieser Aufruhr?, fragt man – zumindest dann, wenn man sicher sein kann, dass es nichts mit einem selbst zu tun hat.

Jürgen fährt langsam an dem Aufgebot von Polizisten und Sanitätern vor Jans Haus vorbei und versucht, einen Blick in das Innere zu werfen. Eigentlich wollte er Jan besuchen, um ihm noch mal einzuschärfen, dass er die Füße stillhalten soll. Aber das hat sich ja nun wohl erledigt. Bestimmt waren die beiden Schläger auch bei ihm, haben ihn krankenhausreif geschlagen, und der Idiot hat die Polizei gerufen. Da kommt sein Besuch eher ungelegen – vor allem für ihn. Wenn ein frisch Zusammengeschlagener von einem halbfrisch Zusammengeschlagenen besucht wird, könnte das Fragen aufwerfen.

Daher rollt er lieber sachte weiter und parkt sein Auto einen Häuserblock entfernt in einer Nebenstraße. Dann schlendert er gemächlich zurück. Als er ankommt, ist der Krankenwagen weg, aber die Polizei ist noch da. Rot-weißes Flatterband flattert.

»Was ist denn hier los?«, fragt er einen der Neugierigen, die hinter der Absperrung aufmarschiert sind. Dabei zieht er sich die Kapuze tief ins Gesicht, damit niemand seine Verwüstungen um die Augen herum sieht. Die Sonnenbrille, die er sonst aufhat, erscheint ihm zu dieser abendlichen Stunde ein wenig zu auffällig.

»Wahrscheinlich nichts«, sagt einer. »Der Krankenwagen ist schon wieder weg.«

»Leer!«, fügt ein anderer hinzu. »Was das alles kostet. Und das für nichts und wieder nichts.«

Hier irrt er. Ein Krankenwagen beinhaltet einen Notarzt, der dringend gebraucht wird, um zu retten, was vielleicht noch zu retten ist. Aber auch wenn nichts mehr zu retten ist, kommt er nicht für nichts und wieder nichts. Denn nur ein Arzt hat den berufenen Mund, das Totsein zu bestätigen. Bis dahin lebt man, egal wie tot man ist. Dass der Krankenwagen ohne Begleitmusik wieder von dannen gerollt ist, lässt darauf schließen, dass der Einsatz vergebens war. Das ist zwar nicht umsonst, aber eben auch nicht für nichts und wieder nichts. Der Arzt konnte Jan immerhin seinen Tod bescheinigen.

Mitgenommen hat er ihn natürlich nicht. Ein Toter ist nicht krank und hat demzufolge in einem Krankenwagen nichts zu suchen. Stattdessen wuselt hier vor Jans Haus eine andere Spezies herum, vermummt in weißen Overalls mit blauen Gummiüberziehern über den Schuhen. Die weiß Vermummten haben allerhand zu tun, denn Männer um die vierzig sterben nicht sehr oft an Altersschwäche, und wenn ein Strick im Spiel ist, ist das noch unwahrscheinlicher. Da drin sieht alles nach Selbstmord aus. Aber der Schein kann trügen, wie so oft, daher dieses Aufgebot an Overalls – und auch an Overallinnen, wie ich wegen der Gender-Correctness betonen möchte. Dazwischen jede Menge uniformierte Polizisten.

Als der Leichenwagen um die Ecke kommt, ist auch dem Letzten hier klar: Der Herr Jan Degener ist tot.

Jürgen fängt an zu zittern. Das Krankenhaus hat den Schlägern nicht gereicht? Den armen Jan haben sie gleich in die Leichenhalle geprügelt? Dagegen waren sie zu ihm ja geradezu freundlich.

»Herr Degener hat sich wohl erhängt«, flüstert einer der Umstehenden.

»Mit einem Strick im Kleiderschrank aufgehängt«, weiß ein Detailverliebter zu berichten, während andere Nachbarn von einer Gardinenstange reden und wieder andere, die sich noch an die guten alten Zeiten der RAF erinnern, von einem Fensterkreuz. So viel Mühe haben sich die Schläger gegeben? Und einen Selbstmord vorgetäuscht? Nein, denkt Jürgen, das sieht eher nach Kalle aus. Dem ist das zuzutrauen. Er wartet den weiteren Gang der Handlung nicht ab, sondern geht mit weichen Knien zum Auto zurück.

Erst als er den Wagen startet, fällt ihm noch was ein. Hatte Jan nicht mal erzählt, dass er alles, was ihn plagt, aufschreiben wollte? Was, wenn Jan ihnen ein fatales Abschiedsgeschenk gemacht hat, bevor er sich umbrachte? Einen Abschiedsbrief vielleicht? Oder einen netten kleinen Umschlag beim Notar? Um ihnen allen posthum noch eins auszuwischen.

6

»Wollte nur Vollzug melden«, sagt Jürgen.

Zu diesem sibyllinischen Satz ist er unauffällig von seinem Schreibtisch im Büro aufgestanden, um mal zum Klo zu gehen, hat dort alle Kabinen auf Mitsitzer überprüft und ihn jetzt leise hinter vorgehaltener Hand in sein Smartphone geflüstert.

»Bist du verrückt, mich auf dem Handy anzurufen?«, bellt Kalle. »Da kannst du auch gleich die Bullen anrufen. Heute um fünf bei Tante Sophie.«

Klack. Die Verbindung ist weg.

Um fünf nach fünf ist Kalles Wut noch nicht verraucht. »Das Handy konnte ich natürlich wegschmeißen«, begrüßt er Jürgen, als der verspätet angehetzt kommt.

Der Treffpunkt ist aber auch wirklich ausgesprochen dämlich gewählt. Der Sophienhof ist zu jeder Zeit gesteckt voll mit Menschen, das ist natürlich super. Einen Strohhalm versteckt man am besten im Stroh. Aber die Parkplatzsituation ist eher semioptimal. Entweder du parkst im Parkhaus zu einem Preis, dass du glaubst, du sollst ein Stück davon kaufen, oder du parkst irgendwie irgendwo. Dann ist das Knöllchen quasi vorprogrammiert. Geht aber gar nicht, dass das Ordnungsamt dein Kennzeichen samt Datum und Uhrzeit für zehn Jahre speichert, wenn du dich unerkannt mit Mördern und Totschlägern treffen willst.

»Wieso schmeißt du das ganze Handy weg?«, fragt Jürgen. »Es hätte doch gereicht, die SIM-Karte zu entsorgen.«

Na prima. Kalle ist sowieso schon auf hundertachtzig. Da kann er die Schlaumeierei dieses Schnösels gerade echt nicht gebrauchen. »Du weißt schon, dass es Prepaid-Karten heute nur noch mit Personalausweis gibt, oder?«, fragt er verärgert. Das ist der Grund, warum er die restlichen, die er gebunkert hat, bevor die Bestimmung eingeführt wurde, wie einen Goldschatz hütet.

Sie stehen vor einem Taschenladen und sehen scheinbar interessiert ins Schaufenster. »Deine Sonnenbrille kannst du jetzt absetzen. Oder bist du inkognito hier?«, lästert Kalle.

»Jan ist tot.« Jürgen hebt die Brille kurz hoch, damit Kalle seine Veilchen bewundern kann, und zeigt dann auf irgendeine Tasche, um eventuellen Beobachtern sein Interesse an Handtaschen zu beweisen.

»Oh«, sagt Kalle mit bewunderndem Blick auf Jürgens Matschaugen. »Hätte ich dem Schlappi gar nicht zugetraut, dass er sich wehrt. Dann hast du ihn also totgemacht.«

»Bist du verrückt? Natürlich nicht«, sagt Jürgen.

»Schade«, sagt Kalle.

»Wieso schade?«

»Dann hättest du schon ein bisschen Übung. Denn einer von uns beiden muss Wellenhaus wegmachen. Ich schlage vor, du. Wenn er es war, der dir die Augen blau gemacht hat, gibt dir das bestimmt einen ganz besonderen Drive«, sagt Kalle.

Jürgen klappt die Kinnlade runter. »Bist du vollkommen durchgeknallt?«

»Bei mir is gerade schlecht«, sagt Kalle. »Ich hab die Bullen vor der Tür und komme nicht mal dazu, meine Altlasten woanders zu vergraben.«

»Altlasten?« Jürgen muss sich an der Schaufensterscheibe abstützen, um bei dem Wort nicht umzukippen.

»Schuppi«, sagt Kalle.

»Kannste vergessen«, sagt Jürgen, nachdem er sich wieder gefangen hat. »Nie im Leben bringe ich irgendjemanden um.«

»Ich sach ja: schade. Und nun?«, fragt Kalle.

Tja, was nun?, denkt Jürgen. Vielleicht hatte Jan doch recht, als er vermutete, Wellenhaus hätte bei Kurts Unfall die Hand im Spiel gehabt. Und dass der Bauunternehmer bei Jans Tod nachgeholfen hat, wird irgendwie auch immer wahrscheinlicher. »Wer weiß, was Wellenhaus mir noch alles grün und blau hauen lässt. Der gibt erst Ruhe, wenn er die Kohle wiederhat«, flüstert er. Bei dem Gedanken wird ihm ganz übel.

»Sach ich ja. Du musst ihn kaltmachen«, wiederholt Kalle.

Jürgen hasst es wie die Pest, wenn Gespräche sich im Kreis drehen. »Ich mach das nicht. Und ich will auch nicht, dass du das machst. Ich hab die Frau meines Lebens gefunden und will nur noch irgendwie heil aus der Sache raus.«

Bis vor einer Woche hätte Kalle sich an den Kopf gefasst bei so viel Bekloppheit. Doch seit der heulenden Steffi auf seinem Sofa weiß er, was Jürgen meint.

»Sach ich ja. Und nun?«, fragt Kalle.

»Wir geben ihm sein Geld wieder«, sagt Jürgen.

Kalle schweigt und stiert böse auf die Auslage des Taschenladens. »Komm hier wech«, sagt er schließlich. »Taschen schlagen mir immer so auf den Magen.«

Jürgen schlurft hinter Kalle her. Sie gehen schweigend an jeder Menge Klamottenläden, Schuhgeschäften und Fresstheken vorbei, bis Kalle vor dem Schaufenster einer Buchhandlung zum Stehen kommt.

»Hier?«, fragt Jürgen erstaunt. »Ich hätte gedacht, dass Bücher dir noch mehr auf den Magen schlagen.«

»Haha, sehr lustig«, sagt Kalle. »Wenn wir Wellendings die Kohle zurückgeben, sind wir noch ärmer als vorher. Dann nehmen unsere Schnallen uns nie. Und wenn er auch unsere Rentenauszahlung wiederhaben will, nehmen sie uns nicht nur nie, sondern überhaupt gar nicht. Also? Du *musst* ihn totmachen.«

Jürgen kann es nicht fassen. Da sind sie durch den ganzen Sophienhof gewandert und keinen Schritt weitergekommen. »Ich regele das«, sagt Jürgen schließlich.

»Sach ich ja«, sagt Kalle. »Gute Verrichtung.« Damit ist er in der Menge verschwunden und lässt Jürgen vor dem Schaufenster mit Büchern zurück.

Kacke, denkt Jürgen auf dem Weg zum Parkhaus. In seinem Keller liegt ein Sack voll Geld, für den sich Wellenhaus und die Polizei gleichermaßen interessieren würden, wenn sie davon wüssten. Die Möglichkeit eines Briefs, in dem Jan alles ausplaudert, schwebt wie ein Damoklesschwert über ihm. Sabine ist nicht mehr gut auf ihn zu sprechen. Und jetzt hat Kalle ihm auch noch einen Mordauftrag aufs Auge gedrückt.

7

Jürgen sitzt und guckt. Das Plissee-Rollo hat er so positioniert, dass er zwar rausschauen, ihm aber niemand auf den Küchentisch gucken kann. Wenn er mit dem Hammer zuschlägt, kriegt das keiner mit. Die Plastikwanne ist mit Küchentüchern ausgelegt, um das Blut aufzufangen, der Hammer liegt griffbereit daneben. Und das Opfer zittert in Erwartung kommenden Schreckens mit seinen Schnurrhaaren. Von daher alles super vorbereitet.

Doch er selbst ist nicht vorbereitet. Er sitzt nur da und guckt. Und wird beguckt. Aufgerissene dunkle Augen starren ihn an, während kleine Pfoten hektisch versuchen, aus der Plastikwanne zu krabbeln. Vielleicht sollte er die Augen schließen und auf gut Glück zuschlagen. Immer wieder draufhauen, bis das Quieken aufhört und er sicher sein kann, dass nur noch Matsch in der Wanne liegt, den er zusammen mit dem Küchenpapier in den Mülleimer schmeißen kann. Bei diesem Gedanken wird ihm übel.

Nein, so nicht. Er hat sich den Goldhamster extra besorgt, um an ihm das Morden zu üben, damit er mental bereit ist, wenn es ans Umbringen von Wellenhaus geht. (»Wenn« bedeutet in diesem Fall eher »falls« als »sobald«.) Und nun stellt sich heraus, dass er gänzlich unfähig ist. Er schafft nicht mal einen Hamster.

Jürgen sitzt weiter und guckt. Vielleicht ist die Versuchsanordnung falsch. Er wird Wellenhaus schließlich nicht mit einem Hammer erschlagen, sondern wahrscheinlich abknallen. Was allerdings nicht ganz einfach werden wird – ohne Pistole. Die von Kalle will er sich nicht ausleihen. Nachher kriegt er noch die Schuppisache mit angehängt.

Er steht auf, geht an die Besteckschublade und greift nach dem großen Fleischmesser. Dann setzt er sich wieder vor die Plastikwanne und guckt. Der Hamster hat sich inzwischen einen der Sonnenblumenkerne gegriffen, die Jürgen zur Hamsterentspannung in die Wanne gelegt hat. Er sitzt auf den Hinterpfoten und macht Männchen, während er hastig den Kern in den Vorderpfoten dreht und beschnuppert. Als er sich auf den Rücken legt, die Hinterbeine locker seitlich baumeln lässt und den Kern verknuspelt, weiß Jürgen, er hat verloren. Niemals wird er den niedlichen kleinen Kerl erschlagen, erstechen, erdrosseln oder sonst wie umbringen können.

Ich hab das falsche Tier gekauft, denkt er. Ein kleiner Alligator wäre ein besseres Versuchsobjekt gewesen. Doch noch während er das denkt, weiß er, dass das nichts ändern würde. Er kann weder Hamster noch Alligatoren noch Wellenhäuser umbringen.

Ein Blick aus dem Fenster zeigt ihm, dass alles zu spät ist. Die Mütze von Felix taucht über dem Rand des Plissee-Rollos auf, und Sekunden später stehen er und Mia in der Küche.

»Oh Papa, ein Goldhamster«, sagt Mia und klettert aufgeregt auf den Küchenstuhl, um besser in die Plastikwanne sehen zu können.

»Ich kümmere mich aber nicht um ihn«, sagt Felix und sieht skeptisch auf Mia, Papa und den Hamster.

»Musste auch nicht«, sagt Mia, streckt die Hand aus und greift nach dem Hamster.

»Mir hat das Katzenklo gereicht«, sagt Felix.

»Der ist nicht für euch«, sagt Jürgen. Er sieht seine Kinder erstaunt an. Wieso sind die überhaupt schon da?

Felix hat seinen Schulranzen auf dem Rücken, Mia ihren kleinen Kita-Rucksack, die beiden sind also ganz normal wie jeden Tag nach Hause gekommen. Jürgen sieht auf die Uhr. Schon nach vier. Er hat über der Hamsterschau vollkommen die Zeit vergessen.

»Lukas und Leonie sind noch viel zu klein für Hamster«, sagt Felix. »Und Mia auch. Was sollen wir mit dem? Wir wollen eine Katze.«

»Darf er in meinem Zimmer wohnen?«, fragt Mia.

»Wofür sind denn der Hammer und das Messer?«, fragt Felix und hilft Mia aus dem Rucksack.

»Könnt ihr mal ruhig sein?«, schreit Jürgen auf einmal und haut mit der Hand auf den Tisch, dass sich der Hamster erschrocken unter dem Küchenpapier verkriecht.

So sind Kinder. Es interessiert Felix und Mia brennend, warum ihr Papa mit Plastikwanne, Hammer und Messer am Küchentisch hockt und es aussieht, als würde er mit Messer und Gabel vor einem Schüsselchen Hamster sitzen. Aber dass er eine Sonnenbrille aufhat und dass seine Lippe leicht schief hängt, das merken die beiden gar nicht, gucken ihn mit dem Arsch nicht an.

Es ist schon zehn Uhr abends, als die Kinder endlich im Bett sind. Mia ist jammernd eingeschlafen, weil sie den Hamster nicht in ihrem Zimmer haben darf. Felix hat klargestellt, dass die ganze Hamsterscheiße ohne ihn stattfindet, weil er sich nie, niemals um das Tier kümmern wird. Der Hamster ist immer noch in der Küche in seiner Plastikwanne, und Jürgen ist mit den Nerven am Ende.

8

Wenn schönes Wetter ist und die Sonne scheint, liegt man gern mal auf der Terrasse im Liegestuhl und liest ein gutes Buch. Das Wetter ist schön, die Sonne scheint, und Frau Heerten liegt auf der Terrasse. Ob sie ein gutes Buch liest, weiß ich nicht. Was heißt schließlich »gut«?

»Lies doch mal ein gutes Buch«, ist eine dieser aus der Zeit gefallenen Aufforderungen an die lieben Kleinen, die ursprünglich geäußert wurden, wenn man den Nachwuchs mal wieder beim Lesen von Jerry-Cotton- oder Perry-Rhodan-Heften erwischt hatte, noch dazu heimlich nach dem Schlafengehen mit der Taschenlampe unter der Bettdecke. Nicht eben selten zog der Vorschlag daher die zusätzliche Ermahnung nach sich, man werde sich bei dem Licht noch die Augen verderben. Heute wäre man als Elter froh, wenn sich die Kleinen überhaupt mit Lesen die Augen verdürben, anstatt sich auf Snapchat oder Instagram die Daumen platt zu drücken – von allem anderen mal abgesehen.

Frau Heerten liest ein Buch, das zwar gut ist – findet sie jedenfalls –, das man aber trotzdem ohne Probleme weglegen kann, wenn die Kinder kommen.

Felix und Mia quetschen sich von hinten durch die Gartenpforte, Mia mit Esmeralda im Arm, Felix hat seinen Mähdrescher dabei. Das Fahrwerk ist irgendwie verklemmt, und er hofft, dass Tante Heerten das richten kann. Groß sind seine Hoffnungen allerdings nicht, denn er hat schlechte Erfahrungen mit Frauen gemacht, wenn es um landwirtschaftliche Maschinen ging.

»Das ist Esmeralda«, sagt Mia und zeigt Frau Heerten, wie schön die Puppe auf dem Terrassentisch sitzen kann. Sie sitzt mit gespreizten Beinen und durchgedrückten Knien, weil in die Beine keine Gelenke eingebaut sind. »Bei Gisa kann man die Knie knicken«, erklärt Mia, »dafür kippt sie beim Sitzen sehr leicht um, weil sie aus Stoff ist.«

»Gisa ist Mias Schlafpuppe«, sagt Felix und stellt seinen Mähdrescher demonstrativ neben Esmeralda. Aber Tante Heerten hat nur Augen für Esmeraldas Sitzkünste. Hätte er sich ja denken können.

»Wir kriegen eine neue Mutter«, verkündet Mia.

»Ach«, sagt Frau Heerten und versucht, den Stich in ihrer Brust zu ignorieren.

»Das ist nicht unsere Mutter«, sagt Felix und rollt heftig mit seinem Mähdrescher über den Tisch, sodass Esmeralda umfällt. »Ich hätte sowieso lieber eine neue Katze.«

»Wo ist eure richtige Mutter eigentlich?«, fragt Frau Heerten.

»Weg«, antwortet Felix und sieht ungerührt zu, wie der Mähdrescher Esmeralda über die Tischkante schiebt.

»Mutti ist in Italien«, flüstert Mia, nachdem sie Esmeralda aufgefangen hat. »Da wohnt sie jetzt.« Sie krabbelt mit der Puppe auf Frau Heertens Schoß.

»Möchtest du für euch beide vielleicht ein Stück Schokolade aus der untersten Schublade in der Küche holen?«, fragt Frau Heerten und sieht Felix an.

»Ja«, sagt er, stellt seinen Mähdrescher zu Mia und Esmeralda auf Frau Heertens Schoß und läuft los.

Wie allgemein bekannt, macht Schokolade glücklich. Aber dass sie eine so überzeugende Wirkung hat, hätte Frau Heerten nicht gedacht. Die Kinder sitzen neben ihr auf zwei Stühlen, machen die ganze Tafel nieder und erzählen. Viel ist aus den beiden zwar nicht rauszukriegen, aber immerhin sind sie wieder fröhlich, und Frau Heerten erfährt jetzt, dass Mutti nicht nur für eine Weile, sondern für immer in Italien ist. »In irgend so 'nem Kuhdorf, hat Papa gemeint«, sagt Felix. Eine recht vage Angabe. Daran, dass sie nicht wiederkommt, hat Jürgen gegenüber den Kindern offenbar keinen Zweifel gelassen.

»Hast du uns noch lieb, wenn die anderen Kinder da sind?«, fragt Mia und verreibt einen Schokoladenfleck auf Esmeraldas Schürze.

»Welche anderen Kinder?«

»Na, deine«, sagt Felix.

»Meine Kinder kommen nicht«, sagt Frau Heerten. »Mein Sohn ist in den USA und Karin in Hamburg.«

»Ich mein doch die kleinen«, sagt Mia. »Deine Enkelkinder ziehen zu uns.«

»Mit Karin«, sagt Felix.

Jetzt braucht Frau Heerten auch Schokolade. Dringend. »Sieh doch mal in der Küche nach, ob ich noch mehr Tafeln habe«, sagt sie zu Felix. Dass sich die Kinder daran den Magen verderben könnten, ist ihr im Augenblick fast schon egal.

Felix kommt mit einer halb leeren Schachtel Weinbrandbohnen wieder, was Mia mit einem angewiderten »Igittigitt« kommentiert. Felix ist nicht ganz so krüsch und stopft sich drei davon in den Mund, bevor Frau Heerten ihm die Schachtel entreißen kann.

»Pukas und Peonie pommen«, sagt er kauend.

»Ach ...«, sagt Frau Heerten.

»Weißt du das nicht?«, fragt Mia.

Nein, das weiß Frau Heerten nicht. Weder von Karin, mit der seit ihrem denkwürdigen Besuch wieder Funkstille herrscht, noch von Jürgen. Mit dem hatte sie zwar eine Aussprache, nach der eigentlich alles zwischen ihnen geklärt sein sollte. Aber danach hat er sich noch nicht wieder zu ihr getraut. Frau Heerten weiß also nichts von absolut gar nichts.

»Jaha«, sagt Felix und verzieht den Mund, weil er die Weinbrandbohnen irgendwann auch runterschlucken muss und sich davor grault. »Lukas und Leonie werden unsere neuen Geschwister und Karin unsere neue Mutter.«

»Na, da freut ihr euch sicher«, sagt Frau Heerten bemüht heiter. Manchmal hat sie sich wirklich ganz großartig im Griff.

»Papa hat gesagt, dass du dich ganz doll freust, wenn deine Enkelkinder dann so dicht bei dir wohnen«, sagt Felix.

»Hast du uns immer noch lieb, auch wenn Lukas und Leonie hier sind?«, fragt Mia noch mal.

Frau Heerten schweigt. Sie muss das Ganze erst mal verdauen.

9

Es soll ja immer gut und richtig sein, wenn Eltern bei der Erziehung ihrer Kinder konsequent sind. Deshalb hat Jürgen auch konsequent darauf bestanden, dass der Hamster nicht für Kinderhände bestimmt ist. Ebenso konsequent hat Mia so lange geheult, bis Jürgen nachgegeben hat, weshalb der Hamster nun bei ihr im Zimmer schläft. Nur schlafen Hamster leider nicht. Zumindest nicht nachts. Entsprechend unausgeschlafen sitzt Mia jetzt über ihrem Müsli.

Ich muss sagen, der einzige konsequent Konsequente ist Felix. »Siehste, hab ich's nicht gesagt?«, sagt er, als er sich zu seiner völlig verpennten Schwester an den Küchentisch setzt.

Jürgen steht weiter vor dem Problem, vor dem bekanntlich die meisten Mörder stehen. Wohin mit der Leiche? In diesem Fall besonders schwierig, da die Leiche noch lebt. Putzmunter ist der Hamster, besonders nachts. Von Leiche keine Spur. Schon zweimal ist er ausgebüxt, hat für größten Stress gesorgt und den Familienfrieden ins Wanken gebracht. Zu dritt sind sie auf Knien unter Tisch und Bänke gekrabbelt, um ihn zu suchen. Mia hat geheult, Felix gezetert – ein ohrenbetäubender Lärm, und das noch vor dem Frühstück.

Gleich nachdem die Kinder zu Schule und Kita aufgebrochen sind, ruft Jürgen Kalle an und erklärt ihm die Misere mit dem Hamster. Nun gehört Kalle nicht zu der subtilen Sorte Mensch, die den Zusammenhang zwischen einem Hamster und einem Wellenhaus auf Anhieb kapiert. Vielleicht verstellt ihm auch die Wut über die nächste wegzuschmeißende SIM-Karte das Einfühlungsvermögen.

Kurze Zeit später steht er in Jürgens Tür. »Wo isser?«, fragt er knapp, schnappt sich den Hamster, steckt ihn in die Hosentasche und setzt sich auf den Küchenstuhl. Jürgen dreht sich der Magen um, aber er sagt nichts. Auch dich muss ich bitten, nichts zu sagen. Schließlich ist dies ein Krimi, da musst du es aushalten, wenn es einem Hamster mal ein bisschen eng wird. Ein bisschen sehr eng.

»Hör zu«, sagt Jürgen. »Ich werd Wellenhaus nicht umbringen. Ich kann das nicht mal bei einem Hamster. Ich kann es nicht und ich will es auch gar nicht. Ich geb ihm das Geld zurück, und dann können wir nur hoffen, dass er Ruhe gibt.«
Kalle nickt. »Kann sein, dass Wellenhaus Ruhe gibt. Aber dass *ich* keine Ruhe gebe, da kannst du sicher sein. Wenn du dem Kerl mein Geld gibst, stecke ich deine Kinder in meine andere Hosentasche, damit das mal klar ist.« Bei diesen Worten ruckelt Kalle mit dem Hintern auf dem Küchenstuhl hin und her, woraufhin das Quieken, das aus seiner Tasche zu hören war, langsam erstirbt.

Im Gegensatz zu Kalle gehört Jürgen zu der etwas subtileren Sorte Mensch. Er kapiert sofort, was Kalle ihm sagen will. Durch Jans Tod ist ihm jedoch eine Idee gekommen, wie er Kalle in den Griff kriegen kann.

»Ich habe einen Brief bei einem Notar hinterlegt«, sagt er. »Wenn mir oder meinen Kindern was passieren sollte, geht der Brief an die Polizei. Ist nicht böse gemeint. Nur damit du nicht in Versuchung gerätst.«

»Aha«, sagt Kalle und steht auf. »Dies ist auch nicht bös gemeint.« Er holt den Hamsterrest aus seiner Hosentasche, klatscht ihn Jürgen auf den Tisch und geht.

10

Mit dem Entsorgen der Hamsterleiche macht Jürgen keine großen Umstände. Er hat nicht viel Zeit, die Kinder kommen bald nach Hause, und bis dahin muss er sich noch überlegen, was er ihnen sagen will. Bisher ist er nur bis »Der ist weggelaufen« gekommen, was allerdings eine groß angelegte Suchaktion seitens Mia nach sich ziehen wird. Er denkt mit Schrecken an den ganzen Aggewars, den Mia wegen Maunzi gemacht hat. Wahrscheinlich muss er Tausende von Zetteln drucken: »Wer hat unseren Goldhamster gesehen?«

Für so was hat er nun wirklich keine Zeit. Er muss sich ganz auf das Projekt Wellenhaus konzentrieren. Wie sagt man einem Mann, dem man fast anderthalb Millionen geklaut hat, dass man ihm davon etwas unter einer Million wiedergeben will, damit er einem nichts tut? Vor allem, wie bringt man ihm bei, dass er die Differenz nie wiedersehen wird und dass er einem trotzdem nichts tun soll? Jürgen muss ihm ein Angebot machen, das er nicht ablehnen kann, wie es in gewissen Kreisen so schön heißt. Aber welches? Das Zuckerbrot hat Jürgen. Wo ist die Peitsche?

Als die Kinder am Ende dieses aufregenden Tages mit dem überaus aufregenden Verlust des Hamsters endlich im Bett sind, greift Jürgen zum Telefonhörer. Er überlegt noch kurz, ob er die Rufnummernunterdrückung einschalten und seine Stimme verstellen soll, doch das ist zwecklos. Außerdem hat er inzwischen eine andere Waffe.

»Ja«, meldet sich Wellenhaus.

»Guten Abend«, sagt Jürgen. »Hier ist Jürgen Wagner. Ich habe vor etwas mehr als drei Jahren zusammen mit drei Kumpels Ihren Tresor ausgeräumt. Nun möchte ich Ihnen Ihr Geld gern wiedergeben.«

Jetzt weiß ich natürlich nicht, was du denkst, aber ich finde, so viel Offenheit macht sprachlos. Ich jedenfalls bin sprachlos, und auch Wellenhaus sagt nichts.

»Sind Sie noch dran?«, fragt Jürgen.

»Ja«, sagt Wellenhaus. Mehr sagt er nicht, was mich nicht besonders wundert. Schließlich könnte sich sonst wer als Jürgen Wagner ausgeben, um ihn zu dem Geständnis zu verleiten, dass er mal haufenweise Schwarzgeld gebunkert hatte. Da ist Vorsicht geboten. »Was wollen Sie?«, fragt er scharf.

»Ich will Ihnen Ihr Geld wiedergeben.«

»Schön«, sagt Wellenhaus. »Wenn Sie mir Geld geben wollen, kommen Sie morgen Vormittag in mein Büro und bringen Sie es mir. Schönen Abend noch.«

Dann hört Jürgen nur noch ein *Knack*. Wellenhaus hat aufgelegt. Er wählt erneut Wellenhaus' Nummer.

»Ist noch was?« Wellenhaus kann sehr ungehalten wirken, wenn er will.

»Das Geld ist natürlich nicht umsonst«, sagt Jürgen.

»Soll ich Ihnen dafür von meinen Arbeitern die Einfahrt neu pflastern lassen?«

»Nein. Ich will dafür die Garantie, dass Sie mir und meiner Familie nichts tun.«

»Hören Sie. Was soll der ganze Unsinn? Ich bin gerade mitten im spannendsten Science-Fiction, den ich seit Langem gesehen habe. Sie stören – und zwar mächtig. Sollten Sie mich weiter belästigen, schalte ich die Polizei ein. Guten Abend.«

Knack. Aufgelegt.

Jürgen guckt erstaunt auf den Telefonhörer, schüttelt ihn sogar ein wenig, bevor er schließlich auflegt. Das hatte er nicht erwartet, obwohl ich sagen muss, dass Wellenhaus' Reaktion im Grunde das Normalste von der Welt ist. Was würdest du denn tun, wenn dich mitten im Fernsehabend einer anruft und sagt, dass er dir Geld geben will, wenn du dafür ihn und seine Kinder in Ruhe lässt? Da würdest du doch auch glauben, das ist ein Spinner, und mit der Polizei drohen. Das ist ganz normal. Nur hätte Jürgen eben nicht gedacht, dass Wellenhaus so normal ist.

Ist er auch nicht.

Kaum zehn Minuten später klopft es an Jürgens Terrassentür. Im ersten Moment wundert sich Jürgen noch, dass Wellenhaus weiß, wo er wohnt. Doch dann erinnert ihn sein vermanschtes Auge an die beiden Schlägertypen, und er weiß Bescheid.

Komm vors Haus, sagt Wellenhaus' Handbewegung, wir machen eine Spritztour. So zumindest interpretiert Jürgen die Geste, mit der Wellenhaus ihm zuwinkt und dann ein imaginäres Lenkrad dreht.

Ich weiß, du würdest einen Teufel tun und dich zu Wellenhaus ins Auto setzen. Aber du bist auch nicht von seinen Bodys zusammengeschlagen worden und denkst dir, dass ein einzelner Wellenhaus kaum so schlimm sein kann wie die doppelte Anzahl seiner Schläger. Jürgen schnappt sich seine Schlüssel, zieht die Haustür hinter sich zu und steigt zu Wellenhaus ins Auto.

»Ich muss aber gleich wieder nach Hause«, sagt er, während sie durch Suchsdorf rollen. »Die Kinder schlafen. Wenn sie aufwachen und –«

»Liegt ganz bei dir, Herr Wagner, wie schnell wir hier fertig sind«, sagt Wellenhaus und biegt in die schlecht beleuchtete Ostseestraße am Rungholtplatz ein. »Dann schieß mal los«, sagt er, während er anhält.

Jürgen wiederholt noch mal, dass Wellenhaus das Geld, das sie damals aus seinem Tresor geklaut haben, wiederbekommen soll. »Das gesamte Geld bis auf paar Euros.« Wenn … ja, wenn Wellenhaus im Gegenzug garantiere, dass er alles vergesse und Jürgen und seiner Familie nichts zustoße, vor allem nicht so was wie Kurt und Jan, Gott hab sie selig, oder der armen Maunzi, von der Jürgen nun ebenfalls glaubt, dass Wellenhaus sie auf dem Gewissen hat, quasi als erste Warnung: Schau her, mit wem du dich angelegt hast. Kennt man ja zur Genüge aus einschlägigen Hollywoodfilmen.

»Und welche Art von Garantie schwebt dir vor?«

»Mir reicht Ihr Ehrenwort«, sagt Jürgen.

»Tatsächlich?«, fragt Wellenhaus. Man kann ihm seine Verwunderung kaum verdenken. Schließlich stehen bei uns Schleswig-Holsteinern Ehrenworte seit Uwe Barschel nicht mehr besonders hoch im Kurs. »Habe ich dich jetzt richtig verstanden, Herr Wagner? Du glaubst, ich hätte Kurt Bley und deine Katze töten lassen und irgendeinen Jan Sowieso? Und dann hätte ich dir meine Leibwächter auf den Hals gehetzt? Und nun willst du mir mein Geld wiedergeben, wenn ich verspreche, dich und deine Familie nicht auch noch umzubringen?«

Jürgen nickt.

»Okay«, sagt Wellenhaus. »Ich verspreche es. Du hast mein Ehrenwort. Und nun her mit dem Geld.«

»Da fällt mir ein Stein vom Herzen«, sagt Jürgen und hofft, dass sein schüchternes Lächeln trotz der schlechten Beleuchtung einigermaßen gekonnt rüberkommt. »Ich hatte schon befürchtet, ich müsste …«

»Müsste was?« Wellenhaus zieht eine Augenbraue hoch.

»… ich müsste Ihnen sagen, dass ich einen Freund beim Finanzamt habe.«

»Freunde sind immer gut«, sagt Wellenhaus trocken.

»Ja«, nickt Jürgen, »besonders beim Finanzamt, Abteilung Bauvorhaben.« Er versucht, noch schüchterner zu lächeln.

»Und wer garantiert, dass dein Freund stillhält, Herr Wagner?«

»Darauf gebe ich Ihnen mein Ehrenwort«, sagt Jürgen und grinst.

Verächtlich zieht Wellenhaus seine Mundwinkel hoch. »Witzig, sehr witzig.« Doch dann scheint er über die Sache nachzudenken. »Pass auf«, sagt er schließlich. »Übermorgen, am Sonntag, ist keiner auf der Baustelle. Punkt zwölf kommst du zu mir auf die Brücke, gibst mir das Geld und haust wieder ab. Ich werde allein sein und du wirst allein sein. Sollte dir irgendwas Schräges einfallen, lasse ich Body und Guard von der Leine. Wie ich sehe, haben sie schon mal ein bisschen an dir geübt. Nach ihrem zweiten Besuch erkennen dich selbst deine Kinder nicht mehr wieder.«

Jürgen nickt. »Okay. Wenn Sie mich dann bitte jetzt nach Hause fahren würden? Sonst bin ich so lange weg, dass sie mich auch ohne Ihre Bodyguards nicht mehr wiedererkennen.«

Sie sind vor Jürgens Haus, und Jürgen ist schon ausgestiegen, da kommt Wellenhaus eine Idee: »Warte«, ruft er, »wir machen das anders. Du kommst nicht selbst mit dem Geld, sondern schickst deine Frau.«

»Okay«, sagt Jürgen und läuft schnell ins Haus. Durchs Fenster hat er einen Lichtschein gesehen. Wahrscheinlich sitzen die Kinder schon heulend auf der Treppe.

Erst als er sich vergewissert hat, dass alles in Ordnung ist und die Kinder schlafend in ihren Betten liegen, fällt es ihm ein: Er hat ja gar keine Frau mehr.

11

Frau Heerten steht vorm Spiegel und macht sich hübsch, dreht mit dem Lockenstab an ihren Haaren rum, tupft Make-up auf ihren blöden braunen Fleck seitlich am Kinn (beim ersten Altersfleck machen Frauen noch Gewese, das gibt sich nach dem zehnten) und rubbelt die Zähne, die leider auch nicht mehr so weiß sind wie früher.

Nanu, denkst du jetzt vielleicht. Wird Horst erwartet, um sich doch noch seine Belohnung abzuholen? Aber warum solch ein Aufwand für einen, der deutlich mehr Altersflecken hat und obendrein bisher nicht erwünscht war.

Alles richtig, was du denkst, denn es ist nicht Horst. Erwartet wird Jürgen.

Endlich klingelt es. Jürgen steht vor der Tür – mit Sonnenbrille.

»Schick«, sagt Frau Heerten, »aber ist die noch nötig um diese Uhrzeit?«

»Ja.« Jürgen hebt die Brille an, damit sie sehen kann, was darunter ist. Aha, all ihre Liebesmüh vor dem Spiegel war völlig umsonst. Er kann nur noch mit maximal einem Auge gucken – das andere ist total dicht –, und dieses eine ist auch nicht gänzlich unbeschadet.

»Meine Güte, was ist denn mit dir passiert?«

»Lass mich erst mal rein«, sagt Jürgen, schiebt sie beiseite und zieht schnell die Tür hinter sich zu. »Muss ja nicht jeder sehn, dass ich zu dir komme.«

Was denkt eine Frau, wenn ihr Ex-Lover und jetziger Tochter-Lover so demoliert bei ihr erscheint? Du musst zugeben, da sind den Spekulationen Tor und Tür geöffnet: Dass der Gatte der Tochter zugeschlagen hat, ist natürlich die erste Wahl, dicht darauf die Hoffnung, dass es sogar die Tochter gewesen sein könnte, die mal kräftig ausgeholt hat. Vielleicht ist es aber auch nur die allseits beliebte Schranktür, gegen die Jürgen aus Versehen gelaufen ist. Doch warum soll keiner mitkriegen, dass Jürgen sie besucht? Es muss also irgendwas mit seiner neuen

Liebe zu tun haben. Frau Heerten fühlt Oberwasser in sich aufsteigen.

»Kann ich dir irgendwie helfen? Vielleicht mit einem Kamillentee?«

Kamillentee ist zwar heute als Heilmittel etwas aus der Mode gekommen – und das ist gut so, wenn du mich fragst –, wird aber immer wieder gern angeboten. Bei Bauchgrimmen zum Beispiel zur inwendigen Anwendung. Schmeckt scheußlich, sodass man schon aus Angst davor schnell wieder gesund wird. Bei Schnupfen als Dampfbad – nicht wirklich angenehm. Oder bei Wunden, auch irgendwie nutzlos. Ich nehme immer Tabletten und Salben nach Anweisung des Beipackzettels und frage meinen Arzt oder Apotheker. Das lässt die Pharmazie und die heimische Wirtschaft florieren.

»Ja, du kannst mir helfen. Darf ich mich erst mal setzen?«, fragt er und nimmt die Brille ab.

Sie gehen ins Wohnzimmer, Jürgen steuert auf die Sitzgarnitur zu. Frau Heerten setzt sich neben ihn aufs Sofa. Er holt zwei Bilder aus seiner Brusttasche und legt sie auf den Couchtisch. Lukas und Leonie, beides Großaufnahmen neuesten Datums und ohne Zweifel in Jürgens Garten aufgenommen.

»Süß«, sagt Frau Heerten und betrachtet liebevoll die beiden Bilder.

»Wum und Mainzelmännchen haben ausgedient, findest du nicht?«

Jürgen steht auf, holt einen Cutter aus der anderen Brusttasche und die beiden Bilderrahmen vom Büfett. Er zieht die »Welt der Frau« aus der Ablage unterhalb des Couchtischs und legt sie unter die beiden Fotos – ritsch, ratsch sind Lukas und Leonie in Form geschnitten. Meghan und Harry, die auf der Titelseite prangen, bekommen dadurch etliche unangenehme Schnitte ins Gesicht. Aus den Silberrahmen lächeln dafür jetzt zwei niedliche Enkel ihrer Großmutter entgegen.

»Und hier ist noch etwas, damit du auch meine beiden nicht ganz vergisst.« Jürgen holt einen ganz kleinen Silberrahmen aus der Brusttasche – diesmal wieder aus der einen, nicht aus der anderen – und stellt Felix und Mia neben die ehemaligen Wum und Mainzelmännchen. »Meinst du, du könntest dich mit dem neuen Arrangement anfreunden?«

»Welches neue Arrangement meinst du genau?«

Ja, Frauen können richtig gemein sein. Du natürlich nicht, erst recht, wenn du keine Frau bist. Aber Frau Heerten schon. Ob es sich lediglich um ein neues Arrangement auf dem Heerten'schen Büfett handelt oder um das völlige Umkrempeln des Jürgen'schen Haushalts- und Liebeslebens, das soll er ihr bitte schön ins Gesicht sagen. In Klören und Plören, egal wie unangenehm es für ihn sein mag. Dabei wird sie ihm kein bisschen helfen, auch wenn sie alles schon von Felix und Mia erzählt bekommen hat und er mit seinem schief geschlagenen Gesicht erbarmungswürdig aussieht.

Damit neben der seelischen Unbill, die sie Jürgen damit bereitet, auch die körperliche Seite nicht zu kurz kommt, brüht sie ihm noch schnell einen Kamillentee auf, den er mit angewidert verzerrtem Gesicht – soweit es seine Blessuren zulassen – runterwürgt.

»Und was willst du wirklich von mir?«, fragt sie, als er mit dem Kamillentee und seiner Beichte, dass Karin und er mit den vier Kindern in seinem Haus zusammenleben wollen, fertig ist.

»Wellenhaus' Leute haben mich zusammengeschlagen.«

»Ach«, sagt Frau Heerten. »Ich dachte, Christian hätte dir das Veilchen gehauen. Grund genug hätte er.«

»Leider nicht.«

»Du findest nicht, dass er Grund genug hätte, dich nach Strich und Faden zu vermöbeln?«

»Doch – vielleicht. Oder besser gesagt: Ich kann das nicht beurteilen. Aber es wäre mir allemal lieber, wenn er es gewesen wäre, der mich so zugerichtet hat. Hat er aber nicht.«

»Wer denn dann?«

Langsam rückt Jürgen mit dem raus, was er von Frau Heerten will. »Ich schulde jemandem Geld, und wenn ich es ihm nicht zurückgebe … vielleicht tut er Felix und Mia was. Wenn es um sein Geld geht, versteht der keinen Spaß. Maunzi hat er schon auf dem Gewissen.«

»Ach …«, sagt Frau Heerten. Was soll sie auch sonst sagen? »Du spinnst«, könnte sie sagen, »deine Katze habe ich auf dem Gewissen.« Aber das lässt sie lieber bleiben.

»Jetzt ziehen deine Enkel zu mir. Damit sind auch sie in Gefahr.«

»Dann gib ihm sein Geld einfach zurück, und ihr habt eure Ruhe.«

Jürgen nickt. »Will ich ja, aber er sagt, es soll eine Frau sein, die es ihm zurückgibt. Würdest du das übernehmen? Für mich? Und für deine beiden Kleinen?«

Frau Heerten sieht ihn erstaunt an. »Warum eine Frau? Es kann ihm doch egal sein, wer ihm das Geld in die Hand drückt.«

»Zum In-die-Hand-Drücken ist es etwas zu viel.«

»Ach …«, sagt Frau Heerten.

Die Übergabe

1

Wellenhaus tritt aus seinem Baucontainer. Er ist an diesem denkwürdigen Sonntag, an dem er sein Geld wiederkriegen soll, extra früh gekommen, will noch mal das Terrain für die Übergabe sondieren und bei der Gelegenheit auch gleich ungestört einen Blick auf den Stand der Bauarbeiten werfen. So ist das nämlich: Ein Unternehmer unternimmt ständig, genauso wie ein Beamter immer im Dienst ist.

Er sieht zur Uhr. Noch eine halbe Stunde, dann hat er es wieder. Ein wenig komisch ist ihm schon. Merkwürdig. Damals vor drei Jahren, da hätte er platzen können vor Wut. Das Geld futsch und den Ruhesitz auf Teneriffa konnte er knicken. Und nun? Gerade rückt der Ruhesitz wieder in greifbare Nähe. Aber fühlt er Freude? Nein. Seit dem Unfall von Bea und dem Jungen ist ihm irgendwie alles egal.

Er sieht prüfend auf die sauber verflochtenen Bewehrungsmatten. Alles okay. Montag kommt der Beton, und dann dauert es nicht mehr lange, bis die Vollsperrung der Brücke wieder aufgehoben werden kann.

Er lässt seinen Blick über die breiten schmiedeeisernen Bögen wandern. Dies hier ist nur der erste Bauabschnitt, um das südliche Widerlager als Winterquartier für die Fledermäuse zu erhalten. Spätestens in drei Jahren ist die gesamte Brücke weggehauen. Ein Jammer so was.

Recht hat er, es ist ein Jammer. Aber so eine Brücke hält nun mal nur bummelig hundert Jahre, dann ist sie hin. Die Alte Levensauer ist jetzt schon hundertfünfundzwanzig Jahre alt und damit mehr als hin. Und nicht nur das: Der Kanal ist zu schmal. Gründe genug, die Alte Levensauer zu erneuern.

1894 wurde sie gebaut. Von Kaiser Wilhelm. Sagt man so: vom Kaiser erbaut. Mit ein wenig Phantasie siehst du förmlich, wie Wilhelm sich den Schweiß unter der Krone wegwischt, während er Schippe und Spaten schwingt. Kaiser Wilhelm hat die Levensauer Hochbrücke natürlich nicht selbst gebaut, er hat sie nicht mal selbst bezahlt. Er hat dafür gesorgt, dass der Kaiser-Wilhelm-Kanal, der heute Nordostseekanal heißt, gebaut wurde. Ein mächtiges Verkehrshindernis, das Familien, Dörfer und Gemeinden auseinanderriss. Damit der Verkehr durch Schleswig-Holstein erhalten blieb, Hausfrauen weiterhin das gute Brot vom Bäcker nebenan kaufen und der Enkel weiterhin die Omi besuchen konnte, die jetzt genau wie der Bäcker auf dem jenseitigen Kanalufer wohnte, wurden Brücken gebaut und Fähren eingesetzt.

Bis auf die Hochbrücke bei Grünental gab es anfangs nur Drehbrücken über den Kanal. Auch die Levensauer Brücke war ursprünglich als Drehbrücke geplant, bis der Baumeister Karl Löwe auf die schlechte Einsehbarkeit an dieser Stelle aufmerksam machte.

»Lieber Herr Kaiser«, hat er gesagt, »wenn Ihr mit einem Eurer Kriegsschiffe bei Altwittenbek um die Ecke biegt, möchte es für die Brückenwärter knapp werden, die Brücke rechtzeitig zu drehen. Und wenn dann noch was klemmt, war's das. Schiff kaputt, Brücke kaputt. Dann findet der Krieg ohne Euch statt.«

Ein Krieg ohne Seine Majestät muss Seine Majestät derart erschreckt haben, dass er flugs in die Portokasse griff, um für zwei Komma drei Millionen Mark die alte Levensauer Hochbrücke zu bauen. Ein Schnäppchen geradezu, wenn man bedenkt, dass für die neue Alte knapp siebzig Millionen veranschlagt werden – mit Luft nach oben. Aber damals gab's ja auch ein Brötchen für knapp fünf Pfennig.

Den Rest der notwendigen Kanalüberführungen erledigten Fähren – mit der Auflage, dass eine Fährfahrt nichts kosten darf. Diese Bestimmung gilt bis heute. Jetzt weißt du, wieso du immer noch alle Fähren für umsonst benutzen darfst. Hast du dem alten Kaiser Wilhelm zu verdanken, den man einem

Lied zufolge eigentlich gern wiederhaben möchte. Allerdings den mit dem Bart. Und nicht Wilhelm Zwo.

Die Fährfahrten über den Kanal waren also alle umsonst. Mit einer Ausnahme, und das war die kleine Holtenauer an der Schleuse. Bei ihr wurde der ungemütliche Schlepper bald durch eine überdachte Fähre ersetzt, wofür der überführende Gast dann schon mal zweieinhalb Pfennig Komfortzuschlag hinblättern musste. Nur hin natürlich. Für zurück wurden wieder zweieinhalb Pfennige fällig. Lästig so was, vor allem für den Geldeinsammler. Deshalb kannst du den Kanal an der Schleuse heute auch wieder umsonst überführen. Gott sei Dank, wenn man bedenkt, dass Überlegungen im Schwange sind, das Kupfergeld ganz einzustampfen.

Wieder sieht Wellenhaus zur Uhr. Jetzt müsste die Lady bald kommen. Gute Idee von ihm, dass es eine Frau sein soll, die das Geld bringt. Von einer Frau geht keine Gefahr aus. Denkt er. Ist im Prinzip ja auch richtig, solange sie unbewaffnet ist – und nicht mit ihm verheiratet.

Für eine Frau sieht die Sache natürlich ganz anders aus. Ein Mann kann einer Frau auch gänzlich unbewaffnet und völlig unverheiratet gefährlich werden. Beinah möchte ich sagen: je unverheirateter, desto gefährlicher. Obwohl – wenn ich an die vielen erweiterten Suizide denke, wo der Gatte die Gattin gleich mit umbringt …

Warum hat Wellenhaus eigentlich nicht Body und Guard an seiner Seite, wenn er so viel Schiss hat? Ja eben. Er will sich nicht unbedingt über die Schulter sehen lassen, wenn er das viele Geld einsackt. Und von zwei schweren Jungs schon gar nicht.

2

»Wir kommen mit«, sagt Mia und kullert lustig mit den Augen.

»Nein«, sagt Frau Heerten.

So weit kommt's noch. Als sie noch dachte, es würde sich um einen Kleckerbetrag handeln, den sie übergeben soll, war sie nicht besonders ängstlich. Im Gegenteil, es hatte sich gut angefühlt, dass Jürgen *sie* darum bat und nicht Karin. Doch jetzt ist ihr schon etwas mulmig. Dann noch zwei kleine Kinder an den Hacken – total ausgeschlossen! Es reicht völlig, wenn sie sich in Gefahr bringt. Im Grunde ist das Ganze ein Wahnsinn, aber sie hat Jürgen nun mal versprochen, dem Wellenhaus das Geld zu bringen.

Je mehr sie darüber nachdenkt, desto ängstlicher wird sie. Sie muss wirklich von allen guten Geistern verlassen gewesen sein, als sie »Okay, ich mach's« gesagt hat. Aber nun ist es zu spät für einen Rückzieher und auch, darüber nachzudenken, ob es immer noch Liebe gewesen sein könnte, die sie so blind gemacht hat.

Eine knappe Million ist kein Pappenstiel, schon rein vom Gewicht her, selbst wenn sie bereits etwas angeknabbert ist.

»Hast du keinen Rollkoffer oder so was?«, fragt sie Jürgen.

»Nee«, sagt Jürgen, »nur den alten Buggy von Mia. Der muss noch irgendwo im Keller sein.«

»Na, dann dürfen wir natürlich mit. Ist ja meiner.« Wieder kullert Mia mit den Augen, diesmal nicht mehr ganz so lustig.

»Nein«, sagt Frau Heerten.

Um zehn vor zwölf ist alles in ihrem Wagen verstaut. Sie rechnet mit fünf Minuten bis hoch zur Alten Levensauer, da ist sie gut in der Zeit.

Doch sie hat die Rechnung ohne den Wirt gemacht beziehungsweise ohne das Straßenverkehrsamt. Gemäß dessen Anweisung musste Wellenhaus nicht nur die Brücke, sondern ebenso die gesamte Zufahrtsrampe sperren. Ist ja auch sinnvoll. Was sollen die Autos bis nach oben fahren, wenn sie dann doch wieder umkehren müssen?

Für Frau Heerten ist es nicht ganz so sinnvoll. Natürlich könnte sie sich mit dem Auto an dem runden weißen Verbotsschild mit dem roten Rand vorbeischlängeln und die Hinweisschilder »Brückenzufahrt gesperrt« und »Eltern haften für ihre

Kinder« einfach ignorieren. Doch sie ist eine gute Deutsche. Verbotenes ist nicht erlaubt, also macht sie das auch nicht.

Sie parkt am Anfang der Zufahrtsrampe und schiebt den Buggy zu Fuß die Steigung hinauf. Die Alte Levensauer biegt sich in einer Höhe von zweiundvierzig Metern über den Kanal – wie alle anderen Kanalbrücken auch. Mit mäßiger Steigung, damit auch dicke Laster bei Schnee und Eis auf der einen Seite locker hochkommen und auf der anderen Seite nicht ungebremst mit einem Affenzahn wieder runterrutschen. Solche Rampen brauchen viel Platz – entsprechend der bekannten Regel: je höher, desto länger.

Die Südrampe der Alten Levensauer windet sich in elegantem Bogen vom Rungholtplatz über eine Länge von fast einem Kilometer langsam nach oben.

Und Frau Heerten windet sich mit ihr.

Wir Schleswig-Holsteiner sind Steigungen nicht gewöhnt. Es ist bei uns zwar nicht so platt wie in Ostfriesland, wo man schon montags sieht, wer Mittwoch zum Essen kommt. Doch diese Straße geht mäßig, aber stetig bergan, und Frau Heerten geht mäßig, aber stetig die Puste aus.

Deshalb können Felix und Mia ihr locker folgen. Sie haben sich mit den Worten »Wir gehen zum Spielplatz am Amrumring« fröhlich von Jürgen verabschiedet und sind harmlos die Straße langgehopst, bis ihr Vater sie nicht mehr sehen konnte. Dann haben sie eine schärfere Gangart eingelegt, und nun schleichen sie seitlich der Leitplanke im Gebüsch hinter Tante Heerten her.

Inzwischen ist es zehn nach zwölf, wie Wellenhaus oben auf der Brücke mit einiger Unruhe feststellt. Er hält Ausschau nach der Geldtransporterin, kann sie aber nicht sehen, obwohl sie schon lange um die Kurve rum und auf der Zielgeraden ist. Die Rampe krümmt sich nämlich nicht nur vertikal, sondern auch horizontal der Brücke entgegen. Er wird also zuerst ihren Kopf sehen. Wie bei Segelschiffen, von denen zuerst die Mastspitze am Horizont auftaucht, was manche Leute früher in dem Verdacht bestärkt hatte, die Erde könnte vielleicht doch keine Scheibe sein.

»Was machen wir denn, wenn wir oben sind?«, fragt Felix, der plötzlich vor Frau Heerten steht, weil ihm das Hinterherschleichen zu langweilig geworden ist. Jetzt bricht auch Mia aus dem Gebüsch hervor und baut sich neben ihm auf. Frau Heerten sieht die Kinder und ist entsetzt. »Meine Güte, was wollt ihr denn hier? Ich hab euch doch gesagt ...« Ihr fällt dazu nichts mehr ein. »Weg hier, ab nach unten!« Die letzten Worte schreit sie fast, aufgeregt, wie sie ist.

»Wir wollen aber mitgehen«, sagt Mia mit fester Stimme. »Von da oben ist alles ganz weit und schön, und man kann auf die Schiffe spucken.«

Das stimmt. Die Aussicht ist tatsächlich phantastisch. Das mit dem Spucken wird allerdings nicht leicht, selbst wenn gerade ein Schiff unter der Brücke durchfahren sollte, was unwahrscheinlich ist, obwohl der Kanal zu den meistbefahrenen künstlichen Wasserstraßen gehört. Trotzdem wäre das Geländer für die Kinder zu hoch. Sogar Erwachsene haben Schwierigkeiten, über die Brüstung zu spucken. Das muss man wirklich richtig wollen. Ungefähr einmal im Monat will einer. Der will dann aber auch gleich hinter seiner Spucke her – ein letztes Mal, denn Wasser ist bei einem Sturz aus dieser Höhe hart wie Beton.

»Verdammt noch mal«, schreit Frau Heerten, »haut endlich ab, geht zurück nach Hause. Sonst setzt es was, und zwar nicht zu knapp.«

Die beiden Kinder zucken zusammen und starren ihre Adoptiv-Omi an. So heftig ist sie noch nie geworden.

Da kannst du mal sehen, wie fertig Frau Heerten mit ihren Nerven ist, dass sie den Kindern sogar mit Schlägen droht. Neben allem, was du vielleicht persönlich darüber denkst, ist es seit dem Jahr 2000 gemäß Paragraf 1631 BGB verboten, Kindern auch nur einen Klaps auf den Hintern zu geben. Den eigenen nicht und fremden schon gar nicht. Selbst der Europarat mischt sich inzwischen in die privatesten Erziehungsangelegenheiten seiner Mitbürgerinnen und Mitbürger ein und gebietet nun auch Frankreich, seine »fessée« oder die »petit claques« einzustellen.

Doch die Kinder denken nicht daran, den Rückweg anzutreten. Erschrocken klammern sie sich an Frau Heerten. So sind Kinder. Je größer die Gefahr, desto offensiver suchen sie Schutz. Auch und gerade bei dem, der sie wegjagen will. Frau Heerten schlägt das Herz bis zum Hals. Was ist das für ein Mann, der sie da oben auf der Brücke in seinem Baucontainer erwartet? Wird es sein Herz milde stimmen, wenn ihm eine ältere Frau mit zwei kleinen Kindern an der Hand die Reste seines Geldes zurückgibt? Oder wird er sie zusammenschlagen, die Kinder fesseln, knebeln und über das Geländer schmeißen oder sonst was tun, das sie diesen Gang bis zum Rest ihres Lebens bereuen lässt?

Endlich hat sie die eigentliche Brücke erreicht und sieht den Baucontainer, vor dem Wellenhaus auf sie wartet. Noch wäre es Zeit umzukehren. Doch sie schiebt den Buggy weiter, hin zu dem großen, schweren Mann, der ihr jetzt entgegenkommt. Wellenhaus. Wuchtig, mächtig steht er vor ihr. »Was soll das? Was machen die Kinder hier?«

»Wir bringen Ihnen Ihr Geld zurück«, sagt Frau Heerten und wird noch kleiner, als sie ohnehin schon ist.

Wellenhaus starrt auf die Kinder und sagt nichts.

»Herr Wagner hofft, dass Sie –« Weiter kommt Frau Heerten nicht, denn plötzlich reißt Felix sich von ihr los.

»Maunzi, da ist ja Maunzi!« Behände springt er über die frei liegenden Bewehrungsmatten und verschwindet hinter einem großen Haufen Sand.

»Felix«, schreit Frau Heerten, und ihre Stimme zittert, »komm zurück.«

Doch Felix kommt nicht.

»Komm zurück, Bengel«, schreit jetzt auch Wellenhaus. Er sprintet hinter dem Jungen her und verschwindet ebenfalls hinter dem Sandhaufen.

Wie gelähmt starrt Frau Heerten auf den Sand, hält Mia noch fester und unterdrückt den Impuls, Felix nachzurennen. Sie sieht nichts, hört nichts, spürt nur, wie Mia sich in ihren Armen windet. Doch sie hält das Mädchen fest umklammert, um wenigstens fünfzig Prozent von Jürgens Kindern wieder heil nach Hause zu bringen.

Sie hört den Wind nicht, der hier oben unerwartet mächtig braust und ihr die Haare ins Gesicht weht. Ihr Blick ist wie erstarrt. Kein Wimpernschlag. Ihre Augen fangen an zu tränen. Dann ein Schrei. Weiter nichts.

Warum ist Wellenhaus Felix nachgerannt?, überlegt Frau Heerten. Hat er ihn zerquetscht wie eine lästige Fliege? Sie sieht im Geiste, wie der massige Mann den kleinen Jungen erschlägt, an den Füßen hochhebt und in den Kanal schleudert. Ihre Beine drohen unter ihr wegzusacken. Da hört sie Zweige knacken. Jemand quält sich die Böschung hoch. Sand knirscht. Felix' Kopf taucht über dem Sandhaufen auf. Er ist käseweiß. Der Junge stolpert über die Bewehrungsmatten zurück zu Frau Heerten und patscht Mia auf die Schulter. Seine leise Stimme zittert.

»War doch nicht Maunzi.«

3

Es ist immer befremdlich, wenn die einstige Geliebte völlig verstört mit zwei noch verstörteren Kindern samt einer Schubkarre voll Geld in der Tür steht. Und wenn die Schubkarre ein Buggy ist, macht das die Sache nur unwesentlich besser. Noch befremdlicher ist es, wenn dir alle drei nicht sagen können, wieso das Geld noch da, aber der, dem sie es geben sollten, weg ist.

Da kann Jürgen noch so oft fragen, was denn um Himmels willen passiert ist, aus niemandem ist etwas rauszukriegen. Mia plappert zwar unaufhörlich, redet und redet, sagt aber nichts, womit Jürgen was anfangen kann. Oder denkst du, dass »Maunzi war doch nicht da« und »Der große Mann ist weggelaufen« oder »Tante Heerten war ganz böse mit uns« Licht in sein Dunkel bringen können? Nicht wirklich, oder?

»Nun sag *du* doch endlich, was los war«, wendet sich Jürgen an Frau Heerten. Sie sieht ihn an, als wollte sie, aber könnte nicht und zuckt mit den Schultern. »Ich weiß es nicht. Der Junge lief plötzlich weg und Wellenhaus hinterher. Dann war der Junge wieder da, aber Wellenhaus blieb weg.« Der Einzige, der wirklich was zum Hergang sagen könnte, ist Felix. Doch der Junge sagt nichts. Er zittert, hat einen hochroten Kopf, und Schweiß steht ihm auf der Stirn – sämtliche Anzeichen eines Schocks. Frau Heerten wischt ihm die Stirn trocken, verfrachtet ihn ins Bett und liest ihm aus seinem Lieblingsbuch vor. Er nickt, als sie fragt, ob sie ihn allein lassen und wieder nach unten gehen kann.

»Nun sag endlich, was passiert ist«, fordert Jürgen, der inzwischen Mia ins Bett gebracht hat. »Was ist mit dem Jungen los?«

»Ich weiß es wirklich nicht. Ich hab einen Schrei gehört und dachte erst, es sei Felix. Aber es war wohl Wellenhaus, der irgendwie von der Brücke gerutscht und im Kanal ertrunken ist.« Sie schweigt und sagt schließlich: »Das wäre jedenfalls die angenehmere Variante.«

»Und die unangenehmere?«

»Wenn Felix ihn gestoßen hätte.«

4

Ich will Frau Heerten nichts unterstellen, aber sie hatte sich vielleicht ein bisschen erhofft, Jürgen zurückzugewinnen, wenn sie bei dieser Aktion mitmacht. Zumindest ist dieser Verdacht nicht ganz abwegig. Doch jetzt, nachdem die Sache so merkwürdig ausgegangen ist, will sie nur noch ins Bett, und zwar ins eigene, wo sie eine sehr unruhige Nacht haben wird.

Jürgens Nacht ist nicht viel besser. Er hat es sich in Felix' Zimmer auf dessen Hüpfmatte mehr oder weniger bequem gemacht und bewacht den Schlaf seines Sohnes, der sich im Bett hin und her wirft und immer wieder schreiend aufwacht. Wenn Jürgen sich dann beruhigend über ihn beugt, kann er wieder einschlafen. Auf seine Fragen, was denn passiert sei, antwortet er nicht.

Nachdem Jürgen am nächsten Morgen die Kinder zur Schule und in die Kita gebracht hat, nimmt er sich die »Kieler Nachrichten« vor. Da wird ja wohl stehen, was mit Wellenhaus passiert ist. Hastig blättert er alles durch und sucht eine Schlagzeile wie: »Schrecklicher Unfall auf der Alten Levensauer« oder »Bauunternehmer von Brücke gestoßen«.

Nichts.

Auch bei erneutem, intensiverem Durcharbeiten der KN ist nicht der kleinste Dreizeiler über einen tödlichen Unfall oder Ähnliches an der Brückenbaustelle zu finden. Und es wird auch in den nächsten Tagen nichts in der Zeitung zu finden sein.

Was ist mit Wellenhaus geschehen? Ist er womöglich gar nicht tot? Vielleicht schleicht er schon ums Haus, um das wieder im Keller deponierte Geld einzusacken – und diesen schrecklichen Jungen, der versucht hat, ihn umzubringen, gleich mit.

Jürgen ist weiß Gott kein schreckhafter Typ und behält auch in Situationen, in denen viele andere die Nerven verlieren würden, einen klaren Kopf. Als die Inkasso-Engel ihm zusetzten, hat er sich besonnen verhalten. Sogar bei Jans Tod und als Wellenhaus' Schläger ihm zu Leibe gerückt sind, ist er ziemlich cool geblieben. Doch jetzt hat er Angst.

Er weiß eben nicht, was du gleich wissen wirst. Seit in den 1970er Jahren Veronal verboten wurde, ist es in der suizidalen Szene eng geworden. Die gängigen Schlafmittel haben eine Kotzwirkung untergemischt bekommen, damit sie einen früher verlassen als das Leben, und das gute alte Gas, das früher angenehm geruchlos daherkam, stinkt inzwischen wie die Pest, um alle zu warnen.

Nicht jeder ist Manns genug, sich einen Strick zu nehmen. Selbstmörder nehmen eher den Zug. Nicht nur, aber auch deswegen hat die Deutsche Bahn zunehmend Probleme mit ihrer

Pünktlichkeit. »Personenschaden« wird es genannt, wenn wieder einer auf die Schienen gehüpft ist. Statistisch gesehen springt jedem Lokführer in seinem Leben mindestens ein Selbstmörder vor den Führerstand. Da kannst du dir ungefähr ausrechnen, wie viele Menschen sich auf deutschen Schienen umbringen. Eine weitere, gern ergriffene Chance auf einen schnellen Tod ist eine hohe Brücke. Auch keine wirklich schöne Art, aus dem Leben zu scheiden. Die Zeit bis zum Aufprall ist zwar nur ein paar Sekunden lang, doch gefühlt können die sich hinziehen. Dann ist es natürlich für eine Umkehr zu spät. Zwölf Mal pro Jahr springt ein Lebensmüder von einer Kanalbrücke in den Tod. Die Zeitungen schweigen darüber, um nicht zur Nachahmung zu ermutigen. Sie schweigen daher auch bei Wellenhaus. Natürlich forscht die Polizei nach. Aber sie forscht geräuschlos. Solltest du also eine Leiche zu entsorgen haben, wirf sie einfach von einer Brücke. Sie sollte allerdings kein Loch im Kopf haben. Denn in solchen Fällen ist für die Polizei ein Selbstmord als Todesursache nicht unbedingt die erste Wahl.

Wellenhaus hat kein Loch im Kopf und zeigt auch sonst alle Anzeichen eines Selbstmörders. Er hat wohl auch nach Jahren noch am Absturz seiner Frau und seines Sohnes geknabbert. Von seinem Blutgerinnsel im absteigenden Ast der linken Herzkranzarterie kann die Polizei ja nichts ahnen.

5

Steffi wohnt im Sylter Bogen in einer niedlichen Zwei-Zimmer-Wohnung unterm Dach. Wirklich hübsch hat sie es, sie hätte es schlechter treffen können, auch wenn es sich genau genommen nur um anderthalb Zimmer handelt. Und siehst du, das ist eben die Krux: Es ist ein wenig beengt. Damals, als Martin noch mäßig, aber regelmäßig kam, waren die beiden Zimmerchen ausreichend. Sie waren Liebende, wollten ganz nah beieinander sein, und im Liegen ist eine Dachschräge nicht wirklich störend. Selbst als Dennis dann da war, ging's. Babys haben noch keinen überbordenden Platzbedarf. Aber jetzt ist der Kleine fast fünf, da hat sogar er nicht mehr überall Stehhöhe. Langsam wird's eng.

Natürlich räumt er seine Spielsachen abends immer wieder in die entsprechenden Kisten und Kästen, da achtet Steffi streng drauf. Schließlich will sie beim nächtlichen Klogang nicht über Spielzeugautos stolpern. Aber tagsüber muss sie ja auch hin und wieder ins Bad, und dann nervt dieser Slalom tierisch. In letzter Zeit hat sie manchmal sogar gedacht – sosehr sie sich freuen würde, wenn Martin auf einmal mit zwei Koffern in der Tür stünde und zu bleiben gedächte –, es könnte gut sein, dass sie dann in alldem Gedränge in diesen anderthalb Zimmern wahnsinnig wird.

Aber jetzt, wo sie glaubt, dass Martin tot ist und nie wieder mit zwei Koffern in der Tür stehen wird, ist ihr das natürlich auch nicht recht. Ihre Nächte sind schrecklich. Das kleinste Geräusch lässt sie hochschrecken. Dann kann sie nicht wieder einschlafen und sieht ihren Martin die unterschiedlichsten Tode sterben. An ein Wiedereinschlafen ist nicht zu denken.

Wach liegt sie da und kann es nicht mehr ausblenden, dieses ewige Tock-tock der Neuen Levensauer, das zu ihr herübertönt, wenn der Wind ungünstig steht. Wie das Tropfen eines undichten Wasserhahns dringt das monotone Geräusch in sie ein und frisst sie langsam von innen auf.

Brücken tun so was. Sie machen tock, tock, wenn ein Auto von der einen Seite auf sie rauf-, und noch mal tock, tock, wenn es auf der anderen Seite wieder runterfährt. Busse und Laster machen rums, tock, Autos tock, tock. Tag und Nacht. Tagsüber versteckt sich das Tock-tock zwischen dem vielfältigen Klang des Lebens ringsum, doch wenn Steffi im Bett liegt, ist es wie ein einsamer Rufer in nächtlicher Stille.

Das Tock-tock kommt von den zwei Dehnungsfugen, die

das eigentliche Brückenbauwerk von der hinführenden Straße trennen. Durch sie kann sich die Brücke im Sommer wohlig strecken, ohne aus sämtlichen Nähten zu platzen, und sich im Winter fröstelnd zusammenziehen, ohne zu zerreißen.

Steffi hält es bald nicht mehr aus und muss sich dringend nach einer neuen Bleibe umsehen. Sie hat auch schon eine gefunden.

Nur Kalle ahnt noch nichts davon.

6

»Großartig«, sagt Kalle, und man hört sogar durchs Telefon, wie total aus dem Häuschen er ist. »Erste Sahne, wie du das hingeferkelt hast. Super, ey«, jubelt er in den Hörer.

»Wie ich was hingeferkelt habe?«, fragt Jürgen.

»Na, steht doch groß in der Zeitung. 'ne ganze halbe Seite Todesanzeige: ›Die Angestellten von Hoch- und Tiefbau Wellenhaus und Partner trauern um ihren Chef.‹ Der letzte lebende bla, bla ist von uns gegangen und so weiter. Weißt Bescheid? Wann lässt du die Kröten rüberwachsen?«

Das sind Gespräche, dafür geht auf jeden Fall die dritte SIM-Karte von Kalle drauf. Na, er kann sich's leisten, wenn er erst das Geld hat.

Jürgen ist nicht ganz so begeistert über Kalles Anruf. Der hält ihn anscheinend für Wellenhaus' Mörder. Wer weiß, wer alles mithört und zum selben Schluss kommt. Deshalb erörtert man so was besser nicht am Telefon. Anders als Kalle kann Jürgen nämlich seinen Festnetzanschluss nicht einfach so wegschmeißen – und selbst wenn er es täte, würde es wahrscheinlich nichts nützen.

»Morgen um zehn bei Tante Sophie«, sagt er daher kurz angebunden und legt auf.

Am nächsten Morgen um zehn nach zehn schwimmt Kalle im Geld. Wenn du in seiner Situation wärest, würdest du dich, wenn du schon mal grad im Sophienhof bist, wahrscheinlich von Kopf bis Fuß neu einkleiden und die zwei sauteuren Handtaschen von Gucci kaufen, die dich schon so lange anlachen.

Kalle tut das nicht. Handtaschen gehören nicht zu seinen *Favorites*, auch wenn er sie vor ein paar Tagen zusammen mit Jürgen ausgiebig angestarrt hat. Seine Garderobe ist mit Arbeitshose und zwei T-Shirts zum Wechseln komplett. Kurz schwankt er, ob er einen Strauß roter Rosen kaufen sollte, doch das wäre das erste Mal in seinem Leben, daher weiß er nicht recht, wie man das macht. Also lässt er es.

Wäre gar nicht nötig gewesen, denn bei Steffi rennt er auch ohne Blumen offene Türen ein. Ruckzuck ist ihr ganzer Krempel einschließlich Kinderbett in einem gemieteten Transporter verstaut und noch ruckzucker in seiner Wohnung wieder ausgepackt.

So, denkt Kalle, jetzt kann's losgehen.

Ich weiß natürlich nicht, was ein Mann denkt, wenn er denkt, dass es jetzt losgehen kann. Aber dass er gleich am nächsten Morgen um halb sieben, nachdem er im Grunde gerade erst von seiner Nachtschicht ins Bett gegangen ist, aufstehen muss, damit das Kind rechtzeitig gefrühstückt in den Kindergarten kommt, dass er ständig die Füße hochnehmen muss, weil es darunter was zu staubsaugen gibt, und dass Steffi wegen des kleinen Scheißers total in den Seilen hängt, das hat er sich wahrscheinlich nicht gedacht. Er hat bisher auch nicht gewusst, wie weh es tut, bei einem nächtlichen Klogang barfuß auf einen Legostein zu latschen. Und dass Sohnemann ihm die Hölle heißmachen darf, nur weil er auf seinen Teddy getreten ist, das hat er auch nicht gedacht. Doch was tut man nicht alles aus Liebe?

Allerdings hat Kalle nach drei Wochen die Schnauze so was von voll, das kann ich dir gar nicht sagen. Er hat die ganze Zeit eigentlich nur mit seinem Unterleib gedacht, und es ist nichts dabei rausgekommen. Das hatte er sich anders vorgestellt.

Deshalb fängt er nun zur Abwechslung mal an, mit dem

Kopf zu denken. Was ist eigentlich, denkt er, wenn Jürgen was passiert? Unglücklich vors Auto gelaufen oder von einem Herzinfarkt dahingerafft? Dann macht Jürgens Notar den Briefumschlag auf, und er ist wegen Schuppi dran, so schnell kann er gar nicht gucken. Im Grunde muss er Tag und Nacht aufpassen, dass Jürgen nichts zustößt, damit er nicht auffliegt.

Als Kalle endlich einmal allein zu Hause ist, weil Steffi ihren kleinen Scheißer vom Kindergarten abholt, macht er so was wie einen mentalen Kassensturz: Er hat eine niedliche Frau in seinem Bett, aber er hat kaum was davon. Er hat eine Frau, die seine Wohnung sauber hält, aber er hätte nie gedacht, dass es in seiner Wohnung so viel sauber zu halten gibt. Er kriegt Frühstück, Mittagessen und Brote zur Arbeit mit, aber dauernd quatscht ihm so ein kleiner Pöks ins Essen. Er ist liiert, hat aber keine Liaison. Stattdessen ist dauernd irgendein Stress.

Und über allem schwebt drohend Jürgens Brief.

7

»Wie konnte sie nur!«, sagt Karin. »Mit den Kindern die Brücke rauf! Dass du da nicht eingeschritten bist. Also wirklich, Jürgen, ich verstehe dich nicht.« Kopfschüttelnd sieht sie ihren Liebsten an.

Ja wirklich, Karin hat sich schon gut in ihrem neuen Zuhause eingelebt, und Jürgen geht es nicht viel anders als Kalle.

Mit wenigen Handgriffen – Jürgens Handgriffen – hat Karin das Haus umgestaltet. Natürlich muss die Sitzgruppe vom Fenster an die Längswand des Wohnzimmers wandern, und für die Töpfe, die bisher griffbereit unter dem Herd platziert waren, muss ein Karussell angeschafft und – schlimmer noch – von Jürgen eingebaut werden. Das ist ganz normal, wenn eine neue Frau einzieht und das Regiment übernimmt, versucht sich Jürgen zu trösten. Für die neuen Gardinen und den frischen Anstrich in den Kinderzimmern hatte er sich nur wenige Tage freinehmen müssen. Auch der Einbau des neuen Schlafzimmerschranks ging verhältnismäßig zügig. So was macht sich ja heutzutage mit den praktischen Klick-Scharnieren wie von selbst. Der alte Schrank mit seinen wenigen Einlegeböden und den kümmerlichen drei Kleiderstangen war einfach zu klein, was Jürgen ein wenig wunderte, denn zu den Zeiten, als er noch mit seiner Frau hier lebte, reichte der Platz aus – dicke sogar. Im Grunde muss er froh sein, dass er wenigstens die Füße nicht ständig hochnehmen muss, denn Karin saugt nur, wenn er nicht da ist. So gesehen hat er es besser als Kalle.

Als Jürgen einmal nichts zu tun hat und froher Hoffnung ist, nun das Gröbste überstanden zu haben, sollen die Fliesen im Bad dran glauben. Nein, das nun nicht auch noch.

»Ich denke, das können wir erst mal so lassen«, sagt er und legt liebevoll den Arm um Karins Schultern.

»Richtig«, sagt Karin, »bei ›so lassen‹ fällt es mir wieder ein: Die Matratzen müssen natürlich weg. Ich denke nicht daran, in Betten zu schlafen, in denen du mit meiner Mutter rumgewühlt hast.«

Als sie das sagt, sieht Jürgen angstvoll auf den Esstisch. Hoffentlich erfährt Karin nie, dass er an diesem Tisch öfter mit Sabine gegessen hat. Er liebt den Tisch, und es wäre schmerzlich, sich von ihm trennen zu müssen.

Gott sei Dank darf der Tisch bleiben und wird sogar täglich zum Essen benutzt.

Jürgen kann, seit Karin da ist, auch mal länger im Büro bleiben und sich dann auf zu Hause freuen, wo sie ihn mit dem Abendessen empfängt. Es schmeckt wirklich super, seit Karin kocht. Natürlich wäre es unfair, ihr Essen mit dem zu vergleichen, was Jürgen seinen Kindern immer vorgesetzt hat. Mit seinen Kreationen aus Spiegelei an Fischstäbchen könnte jede halbwegs begabte Hausfrau mithalten. Doch Karin ist wirklich eine großartige Köchin.

Jürgen und die Kinder hauen auch heute wieder mächtig rein. Genau genommen allerdings nur Lukas, Leonie und Mia. Felix matscht lustlos in seinem Essen rum.

»Ach, Junge«, sagt Karin zu Felix, »iss doch ein bisschen was.
Du bist so blass und wirst richtig dünn. Es schmeckt doch so
gut.« Mit beidem hat sie recht. Es schmeckt prima, und Felix ist
ganz schmal geworden seit der Sache auf der Brücke. Er rührt
nur im Essen rum, baut Deiche aus Kartoffelbrei, pflanzt Erb-
senbäume in den Deich und zieht mit dem Messer einen Kanal
hindurch.

»Mit Essen spielt man nicht«, sagt Karin und nimmt ihm das
Messer weg.

Felix greift nach einem Löffel und lässt Soße in die Furche
fließen.

»Nun iss doch endlich ein bisschen was«, sagt Karin erneut,
während Felix weiter Erbsen in den Kartoffelbrei drückt. Erst
später, als Karin schon die Teller abräumt, merkt Jürgen, dass
sein Sohn quer über den Kanal im Kartoffelbrei ein schmales
Stück Fleisch gelegt hat.

8

Essen tut die neue Familie gemeinsam, beim Schlafen-geh-Ri-
tual arbeiten Jürgen und Karin getrennt. Jeder bringt die eigene
Brut zu Bett.

Wegen des Familienzuwachses schlafen Felix und Mia jetzt
in einem Zimmer. Mia ist während der Gute-Nacht-Geschichte
eingeschlafen.

»Du hast die Alte Levensauer nachgebaut, stimmt's?«, fragt
Jürgen leise, um Mia nicht zu wecken, und stopft Felix' Bettdecke unter ihm fest.

Felix nickt.

»Hat Wellenhaus dir was getan, als ihr auf der Brücke wart?«

»Ich hab gedacht, da wäre Maunzi«, flüstert Felix. »Deshalb
bin ich losgelaufen, ihr hinterher. Da war aber gar nichts, und
ich wollte wieder zurück. Doch dann ist der Mann aufgetaucht,
und ich hab Angst bekommen und bin auf das Baugerüst ge-

klettert. Und er hinter mir her. Ich war schon ganz schön weit, da bin ich abgerutscht.« Felix fängt an zu zittern.

»Ist ja noch mal gut gegangen, mein Kleiner.« Jürgen streicht ihm sanft die Haare aus der Stirn.

»Ich hab mich nur noch mit den Händen festgehalten. Da hat er mich gepackt.«

»Und dann?«, flüstert Jürgen und tupft vorsichtig die Tränen aus Felix' Gesicht.

»Dann hat er mich hochgezogen und wieder auf die Bretter geschoben. Da bin ich schnell zurückgerannt.«

»Dann war ja alles wieder gut.«

»Nein«, flüstert Felix. »Nichts war gut.« Er presst die Hände seines Vaters fest gegen sein Gesicht. »Er ... er hat so schrecklich geschrien, als er fiel.«

Eine ganze Zeit lang hält Jürgen seinen zitternden Sohn in den Armen.

»In der Zeitung stand, dass Wellenhaus am Freitag beerdigt wird«, sagt er schließlich. »Wollen wir beide am Sonntag hingehen, damit du ihm ein Blümchen aufs Grab legen kannst?«

9

Gottes Mühlen mahlen langsam, das ist allgemein bekannt. Auch die Verwaltung soll nicht die schnellste sein. Der Spruch »Für die Behörden vergehen sechs Wochen wie ein Tag« ist vielleicht etwas übertrieben, aber ein bisschen was wird schon dran sein. Deshalb ist es nicht verwunderlich, dass die Kunde vom überstürzten Ableben des Jan Degener geraume Zeit braucht, bis sie an das Ohr des Herrn Notar dringt, bei dem Jan für den Fall seines Todes einen Brief hinterlegt hat. Flugs klebt der Notar eine Briefmarke drauf – und ab die Post.

Nun denkst du vielleicht, der Brief sei an die Polizei adressiert und soll endlich mit allem reinen Tisch machen. Dass die Polizei daraufhin jeden hopsnimmt, der mit den schrecklichen

Ereignissen zu tun gehabt hat. Alle bekommen sie ihre gerechte Strafe, die Welt ist wieder in Ordnung, der Leser kann das Buch zuklappen und hat seine Freude dran.

Schön wär's.

Jan hat seinen Brief an den einzigen Menschen geschrieben, den, wie er findet, die Sache wirklich etwas angeht. Und dieser Einzige ist unbekannt verzogen.

Ich will jetzt nichts gegen die gelbe Post sagen. Die sogenannte Snail-Mail ist zwar viel langsamer als eine E-Mail, und von WhatsApp will ich gar nicht reden, aber sie kann nichts dafür. Mit dem Fahrrad ist man halt nicht so schnell wie mit Glasfaserkabeln oder von Mast zu Mast durch die Luft. Dafür ist die gelbe Post gründlich. Da wird nicht mit den Schultern gezuckt und lamentiert: »Tja, ich weiß jetzt auch nicht ... unbekannt verzogen ... das leg ich erst mal beiseite.«

Nein, da wird in die Hände gespuckt, nicht geruht und gerastet, bis der richtige Adressat gefunden ist.

10

»Das ist ja schön, dass ihr mich mal wieder besucht«, sagt Frau Heerten. Mia und Felix stehen hinten an der Gartenpforte und sehen sie schüchtern an. »Wollt ihr ein bisschen reinkommen?«

»Das dürfen wir nicht«, sagt Mia und zerknautscht verlegen die Blätter der Hecke.

»Die Karin will das nicht«, sagt Felix und schlackert mit der Pforte, dass sie in den Angeln quietscht.

»Sie sagt, du bist ganz böse mit uns«, sagt Mia und reißt Blätter aus der Hecke.

»Lukas hat richtig Angst vor dir«, sagt Felix und sieht Frau Heerten unglücklich an.

»Ach ...«, sagt Frau Heerten und steht aus ihrem Liegestuhl auf. »Kommt mal mit, ich hab da was für euch.«

Felix folgt ihr über die Terrasse ins Wohnzimmer. Mia, ihm

dicht auf den Fersen, sucht Deckung hinter seinem Rücken und linst nur vorsichtig an seinem Arm vorbei. Doch als sie die kleine Katze sieht, die neben dem Couchtisch in einem Körbchen liegt, ist sie nicht mehr zu halten.

»Ist das deine?«, fragt Mia, während sie das sich windende Kätzchen in den Arm nimmt, festhält und streichelt.

»Ja«, sagt Frau Heerten. »Oder eure. Wenn ihr sie haben wollt.«

»Das dürfen wir nicht«, sagt Felix und kuschelt seine Wange an das Fell der Katze.

»Die Karin will das nicht«, sagt Mia und gibt der Katze einen Kuss auf die rosa Nasenspitze.

»Ach …«, sagt Frau Heerten.

Ach, denkt sie immer noch, als die Kinder wieder von dannen getrabt sind. Hastig haben sie einen Kakao getrunken, sich nur widerwillig von der Katze losgerissen und sie wieder in ihr Körbchen verfrachtet, sind unglücklich durch die Gartenpforte nach Hause geschlichen und haben Frau Heerten samt ihrer neuen Mitbewohnerin allein zurückgelassen.

»Ihr könnt jederzeit wiederkommen und die Katze streicheln. Vielleicht will Lukas mal mitkommen«, hatte Frau Heerten ihnen noch nachgerufen, aber da waren sie schon hinter der Hecke verschwunden.

Ach nein, die Karin …, denkt Frau Heerten, setzt sich wieder in ihren Liegestuhl und nimmt die Katze auf den Schoß. Da wohnen ihre beiden Enkelkinder nun zusammen mit ihren zwei Adoptiv-Enkelkindern nur zwei Häuser entfernt von ihr – eigentlich der Himmel auf Erden für eine Großmutter – und sind doch weiter weg als der Mond. Alles nur wegen Karin, die alles Mögliche nicht will, weshalb die Kinder nichts dürfen.

»Was ist denn das nur für ein Irrsinn?«, fragt Frau Heerten die Katze und krault ihr seidiges Fell.

Drei Wochen hat sie stillgehalten, hat nur heimlich vom Fenster aus zugesehen, wie pö a pö Karins Habseligkeiten und der ganze Kinderkram in Jürgens Haus eingezogen sind. Die da drüben sollten erst mal mit sich selbst klarkommen. Wenn sich alles normalisiert hätte, würden die Enkelkinder und die Tochter und irgendwann auch Jürgen wieder zu ihr kommen, hatte sie gedacht. Doch nichts. Nichts hatte sich getan. Bis heute. Bis Felix und Mia vorhin ziemlich verstört bei ihr aufgetaucht sind.

»Was ist da drüben bloß los?«, fragt Frau Heerten die Katze und spielt mit ihren weichen Pfoten.

Ich könnte es ihr sagen. Die Karin, wie die Kinder sie nennen, die Karin hat Angst. Angst vor der Mutter, die Felix und Mia auf die Brücke geschleppt hat, von der Felix beinah runtergestürzt wäre. Wo ein großer Mann sie alle beinah zermanscht hätte. Mutter hatte die beiden auf eine Expedition mitgenommen, von der um ein Haar keines der Kinder wieder zurückgekommen wäre. Wenn Jürgen so was zulassen will, schlimm genug und unverständlich, aber es sind seine Kinder. Ihren eigenen passiert das nicht, dafür wird sie sorgen, und wenn sie sie einschließen muss.

Doch das ist nicht alles. Sie hat auch Angst, dass ihre Mutter ihrem Jürgen zu nah kommt. Ist doch mehr als merkwürdig, dass der sich von einer Frau einfangen ließ, die doppelt so alt ist wie er. Jürgen hat sich von ihr einlullen lassen, denkt sie. Wie konnte er nur? Auch das wird nicht wieder passieren, und wenn sie ihren Jürgen einschließen muss. Deshalb hält sie die Kinder und Jürgen eisern gefangen, wodurch sie selbst zur Gefangenen wird.

So sieht es in Karin aus, doch derlei Gedanken kommen Frau Heerten nicht. Über ihrem Kopf steht nur ein riesiges, großes Fragezeichen. Was ist mit Karin los? Sie versteht sie nicht. Aber wann hätten Mütter je ihre Töchter verstanden?

Es kann nicht allein Karin sein, denkt Frau Heerten. Die würde ihr nicht schon wieder ihre Enkelkinder vorenthalten. Jürgen muss seine Hand im Spiel haben. Ja, so wird es sein. Ganz koscher war der ja eigentlich nie. Er hat ihr erzählt, dass er spielsüchtig war. Aber ist das alles? Wieso ist er zusammengeschlagen worden? Und was ist das eigentlich für Geld, das sie dem Wellenhaus auf die Brücke bringen sollte?

Sie denkt daran, wie er ihr damals sein Geständnis machte. Wütend war sie auf ihn, das weiß sie noch. Wegen Karin. Total eifersüchtig ist sie gewesen. Natürlich, jetzt fällt es ihr wieder ein. Es hätte nicht viel gefehlt, und sie wäre auf ihn losgegangen. Da hatte er ihr die Geschichte von seiner angeblichen Vergangenheit aufgetischt. Wahrscheinlich wollte er sie damit nur beruhigen und hatte bloß so getan, als ob er ihr alles Persönliche über sich erzählt hätte, um ihr zu beweisen, dass er Vertrauen zu ihr hat und sie liebt. Und sie hatte ihm diesen Quatsch geglaubt. Warum ist ihr das nicht schon damals merkwürdig vorgekommen?

»Es ist nicht gut, dass der Mensch allein sei«, heißt es in der Bibel. Egal, was du von der Bibel hältst, du musst zugeben, so ganz blöd ist das Buch nicht. All diese Gedanken von Frau Heerten zeigen, dass es wirklich überhaupt nicht gut ist, wenn der Mensch allein ist. Vor allem Menschen mit so einer blühenden Phantasie. Die kommen auf die dümmsten Gedanken, wenn sie zu lange allein sind. Selbst wenn die Bibel was ganz anderes gemeint haben sollte – in diesem Fall hat sie doch recht. Und wenn ich dir erzähle, was Frau Heerten noch alles denkt, wirst du losgehen und dir eine Bibel kaufen, falls du nicht sowieso noch eine hinten im Schrank liegen hast.

Frau Heerten greift zum Telefonhörer. Was, wenn Jürgen immer noch spielsüchtig ist? Von so was soll man ja nie ganz loskommen, hat sie mal gehört. Was, wenn weiterhin Schläger um sein Haus streichen? Was, wenn er Karin und die Kinder mit in den Abgrund reißt?

»Kind«, stößt sie hervor, als ihre Tochter sich meldet. »Du weißt ja nicht alles über Jürgen. Er ist krankhaft spielsüchtig. Überleg dir gut, mit was für einem Menschen du dich da einlässt.«

»Mutter«, sagt Karin. »Du nervst.« Mehr sagt sie nicht, sondern legt auf.

Wie betäubt sitzt Frau Heerten in ihrem Sessel. Was war das denn? Da ist ihr eben gerade die Wahrheit wie Schuppen von den Augen gefallen, und ihre Tochter hört gar nicht richtig hin. Nun gut, Karin ist erwachsen. Bitte, soll sie doch bei ihm bleiben, wenn sie sich in der Gegenwart eines Mannes wohlfühlt, dem das Geld nur so durch die Finger rinnt. Sie hat sie gewarnt. Mehr kann sie nicht tun. Aber was ist mit Leonie und dem Kleinen? Die beiden sind schließlich ihre Enkelkinder, da wird sie ja wohl ein Wörtchen mitzureden haben.

»Denkst du wenigstens ein einziges Mal an die Kinder?«, schreit sie in den Hörer, nachdem sie die Taste für die Wahlwiederholung gefunden hat.

»Jetzt hör mal zu«, sagt Karin. »Wenn du weiterhin so einen Unsinn redest, wirst du die Kinder bis zu ihrem Abitur nicht mehr sehen. Ruf mich nicht wieder an.«

Klack. Die Leitung ist tot.

Frau Heerten hat schon bei ihrem ersten Telefonat so eine ungute Unruhe ausgestrahlt, dass sich die Katze lieber in ihr Körbchen verzogen hat. Jetzt schaut sie ein wenig missgestimmt dabei zu, wie Frau Heerten kopflos durchs Zimmer tigert. *Du nervst. Ruf nicht wieder an!*, hört sie Karins Stimme sagen, und vor allem: ... *die Kinder nicht mehr sehen.* Die Worte der Tochter wirbeln in Frau Heertens Kopf herum, dass ihr ganz schwummerig wird. Sie zittert am ganzen Körper, quetscht sich mühsam am Couchtisch vorbei und lässt sich aufs Sofa plumpsen. Eine unbestimmte Angst kriecht in ihr hoch.

Alte Menschen leben gefährlich. Kommt man den siebzig nahe, ist es aus. Ärzte schieben jede Krankheit aufs Alter und schauen gar nicht mehr richtig hin. Hat man die siebzig erreicht, reicht schon der kleinste Autounfall, und man wird aus dem Verkehr gezogen. Dafür muss man nicht mal Schuld haben. Führerschein ade, weg auf Nimmerwiedersehen. Und ist man mal ein wenig verwirrt, heißt es nur »Aha!«, und man wird weggesperrt. Im Grunde klopft die Klapse schon an die Tür, wenn man nicht mehr weiß, welcher Wochentag gerade ist.

Ängstlich schaut Frau Heerten auf den Kalender. Schon Dienstag? Dann war ja gestern Montag. Sind die Rommé-Ladys da gewesen? Sie kann sich nicht erinnern. Vielleicht sind sie gekommen, aber sie hat sie nicht reingelassen, weil sie das

Klingeln nicht gehört hat. Oder wollen sie nicht mehr mit ihr spielen, weil sie mal den Buben mit dem König verwechselt hat? Frau Heerten zieht sich die Decke vom Sofa über den Kopf. Sie weiß gar nichts mehr. Woher kommt plötzlich diese entsetzliche Leere in ihr? Angst macht alt. Alt und einsam.

11

Steffi staunt nicht schlecht, als sie einen an sie adressierten Brief aus Kalles Briefkasten fischt. Die Anschrift ist durchgestrichen, mit »Unbekannt verzogen« und verschiedenen Kürzeln versehen und schließlich durch eine andere, nämlich ihre aktuelle ersetzt worden.

Nun weiß ich nicht, wie du so drauf bist. Kann sein, dass du den Briefumschlag gleich aufreißen und den Inhalt noch auf dem Weg nach oben aufsaugen würdest. Steffi ist nicht so.

»Huhu«, ruft sie, während sie die Wohnungstür aufschließt, »Huhu, Kalle, wir sind wieder daha.«

Als Kalle nicht antwortet, weil er nicht daha ist, setzt sie erst mal Kaffee auf, erklärt Dennis, dass der liebe Kalle wahrscheinlich einkaufen ist und der Dennis schön lieb mit seinen Autos spielen soll, bis Kalle und die Mami mit ihm in den Schrevenpark zum Entenfüttern gehen.

Während Dennis schön lieb Autos über den Teppich rollt, gießt Steffi sich eine Tasse Kaffee ein, verzieht sich damit aufs Sofa im Wohnzimmer, macht es sich gemütlich und öffnet den Brief.

Liebste Steffi,
wahrscheinlich erinnerst du dich gar nicht mehr an mich.
Ich bin der lange Schlacks mit der blöden Brille aus der
Klasse über dir. Ich war der, der dir immer mal auf dem
Heimweg die Schultasche tragen durfte, und ich hab versucht, dich mit Gummibärchen zu bestechen. Aber du hast

mich nicht gewollt. Als du bei Kleinke in der Lehre warst,
hab ich es oft geschafft, mich zu dir in den Bus nach Hause
zu quetschen. Aber du hast mich nicht bemerkt. Später
einmal ist es mir gelungen, dir ins tamen-T zu folgen. Da
hab ich sogar mit dir getanzt. Ich war so glücklich, dich
in den Armen zu halten, und wollte dich küssen. Aber du
hast mir eine geklebt. Da warst du wohl schon in deinen
Martin verliebt.

Steffi lässt den Brief sinken. Ein langer Schlacks? Gummibärchen? Verschwommene Erinnerungen steigen in ihr auf. Wer
war das noch?

Ich getraue mich erst jetzt, dir das alles zu sagen, denn
wenn du den Brief kriegst, bin ich tot.

Was? Entsetzt liest sie weiter.

Ich wünsche dir noch ein wunderschönes Leben.
Dein dich immer liebender Jan

Jan? Natürlich! Der hagere Junge, immer ein bisschen schräg
drauf und ständig redete er von Computern. Der arme Jan hat
sich wegen seiner quatschigen Liebe zu ihr umgebracht?

PS: Ich war dabei, als Karl Stevier Schuppi erschossen hat.
Wir sind zu fünft bei einem reichen Typen namens Wel-
lenhaus eingebrochen und haben jede Menge Schwarz-
geld aus seinem Tresor geraubt. Dein Martin hat gemerkt,
dass Kalle eine Pistole dabeihatte. Später am Kanal, wo
wir das Geld aufteilen wollten, hat es deswegen zwischen
Kalle und Schuppi ein Gerangel gegeben, bei dem sich der
Schuss löste. Aus Versehen, sagt Kalle. Vielleicht hätte ich
es verhindern können, aber ich hab nichts unternommen.
Kalle hat deinen Martin dann irgendwo vergraben, und
ich kann dir nicht einmal sagen, wo.

Ich hatte mir so sehr gewünscht, dich glücklich zu machen. Stattdessen habe ich tatenlos zugesehen, wie dein Glück zertrümmert wird. Verzeih mir.

Steffi zittert am ganzen Körper. Wieder und wieder liest sie die letzten Zeilen und kann es einfach nicht glauben. Sie muss den Brief auf den Couchtisch legen. In ihrer Hand schwankt die Schrift derart, dass sie nichts erkennen kann. Es dauert eine ganze Weile, bis sie das alles erfasst und die Bedeutung dieser Nachricht ihren ganzen Körper durchdrungen hat.

Sie springt auf. Keine Minute länger wird sie hierbleiben, hier bei diesem Monster, das Martin erschossen hat. Was soll sie tun? Wo soll sie hin? Ziellos läuft sie ins Schlafzimmer. Reißt Sachen aus dem Kleiderschrank und wirft sie aufs Bett. Rennt ins Bad, stopft wahllos Zahnbürste, Make-up und so weiter in ihren Kulturbeutel und sackt schließlich heulend in der Küche auf einen Stuhl.

Nimm dich zusammen, versucht sie sich zu sagen.

Nimm dich zusammen und denk nach, brüllen ihre Gedanken gegen den Schmerz in ihrer Brust an.

Denk nach, denk nach, trommelt es gegen ihre Stirn, du hast Verantwortung für deinen Sohn.

Weder sich noch ihrem Sohn – Martins Sohn – kann sie zumuten, diesem Menschen, diesem Kalle, je wieder in die Augen zu sehen. Sie wird ihre Sachen nehmen und verschwinden. Ihr restliches Zeug wird sie abholen lassen. Irgendwie. Erst mal weg hier. Alles andere wird sich finden.

Ja, so wird sie es machen. Ganz ruhig ist sie wieder geworden, jetzt, wo sie einen Plan hat.

Doch dann trifft es sie wie ein Faustschlag in den Magen: Er wird sie nicht gehen lassen. Er *kann* sie nicht gehen lassen. Nicht, wenn er weiß, dass sie weiß, was er getan hat. Natürlich wird er es sofort merken. Sie ist keine Schauspielerin, sie wird es nicht vor ihm verheimlichen können, dass der Brief sie so entsetzt hat. Was wird er dann tun?

Sie töten. Ja, er wird sie und Dennis umbringen.

In Panik rennt sie durch die Wohnung, schmeißt, was sie bisher zusammengesammelt hat, in eine Reisetasche, zerrt Dennis vom Fußboden hoch, schleift ihn zur Wohnungstür und kann endlich sich, Dennis und die schwere Tasche ins Treppenhaus schieben.

Da hört sie unten die Haustür klappen und seine unverkennbaren Schritte. Und auf dem Wohnzimmertisch liegt noch immer Jans Brief.

Das Ende

1

Die Türglocke schrillt.

Frau Heerten ist es nicht gewöhnt, dass bei ihr Sturm geklingelt wird. Wer mag das sein? Karin hat Jürgen und die vier Kinder fest im Griff. Von denen wird sich so bald keiner mehr zu ihr trauen. Und mit Sturmgeläut schon gar nicht. Kurz wirft sie einen Blick auf den Kalender. Nein, Montag ist auch nicht. Ihre Rommé-Tanten kommen sowieso nicht mehr. Oder doch? Nein, die klingeln nicht Sturm. Vorsichtig öffnet Frau Heerten die Haustür einen Spalt. Sofort wird sie beiseitegedrängt. Steffi schiebt Dennis durch die Tür, quetscht sich und eine Reisetasche hinterher und schlägt die Haustür krachend zu.

»Gott sei Dank, dass du da bist«, keucht sie und wirft die Reisetasche in den Flur. »Komm von der Tür weg«, schreit sie Dennis an und zieht ihn hinter sich her in Richtung Wohnzimmer.

»Darf ich mal fragen, was das soll?«, fragt Frau Heerten. Ungute Erinnerungen kommen in ihr hoch. Es ist noch nicht lange her, da ist schon mal eine Frau schwer bepackt und unverhofft bei ihr reingeplatzt. Wie hatte sie sich gefreut, ihre Tochter und die beiden Kleinen bei sich zu haben. Und dann die totale Katastrophe.

»Kalle ist hinter mir her.« Steffi stürmt ins Wohnzimmer und zieht die Vorhänge zu.

»Mami hat mir ganz doll den Mund zugehalten«, sagt Dennis.

Tja, das sind Informationen, mit denen man wenig anfangen kann. Schließlich sind die meisten Frauen hocherfreut, wenn ein Mann hinter ihnen her ist, und wenn kleine Kinder öfter mal den Mund zugehalten bekommen, ist das nur zu begrüßen. Das Geschrei, das sie bisweilen veranstalten, weil sie irgendwas wollen und es nicht kriegen, ist unerträglich. Ich verstehe wirklich, dass Frau Heerten keinen Grund sieht, warum Steffi so aufgeregt ist.

Steffi rennt zurück, zieht auch noch die Rollos in der Küche runter und fängt an zu erzählen: wie sie den Brief von Jan aufgemacht hat, in dem steht, dass Kalle ihren Martin erschossen hat. Und wie ihr klar geworden ist, dass Kalle auch sie und Dennis töten wird, wenn er erfährt, dass sie das weiß. Wie sie schnell das Nötigste zusammengerafft hat und weglaufen wollte. Und wie sie dann – hier stockt sie und kann kaum weiterreden –, wie sie dann gehört hat, dass Kalle die Treppe raufkommt.

»Und?«, fragt Frau Heerten.

»Wir haben uns eine Treppe höher versteckt.«

»Mami hat mir ganz doll den Mund zugehalten«, jammert Dennis wieder. »Ich hab gar keine Luft mehr gekriegt.« Er hofft, mit dieser Information endlich die ihm gebührende Anteilnahme hervorzurufen, aber das Mitgefühl der beiden Frauen hält sich in Grenzen.

»Und wo ist er jetzt?«

»Wahrscheinlich ist er schon hinter uns her«, sagt Steffi.

»Nein, ich meine nicht Kalle. Wo ist der Brief?«

»Der Brief …«, stottert Steffi und wird bleich. »Oh Gott! Ich glaub, den hab ich in der Wohnung liegen lassen.«

»Schön blöd«, sagt Frau Heerten. Meine Güte, was ist Steffi für ein Schäfchen? Kalle hätte doch gar nichts gemerkt.

»Klar hätte er was gemerkt, so durcheinander, wie ich war«, sagt Steffi.

»Nichts hätte er gemerkt. Ihr wärt einfach nur weg gewesen, und er hätte nicht gewusst, warum. Na ja, nun weiß er es.« Frau Heerten stützt den Kopf auf die Hände und denkt nach. »Und einen Beweis dafür, dass er Martin erschossen hat, hast du ohne Brief auch nicht«, sagt sie schließlich.

»Und?«, sagt Steffi. »Was machen wir nun?«

»Tja«, sagt Frau Heerten, »was machen wir nun?«

2

Während Frau Heerten, Steffi und Dennis angstvoll in Frau Heertens Wohnzimmer hocken und jeden Augenblick damit rechnen, dass ein blutrünstiger Kalle bei ihnen einbricht und sie alle abmurkst, weiß der von nichts.

Zumindest noch nicht, als er die Wohnungstür aufmacht. Da die Tür nicht abgeschlossen ist, wird Steffi wohl zu Hause sein, denkt er und ruft brav »huhu«, wie er es von ihr gelernt hat. Kommt ihm zwar ein bisschen komisch vor, sich in seiner eigenen Wohnung ankündigen zu müssen – und dann auch noch mit einem »huhu« –, aber wenn sie es so haben will, bitte.

Doch sie ist nicht da. Das beunruhigt ihn ein wenig. Wo doch haufenweise Geld im Schrank versteckt ist. Wie leicht können da böse Menschen auf die Idee kommen, es ihm zu klauen. Aber das mit dem Geld kann sie ja nicht wissen, versucht er sich zu beruhigen. Wahrscheinlich ist sie nur kurz in den Keller gegangen. Und hat den kleinen Scheißer mitgenommen. Mit dem hat sie sich ja immer so furchtbar. Ach Gottchen, der arme Junge, nicht mal zwei Minuten soll er allein bleiben müssen.

Kalle geht in die Küche, um sich ein Bier aus dem Kühlschrank zu holen, und sieht die Kaffeemaschine dampfen. Na bitte, sie ist tatsächlich nur kurz in den Keller gegangen. Oder zum Bäcker, um Kuchen zu holen. Er nimmt sich ein Bier und geht ins Wohnzimmer. Da entdeckt er den Brief auf dem Couchtisch.

Er braucht nur Jans Unterschrift zu sehen und weiß Bescheid. Kurz überfliegt Kalle Jans Zeilen. Klar, dass Steffi weg ist, wenn sie das gelesen hat. Er stürmt ins Schlafzimmer, reißt den Schrank auf und wühlt die Klamotten zur Seite. Gott sei Dank, die Kohle ist noch da. Erleichtert sinkt er aufs Bett und fängt an zu denken.

Wenn Menschen wie Kalle das Denken anfangen, ist das immer gefährlich. Solche Leute sind binär, bei denen gibt es nur ein Entweder-oder und nichts dazwischen. Damit ist der Entscheidungsspielraum nicht sehr groß, aber es gäbe doch immerhin zwei Möglichkeiten.

Kalle jedoch sieht nur eine Möglichkeit. So niedlich Steffi auch ist, er muss sich von ihr trennen. Für immer. Und der kleine Scheißer muss auch dran glauben.

3

»Was sollen wir nun machen?«, fragt Frau Heerten noch einmal.

Zuerst verrammeln sie Türen und Fenster, Frau Heerten lässt sogar die Außenrollos runter, dann sitzen sie alle drei im dunklen Haus und tun nichts. Sie warten auf Kalle, der sie alle nacheinander dahinraffen wird.

Das kennst du sicher auch: Häuser führen ein Eigenleben. Sie dehnen und strecken sich, klappern und krachen im Gebälk.

»Da ist er«, flüstert Steffi und lauscht angstvoll auf ein Geräusch an den Rollos.

»Das ist nur der Wind«, flüstert Frau Heerten zurück. »Die Rollos knirschen beim leisesten Hauch. Hör auf damit. Du machst mich völlig meschugge.«

Aber Steffi hört nicht auf. Verängstigt horcht sie auf jedes Knacken und schreckt hoch, sobald sich das Haus ein wenig reckt. Frau Heerten muss den Fernseher anstellen, damit nicht mehr alles zu hören ist. Ihre Nächte werden schon schlimm genug werden.

4

Gerade will Kalle sich mit seiner Pistole auf den Weg machen, um Steffi zu suchen, da fällt ihm noch was ein. Was ist mit Jürgen? Den muss er doch auch allemachen.

Gerade will er sich auf den Weg machen, um Steffi und Jürgen zu suchen, da fällt ihm noch was ein. Was ist mit dem Brief, den

Jürgen an seinen Notar übergeben hat? Na, macht nichts, dann muss er eben den Notar auch noch umlegen. Gerade will er sich auf den Weg machen, um Steffi und Jürgen und den Notar zu suchen, da denkt er: Alles Quatsch. Er kann nicht vier Leute kaltmachen. Es muss eine andere Lösung geben.

5

Frau Heerten ist tierisch genervt. Steffi besteht jede Nacht darauf, dass sie sich zu dritt ins Bett quetschen und die Kommode vor die Tür schieben. Da waren die Nächte mit Jürgen deutlich schöner, auch wenn er ihr im Schlaf ständig die Decke weggezogen hat. Steffi und Frau Heerten leiden Höllenqualen. Nur Dennis findet es großartig. Den ganzen Tag fernsehen und nachts dicht an Mami und die Tante gekuschelt – was kann es Schöneres geben? Er hat sich inzwischen durch Frau Heertens gesamte Süßkramvorräte gefressen, und seine Hose spannt schon etwas über seinem kleinen Kugelbauch.

»So kann es nicht mehr weitergehen«, sagt Frau Heerten am vierten Tag. »Langsam halte ich die Verdunkelung nicht mehr aus. Ich geh mal gucken.«

Zum Mal-gucken-Gehen nimmt Frau Heerten das Auto und fährt zu der Adresse, die Steffi ihr genannt hat. Kalle kennt weder sie noch ihr Auto. Sie kann also gefahrlos bis zu dem Haus fahren, in dem Steffi, Kalle und Dennis bis vor vier Tagen zusammengewohnt haben. Trotzdem hat sie Angst, als sie aus dem Auto steigt.

»Stevier« steht am Briefkasten, aus dem Reklameblättchen und der »Kieler Express« hervorquellen. Frau Heerten zittert ein wenig, als sie auf den Klingelknopf drückt. Wenn der Summer ertönt, will sie sagen, dass sie vom Jugendamt ist und wissen will, wo Dennis steckt, weil er vier Tage nicht in der Kita war.

Das scheint ihr ein plausibler Grund zu sein, um mal bei Kalle aufzutauchen. Dass das Jugendamt wahrscheinlich auch nach vierzig Tagen noch nicht nachfragt, wird Kalle ja wohl nicht wissen.

Doch der Summer summt nicht.

Sie drückt erneut auf den Klingelknopf und geht schließlich die Straße entlang, schaut sogar um die Ecke und hält Ausschau nach Kalles Wagen, den Steffi ihr beschrieben hat. Nichts. Das Auto ist weg, und Kalle scheint auch weg zu sein. Mit dieser Botschaft fährt sie nach Hause zurück und hat einige Mühe, von Steffi wieder reingelassen zu werden.

»Der ist weg«, sagt sie, nachdem Steffi sich endlich getraut hat, die Tür aufzumachen.

Um sicherzugehen, ruft Steffi in Kalles Firma an und verlangt ihn zu sprechen. »Der hat uns sitzen lassen«, sagt die Frau am Telefon. »Ist einfach nicht zu seiner Schicht gekommen. Bestellen Sie ihm einen schönen Gruß. Er ist entlassen.«

Allmählich trauen sich die beiden Frauen, die Rollos wieder hochzuziehen und – sehr zu Dennis' Ärger – den Fernseher auszuschalten. Von Kalle scheint keine Gefahr mehr auszugehen. Der hat sich in Luft aufgelöst.

6

Kalle hat sich natürlich nicht in Luft aufgelöst. Männer solchen Kalibers lösen sich nicht in Luft auf. Aber seine Überlegungen sind ihm auf den Magen geschlagen. Vier Leute muss er beseitigen, das ist eine stattliche Zahl. Die Leichen wachsen ihm langsam über den Kopf. Nur eine einzige Möglichkeit zu sehen, ist vielleicht doch ein bisschen wenig.

Wie wäre es denn, überlegt er, wenn er sich mal einen Ruck gäbe und keine vier Leute umbrächte? Er könnte einfach alle am Leben lassen und sich stattdessen selbst aus dem Staub machen. Das ginge doch auch.

Ja, das ginge – dann aber schnell, bevor Steffi auf die glorreiche Idee kommt, ihm die Bullen auf den Hals zu hetzen. Er springt auf und beginnt zu packen. Wir haben Steffi beim Packen zugesehen. Das war keine sehr planvolle Angelegenheit. Hatte nichts mit dem zu tun, was du wahrscheinlich unter Kofferpacken verstehst. Aber Steffi war in Eile – und zwar mächtig. Wenn es hopphopp gehen muss, kann man schon mal wichtige Dinge wie vielleicht eine Zahnbürste vergessen. So richtig viel Zeit hat Kalle jetzt natürlich auch nicht. Aber ich fürchte, selbst bei mehr Zeit hätte er die Zahnbürste vergessen. Schließlich geht er nicht auf Brautschau – die einzige Situation, bei der er das Bürsten von Zähnen für angebracht hält. Wesentlich wichtiger ist es, das Geld in einen Koffer zu schmeißen und dazu die zwei T-Shirts zum Wechseln. Und natürlich den Brief nicht vergessen. Damit ist er im Grunde fertig, kann ins Auto steigen – und ab über die Grenze. So wird er nach mehreren Zwischenstopps in Thailand ankommen. Ein wunderbares Klima, das seinen Knochen so guttut. Und voll von niedlichen kleinen Frauen, die anderen Teilen seines Körpers so guttun. Das Land ist wirklich herrlich – auch wegen seiner Gesetze. Thailand liefert nicht aus.

7

Seitdem sie keine Angst mehr vor Kalle zu haben braucht, geht es Frau Heerten wunderbar. Sie verstaut Steffi und Dennis in den beiden Kinderzimmern von Thomas und Karin, streckt sich wohlig und vor allem allein in ihrem eigenen Bett aus und kommt morgens gut ausgeschlafen in die Küche, wo Steffi schon den Tisch gedeckt hat und der Kaffee duftet. Dann gehen alle drei zum Spielplatz oder spazieren, um Dennis für sein Mittagsschläfchen abzutraben.
Nachmittags gibt's das Gleiche, nur andersrum. Oder sie

besuchen das Seehundbecken, den Schrevenpark, die Krusen-koppel. Kiel hat viel zu bieten, und abends fällt Dennis selig in tiefen Schlaf. Nur noch selten denkt Frau Heerten zurück an die Zeit mit Jürgen. Meine Güte, was ist denn schon das bisschen Sex, ver-glichen mit einem Blick in leuchtende Kinderaugen?

8

Ist es nicht wunderbar, wie sich zu guter Letzt alles in Wohl-gefallen aufgelöst hat? Am Ende ist aus dem Fünftel, das für jeden von der verbliebenen Beute abgefallen wäre, halbe-halbe geworden. Wenn ich ehrlich sein soll, tut es mir um Schuppi ein bisschen leid. Um Kurt nicht so sehr. Wer im Suff hinter dem Steuer der verwirrenden Vielzahl von Hebeln und Knöpfchen im Arma-turenbrett zum Opfer fällt und in der Hektik des Geradeaus-Fahrens das Gaspedal mit der Bremse verwechselt, der muss sich wirklich nicht wundern. Das kann dann selbst auf der ver-kehrlich hochgradig gesicherten Alten Levensauer schon mal tödlich enden.

Auch Jan, der kein besonders stabiles Nervenkostüm hatte und obendrein nächtens vom abgelebten Schuppi verfolgt wurde, ist zu bedauern. Er brauchte wenigstens keine Unter-stützung von einem Kalle oder Wellenhaus, um sich umzubrin-gen. Den letzten Schritt hat er ganz allein geschafft. Er ruhe in Frieden.

Über Wellenhaus müssen wir im Grunde gar nicht reden. Ich persönlich finde es nicht wirklich schön, dass er tot ist, aber wer zurückhaben will, was er sich ehrlich ergaunert hat – und das mit angeschlagenem Herzen –, der lebt eben gefährlich.

Und Horst? Der hat seine Recherchen in Sachen Schuppi schon lange aufgegeben. War sowieso eine Schnapsidee, der er nur wegen Sabine nachgegangen ist. Überhaupt: Sabine. Da ist er noch mal mit dem berühmten blauen Auge davongekommen. Brigitte hat ihm verziehen. Das Rommé-Spielen hat sie außerdem aufgegeben, »um immer für dich da zu sein«, wie sie sagt. Montags und an jedem anderen Tag der Woche. Manchmal wird es ihm beinah ein bisschen viel.

Ist es nicht herrlich, dass niemand in die Zukunft sehen kann? Was natürlich nicht ganz stimmt. Man denke nur an die vielen Schwarzseher, die wissen, dass aus den unterschiedlichsten Gründen in absehbarer Zeit die Welt untergeht. Oder an die Analysten, die schon von Berufs wegen in die Zukunft sehen und einen Börsenkrach oder zumindest den Abstieg von Daimler voraussagen. Und natürlich die ganzen Glaskugelschauer, Traumdeuter und Wahrsager. Sie alle wissen jedoch nichts von der Zukunft, von der ich dir jetzt erzähle.

2023 – wenn der Neubau der alten Levensauer Hochbrücke in die heiße Phase geht – wird eines Tages eine Plastiktüte von Aldi an einem Baggerzahn baumeln. Wäre gar nicht schlimm, wenn die Plastiktüte zusammen mit dem aufgenommenen Erdreich einfach nur abseits gelagert würde, um damit am Ende das entstandene Loch wieder zu verfüllen. Aber leider wird an jenem Tag der Baggerfahrer einen Clown gefrühstückt haben und den lieben Kollegen mal zeigen wollen, wie gut er mit schwerem Gerät umgehen kann. Jedenfalls landet die Plastiktüte in elegantem Schwung vor kollegialen Füßen – und heraus kullern Schuppis rechter und linker Arm.

Ab dann wird natürlich auf der Baustelle die Hölle los sein, das kann ich dir sagen: Die Rechtsmedizin setzt die einzelnen Puzzleteile aus den Plastiktüten zu einem kompletten Schuppi zusammen, und die Polizei macht sich auf die Suche nach dem Hersteller des Puzzles. Dabei wird deutlich werden, was für ein großartiger Kommissar dieser immer verkannte, inzwischen pensionierte Horst war, der schon vor Jahren nach einem vermissten Szupryczynski hat fahnden lassen.

So wird die Polizei auch nach und nach einem Mann namens Jürgen Wagner auf die Spur kommen.

Da wird Andrea nicht schlecht staunen, wenn sie in ihrer

niedlichen Finca in Süditalien liest, in was für einen schweren Jungen sich ihr geschiedener Mann verwandelt hat. Dabei hat sie ihn – abgesehen von seiner Spielsucht – immer für einen total langweiligen Durchschnittsspießer gehalten. Aber wahrscheinlich wird sie es gar nicht mitbekommen, denn ich glaube nicht, dass die »Kieler Nachrichten« dort zu kriegen sind. Und was ist mit Frau Heerten, die damals dank Horsts nicht vergessenem Schal alles ins Rollen gebracht hat? Wir wollen mal hoffen, dass sie Jürgen, ihrem einstigen Lover, zur Seite springt und für ihn aussagt. Aber was soll sie eigentlich aussagen? Im Grunde weiß sie nichts über die ganze Sache. Außerdem fürchte ich, dass sie gar keine Zeit haben wird. Sie ist viel unterwegs. Reisen ist was Herrliches. Besonders, wenn eine Quasi-Tochter und ein Quasi-Enkel sie begleiten.

CORNELIA LEYMANN

Kieler Sprotte

KÜSTEN KRIMI

emons:

Cornelia Leymann
KIELER SPROTTE
Broschur, 176 Seiten
ISBN 978-3-95451-279-9

»Mit sehr charmantem, hintersinnigem Witz und äußerst unter-
haltsam wird die Geschichte von Frau Wegener erzählt und der
Leser dabei auf vergnügliche Weise immer wieder auf Kieler und
menschliche Unzulänglichkeiten gestoßen.« Lebensart im Norden

www.emons-verlag.de

Cornelia Leymann
MOIN, MOIN
Broschur, 192 Seiten
ISBN 978-3-95451-655-1

»Ein humorvoller, mit bissigem Witz, Lokalkolorit und viel Urlaubs-feeling ausgestatteter Krimi.« KIELerLEBEN

www.emons-verlag.de

CORNELIA LEYMANN
Dumm Tüch
KÜSTEN KRIMI

Cornelia Leymann
DUMM TÜCH
Broschur, 192 Seiten
ISBN 978-3-95451-976-7

»Cornelia Leymann hat unverkennbar Freude an der Sprache. *Sie verpackt die Geschichte in eine permanente Unterhaltung mit dem Leser. Ich war stets neugierig auf die nächsten Sätze, auf eine todsichere Überraschung, egal ob groß oder klein.«* meine-kommissare.de

www.emons-verlag.de

CORNELIA LEYMANN
KIEL AHOI!
Küsten Krimi

emons

Cornelia Leymann
KIEL AHOI!
Broschur, 208 Seiten
ISBN 978-3-7408-0422-0

*»Eine leichte, genreuntypische Lektüre mit feiner Ironie, allgegen-
wärtigem Sarkasmus und einem lockeren Plauderton. ›Kiel ahoi!‹ ist
geistreich, punktgenau, bissig und gemein, bietet viele Schmunzler
und noch viel mehr laute Lacher.«* KIELerLEBEN

*»Witziger Kiel-Krimi: Wie gewohnt bei Cornelia Leymann geht es
mit viel Augenzwinkern auch in ihrem neuen Buch erneut kräftig
rund – und natürlich sind die Lachmuskeln bei der Lektüre wieder
gefordert.«* Lebensart im Norden

www.emons-verlag.de